蜜甘フレンズ
～桜井家長女の恋愛事情～

有允ひろみ
Hiromi Yuuin

EB
エタニティ文庫

目次

蜜甘フレンズ

～桜井家長女の恋愛事情～

十月に入ったというのに、やけに暑い日が続いている。

天気予報によれば、季節外れの高温は気まぐれな偏西風と台風の影響によるものらしい。

「いい加減、涼しくなってくれないかなぁ」

桜井《さくらい》まどかは、独り言を言いながら社員食堂の窓越しに灰色の空を見上げた。地上二十四階にある社員食堂からは、都心のビル群や東京湾が一望できる。

まどかが今座っているのは、正面に赤いタワーが見える窓際のカウンター席だ。今朝の天気予報では、今年最後の真夏日になるらしい。幸い外出の予定はないが、夕方から結構な量の雨が降るそうだ。

まどかが勤務している「中條《なかじょう》物産」は、創業百五十年を超える国内トップクラスの総合商社だ。

事業内容は多岐にわたり、さまざまな分野において多様なサービスや商品を提供するとともに、国内外における事業投資など多角的な活動を展開している。

商社とは、取引先の企業にとってはある意味なんでも屋であり、いろいろ任せられる強い味方だ。

まどかは大学卒業後、新卒で「中條物産」に入社した。以来、継続して食料事業本部に所属し、四年目になる現在は主任として国内外の新規取引先の開拓に従事している。

目下取り組んでいるのは、国内の製パンメーカーが新規に販売するパンの材料受注を勝ち取る事。今もランチを取りながら、眉間に皺《しわ》を寄せてタブレットと睨《にら》めっこをしている。

緩いウェーブがかかったショートヘアに、百七十センチのボーイッシュな体躯《たいく》。ごく薄いメイクしかしていないのは、目鼻立ちがはっきりしているせいか、これ以上濃くするときつい印象に見えてしまうからだ。

全体的に厳《いか》つくて、およそ女性らしくない。それが、昔から変わらない、周りから見たまどかのイメージなのである。

私服をいつもモノトーンのパンツスタイルにしているのも、女性的なものが似合わないと理解した上でのチョイスだ。

可愛げのない容姿に特に愛想も良くないときたら、仕事に生きるしかない。

それが、自分の歩むべき道だと割り切っていた。

「桜井、お疲れ」

背後から声をかけられ、まどかはくるりとうしろを振り返った。声の主は、まどかの同期で経営企画部に所属する中條壮士《そうし》だ。

急いで口の中のものを呑み下し、片手を上げて挨拶《あいさつ》をする。

「ああ、中條、お疲れさま」

「隣、いい？」

まどかは一瞬辺りを見回した。午後の少し遅い時間のせいか、フロアにいる人影はまばらだ。

「どうぞ」

改めて椅子に座り直したまどかの左側に、壮士が座った。

「何食べてんの？」

「シーフードフライ定食。中條は？」

「俺はバイキングにした。ほら、見ろよ。野菜たっぷりでいかにも健康的だろう？」

トレイに載った大皿を見ると、五穀米の他に、色とりどりの野菜入りのおかずが所狭しと盛られている。

百九十センチ近い長身にキリリと整った顔立ち。抜群のルックスをしている彼は、社内中の誰もが知る「中條物産」の経営者一族の直系にして現社長の一人息子だ。

経営企画部の主任である壮士は、入社後早々に頭角を現し、後継者としての力量を示している。

生まれながらのエリートにして、一流のビジネスセンスを持つ御曹司――そんな人間が独身でフリーとくれば、女性達が黙っているはずがなかった。

彼女達は、いつの頃からか「親衛隊」と呼ばれるようになり、いくつかの派閥までできているようだ。

まどかがさっき周囲を確認したのは、「親衛隊」の目を気にしたからに他ならない。

「食事中くらい目の前の食べ物に集中したらどうだ？　忙しいのはわかるけど、消化に悪いし、脳味噌がリフレッシュされないぞ」

壮士に指摘され、まどかは小さく頷いて同意する。

「そうなんだけど、今日中にこれを片づけなきゃいけなくって。明日、店を手伝う事になってるから、できれば残業したくないのよね」

まどかの実家は、郊外で「チェリーブロッサム」という純英国スタイルのティーサロンを営んでいる。

営業時間は、日曜祝日を除く平日の午前十一時から午後七時まで。そこを切り盛りしているのは母であり、父はごく普通のサラリーマンだ。

まどかは就職を機に実家を出て、現在は一人暮らしをしていた。

会社からドアツードアで三十分の距離にある賃貸マンションは、家賃は少し高めだが駅近でセキュリティ面がしっかりしているところが気に入っている。

「なんなら明日、実家まで送っていこうか？」

「え？　なんで？」

思わず声が大きくなり、まどかは再度辺りの様子を覗う。幸い、周りには「親衛隊」らしき女性達は見当たらなかった。

「いいよ。せっかくの週末だよ」

「ちょうどそっち方面に用事があるんだ」

「ふぅん。でも、大丈夫。朝早いし」

「遠慮するなよ。それに、俺が運転するのが好きって知ってるだろう？」

確かに車の運転が趣味なのは知っているし、運転している時の彼はとても楽しそうだ。

「……本当に、いいの？」

「ああ。あとで迎えに来てほしい時間をメールしておいて。……っと、そういえば、昨日うまい生ハムをもらったんだった。桜井、よかったら今夜食べに来ないか？　俺一人じゃ食べきれないし。好きだったよな、生ハム」

生ハムと聞いて、思わずごくりとつばを呑み込んだ。もともと食べる事が人一倍好きなまどかだ。

それに、日々食品を扱う仕事に従事し、食品ロスについても心を砕いている。せっかくの生ハムを無駄にするのは忍びない。

「わかった。お邪魔させてもらう」

「助かるよ」

話がまとまった時、突然背後から聞き覚えのある甲高い声が聞こえてきた。

「あ、中條主任～！　桜井主任も。私達も、ランチご一緒させてもらっていいですか～？」

声の主は、ライフスタイル本部の工藤澄香《くどうすみか》という女性社員だ。彼女の背後には三人の後輩女子が控えており、いずれも「親衛隊」のメンバーである。

澄香はいくつかある「親衛隊」の中でも若年層が集まるグループの代表格だ。ガーリーな外見もさる事ながら、相手によって態度や声のトーンまで使い分ける特技を持っている。

「ああ、どうぞ」

壮士が返事をし、爽《さわ》やかに微笑む。

彼はハイスペックなイケメンでありながら、人当たりがいい。誰にでも分け隔《へだ》てなく接するし、話す口調は穏やかで好感度で言えば、二百パーセントくらいあるのではないだろうか。

それでいて、壮士のプライベートを知る人はほとんどいないようなのだが――

「うわぁ、嬉しい～」

澄香が嬉しそうな表情を浮かべながら、チラリとまどかを見た。若干吊り上がり気味の目元には、こちらに対する敵対心が見え隠れしている。

いろいろと面倒だから、ここはさっさと退散したほうがいい――そう判断したまどかは、トレイとタブレットを持って椅子から立ち上がった。

「工藤さん、ここどうぞ。皆さんも。私はもう食べ終わったから、お先に失礼するわね」

「え～、桜井主任、行っちゃうんですか？　残念～。じゃあ、お言葉に甘えて――」

澄香が歌うように話しながらにっこりと笑った。そして、いそいそとまどかが座っていた席に腰を下ろす。

「桜井主任。じゃあ、先ほどの件、よろしく」

壮士が言い、まどかに向かって頷いて見せる。

「了解です」

まどかも軽く頷いてそれに応《こた》え、カウンターをあとにする。

背中にチクチクと視線を感じながら、まどかはフロアを突っ切って食器の返却口に向かう。

社員食堂の出口まで来たところで、チラリとカウンター席を振り返った。壮士を囲む女性達の背中は、皆一様に彼のほうに傾いている。

（やれやれ、モテる男も大変だなぁ。まあ、あれだけの人だし、モテない訳がないよね）

まどかはつくづく感じ入ったように、頭の中で独り言を言う。そして、仕事に戻るべく大股で歩き出すのだった。


「う～、やっと終わった！」

予定していた仕事をすべてやり終え、まどかは大きく背伸びをした。

まどかがいる食料事業本部は、ビルの十七階にある。フロアには、まだ数人の社員が残っているが、皆自分の仕事に没頭して顔を上げる気配もない。

まどかはデスク周りを片づけ、帰り支度に取り掛かる。エレベーターホールに向かいながら、通りすがりに数人の社員と挨拶《あいさつ》を交わした。

誰もいないエレベーターに乗り込み、スマートフォンで壮士宛てにメッセージを送る。

『今終わった。これからダッシュで向かうね』

送信を終えると、すぐに壮士からの返信があった。

『了解。雨が降ってるけど、車で迎えに行くか？』

「えっ!?」

メッセージを読むなり、まどかは驚いて声を上げる。

「大丈夫……傘持ってるし、電車で行くから家で待ってて……と」

打ち込む文字を口にしながら、まどかはあわてて壮士にメッセージを返した。

気持ちは嬉しいけれど、会社周辺で彼の車に乗るなど、もってのほかだ。どこで誰が見ているかわからない。

以前たまたまそれを「親衛隊」の一人に見られた事があったのだが、次の日に彼女達からあれこれとしつこく詮索《せんさく》されて、ほとほと参ってしまった。そんな事情もあって、まどかは会社周辺では彼の車に乗らないようにしている。

返信を済ませると、まどかは傘をさして駅に向かって走り出した。

夕方過ぎに降り出した雨は、一時土砂降りになっていたけれど、今はだいぶ治まっている。

改札を通り抜けて、やってきた電車に飛び乗った。ドアの横に立ち、ガラス越しに見える夜の風景を眺める。

（それにしても、壮士のモテっぷりは相変わらず半端ないったら……）

今日の午後にあった事を思い出し、まどかはため息を吐く。

たまたま用事があって、ライフスタイル本部のある階の廊下を歩いていた時の事だ。

澄香達「親衛隊」の面々に目ざとく見つけられ、社員食堂でのやり取りについて根掘り葉掘り質問された。

『「先ほどの件」って、なんの事ですか？』

『意味ありげに頷き合ったりして、もしかして仕事とは関係ない事だったりしませんか?』

『まさか、プライベートで会ったりなんて、してませんよね?』

なんとか誤魔化して逃げ切ったものの、さすがにうんざりしてしまった。

彼女達にとって、まどかは同期というだけで何かと壮士と一緒にいる邪魔な存在なのだろう。

イケメン御曹司である上に、仕事をバリバリこなす能力と頭脳の持ち主。

そのハイスペックぶりから遠巻きにされてもおかしくはないが、壮士の柔和《にゅうわ》な雰囲気のせいか、「親衛隊」の中にはあからさまにアプローチをかけている者もいた。

勇気ある女性達が、すでに何人も告白しているらしいが、ことごとく撃沈。

彼には人を惹きつける力がある。それでいて、どこか飄々《ひょうひょう》として捉《とら》えどころがなく、そばまで近づけても、決して深く踏み込ませないところがあった。

だが、そんなミステリアスなところも、彼女達にとっては彼の魅力のひとつであるようだ。

壮士に彼女がいるという情報は皆無だし、彼も自身のプライベートに関する情報は決して口にしない。

そのせいか、壮士の女性関係については、さまざまな憶測が飛び交っていた。

『仕事優先で、今は恋愛しないって決めてるの？』

『もしかして、社内恋愛はしない主義？』

『実はもう婚約者がいるのでは？』

『バレないように陰で遊びまくってるのかも』

果ては、恋愛対象が男なのではとまで言われるくらいだ。

一緒にいる事の多いまどかも、一時「親衛隊」のメンバーから目の敵《かたき》にされていた。

しかし、二人の雰囲気が一貫して「同僚」の域を出ない事や、まどかの女性らしさに欠ける外見から、ライバルに値しないという位置づけになったらしい。

中條壮士にとっての桜井まどかは、男性と変わらないただの同期社員。

それでも、目障りな事に変わりはないらしく、必要以上に近づくとすぐに誰かしらの視線が飛んでくる。

（これで、壮士の家に出入りしてるなんて知られたら、どんな事になるか……）

少なくとも、落ち着いて仕事をするどころではなくなるだろう。

それだけは、御免《ごめん》こうむりたい――まどかは肩をすくめて身震いした。

電車が最寄り駅に到着し、まどかは壮士のマンションに向かって歩き出す。もう雨は上がっているし、ここなら人目を気にする必要もない。

そこでふと、ダッシュで向かうと言ったのを思い出し、徐々に足を速めて走り出す。

中学高校とバスケットボール部に所属していたまどかは、今でも定期的に身体を動かしており、体力には自信がある。けれど、さすがにマンションに着く頃には息が上がっていた。

地上八階建ての最上階角部屋。都心でありながら上品な住宅街に建つマンションの一室は、壮士が母方の祖父から生前贈与されたものであるらしい。

間取りは3ＬＤＫ。専有床面積はおよそ百三十平米《へいべい》で、バルコニーの他にルーフテラスまでついている。重厚かつ独特の趣《おもむき》があるそこは、昨今乱立する富裕層向けのタワーマンションとは、明らかにレベルが違っていた。

（こんなところに住む人が本当にいるんだよね。しかも、身近に……）

普段、壮士が御曹司である事など、まったく気にしていないまどかだ。

しかし、時折思い出したように、彼が自分とは別世界に住む人間だと実感する。

（だからって、何がどう変わる訳じゃないけど）

そんな事を思いながら、まどかはドアベルを鳴らそうと右手を上げた。その時、タイミングよく内側からドアが開き、壮士が顔を出した。

「いらっしゃい」

「わっ！　びっくりした！」

まどかが仰《の》け反《ぞ》ると、壮士が笑いながら背中を押して中に招き入れてくれた。

「そろそろ来る頃かと思って待ち構えてたんだ。雨、大丈夫だったか？」

「平気。駅に着く頃にはもう上がってたし」

「そうか。晩御飯の用意できてるけど、先に風呂に入る？」

「じゃあ、そうしようかな」

生ハムだけじゃなく、晩御飯や風呂まで――

いつもの事だけれど、ここに来るとまるでもうひとつの自宅であるかのような居心地の良さを感じる。

「着替え、脱衣所に置いてあるから」

「ありがとう。行ってくるね」

至れり尽くせりのこの状況は、快適な事この上ない。

一見温厚な印象を与える壮士だが、仕事に関しては決して妥協を許さない最強の企業戦士だ。

そんな彼が、まるで執事さながらの細《こま》やかな気配りで、かいがいしく世話を焼くところなど、一体誰が想像できるだろう？

（壮士って、ほんと気配り上手だよね）

まどかはバッグを置いてバスルームに向かう。脱衣所の手前にある洗面所のドアを開けると、かぐわしい花の香りがした。

「うわぁ、いい匂い……」

洗面台の上を見ると、見事な白薔薇《ばら》が活けられていた。よく見ると、花の中心部分が淡い紫色になっている。

（これ、なんて品種だろう？　わざわざ買ってきてくれたのかな？）

まどかは手を伸ばし、そっと白薔薇《ばら》の花びらに触れた。

壮士のマンションに来るようになって以来、何度目の白薔薇《ばら》だろうか。

最初に見たのは、確か三度目にここを訪れた時だ。

たまたまその前日、壮士と社員食堂で顔を合わせ、見ていた雑誌から花の話題になった。そこでまどかは、彼に白薔薇《ばら》が好きだと言った覚えがある。それ以来、ここに来るたびに必ずと言っていいほど、家のどこかに白薔薇《ばら》が飾られているのだ。

「おもてなしの選手権があれば、ぜったいにグランプリを取れるレベルだわ」

花に顔を近づけて薔薇《ばら》の芳香を楽しみながら、まどかは彼の細《こま》やかな心遣いに感心する。

優しい上にここまで面倒見のいい男なんて、今まで会った事がなかった。

しかも、壮士は超がつくほどのハイスペック男だ。そんな彼が、何を好き好んで自分のような者と金曜日の夜をともに過ごそうとするのか。

社内であれほどモテているのだから、社外では言わずもがなだ。

壮士なら、ちょっと手招きをするだけで駆け寄ってくる女性がいくらでもいるだろう。美味《おい》しい生ハムを食べられるのは嬉しい。けれど、彼を狙う女性社員達の事を思うと、なんだか申し訳ないような気がした。

まどかにとって、壮士は仲のいい同期であり、よきライバルである。

もっとも、彼は常にまどかの先を行く同期随一の出世頭であり、入社四年目にしてすでに経営企画部の中心的存在でもあるが。

そんな壮士を、まどかは同期として誇らしく思うと同時に、彼に負けじと自分を鼓舞《こぶ》していた。

世間では、男女間の友情なんかあり得ないという意見もあるが、まどかは壮士を一番の友人だと思っている。

「さて、と……」

服を脱ぎ、洗面台の鏡に映る自分をまじまじと見つめた。

「相変わらず色っぽさの欠片《かけら》もないな」

まどかは、首や手足がすらりとして長いせいか、スタイルがいいと言われたりする。

しかし、女性にしては広すぎる肩幅は、学生時代に「ハンガー」というあだ名をつけられたくらいだし、胸やヒップの膨らみには女性的な柔らかさが感じられない。

要はボーイッシュすぎて、男みたいだという事。

我ながらフェミニンとかセクシーとは程遠い裸体だと思う。

その自己評価に、まどかはちょっとだけ傷ついて渋い顔をする。

試しに両腕を胸の前で交差させ、掌《てのひら》で肩を覆《おお》ってみた。その状態のまま、腰を軽くひねってみる。

普通なら、十分色っぽいポーズになるはずだが、自分がするとなぜか筋肉のストレッチをしているように見えてしまうから不思議だ。

鏡に映る自分に納得がいかないまどかは、首を傾げながらいろいろなポーズを取ってみる。

雑誌のグラビアでよく見かける、髪の毛をかき上げるしぐさ。

背中を向けて振り返ってみたり、はたまた顎《あご》を引いて唇を尖らせてみたり。

「うーん、なんか違う……」

思いつく限りのポーズを試してみるが、どうひいき目に見ても「色っぽい」とは程遠い。

だったら――と試してみたのは、両手を頭のうしろで交差させ、顎《あご》を上げて上から目線で鏡を睨《にら》みつけるポーズだ。

ちょうどその時、ノックとともに脱衣所のドアが開き、バスタオルを持った壮士が中に入ってきた。

「まどか――え？　ごめんっ！」

「わっ！　そ、壮士⁉」

オールヌードで、妙な格好をしているところを見られてしまった！

とっさに取り繕《つくろ》ったところで、何をどうやっても誤魔化しようがない状況だ。

「バスタオルを置いておくのを忘れたのを思い出して……。もう、とっくにバスルームに入ってるかと思って、返事を待たずにドアを開けて悪かったよ」

まどかは差し出されたバスタオルを受け取り、大急ぎで裸の前を隠した。

「こ、こっちこそヘンなもの見せちゃってごめん！　今の、なし！　忘れて！」

じりじりと後ずさり、後手でバスルームのドアを開ける。

大量の湯気が洗面台に流れ出て、まどかの身体を包む。

「忘れるのはちょっと無理だな」

「えっ？　ちょっ……ちょっと——」

近寄ってきた壮士が、口元に笑みを浮かべながらまどかをバスタオルごと腕の中に抱き込んだ。

「そっ……壮士？」

抱きしめてくる腕の力が強くなり、身体がぴったりと密着する。

「まどかがいけないんだぞ。あんな、あからさまに男を誘うようなポーズを取ったりするから」

「さ、誘ってなんか……んっ……」

唇をキスで塞がれ、そのままうしろ向きにバスルームの中に入った。バスタオルを取られ、左乳房をまさぐられる。

「食事の前だけど、ちょっとだけいいか？」

壮士が突然〝雄《おす》〟の顔を見せて、まどかに迫ってくる。

さっきまでのジェントルな雰囲気はどこへやら――

背中をバスルームの壁に押し付けられた状態で、左脚を腕に抱えられる。足先をバスタブの縁に置かれ、大きく脚を開いた格好になった。かぐわしい花の香りのする湯気が、まどかのあらわになった花房をふんわりと包み込む。いきなり淫《みだ》らな格好をさせられ、まどかは戸惑うと同時に激しい胸の高鳴りを感じる。

壮士が右の乳房に強く吸い付いてきた。舌で繰り返し乳先を弾《はじ》かれ、思わず甘えたような嬌声《きょうせい》を上げてしまう。

「あぁんっ！」

まどかは大きく目を見開いて、唐突にやってきた快楽に身を震わせる。

壮士がにんまりと笑いながら乳房から唇を離し、まどかを見た。その顔には、会社ではぜったいに見せないセクシーな表情が浮かんでいる。

会社ではただの同僚だが、プライベートではより親密で特別な関係になる二人だ。

壮士がおもむろに着ていた白いTシャツを脱いでバスルームの外に放り投げた。

学生の頃、水泳部で鍛《きた》えたという彼の体躯《たいく》は、がっしりと引き締まっており、見惚れるほどかっこいい。

腕の中にしっかりと抱き寄せられ、乳房が彼の盛り上がった胸筋に押しつぶされる。

まどかは彼の首に腕を回し、自分から唇を合わせた。舌を絡め、息を継ぎながら長々とキスを交わす。

その間にも、壮士の左手がまどかの尻肉を撫でてくる。指先がうしろから秘裂をまさぐり、蜜窟の入り口を擦ってきた。

頭を壁に押し付けるようにしてつま先立ち、無意識に腰をうしろに突き出す。

そのせいで、秘裂を弄《いじ》る壮士の指が花芽に届いた。彼はまどかの期待どおり、指先でコロコロと花芽を愛撫《あいぶ》する。

「ぁんっ……。そ……うし……。あ、あっ……」

まどかは自然と顎《あご》を上げて、ため息を漏らす。

「その顔……すごくいやらしくて、エッチだ」

壮士が、決して普段言わないようなセリフを耳元で囁《ささや》いてくる。

「そ……そんなはず……ない……ああんっ！」

花芽を執拗《しつよう》に捏《こ》ねられつつ、蜜窟の中に壮士の指が入ってきた。途端に中がキュッと締まり、淫《みだ》らな指の侵入を歓迎してしまう。前後にゆるゆると指を動かされて、下腹の奥に快楽の渦《うず》が生じた。

それがみるみるうちに大きくなり、まどかは小さく喘《あえ》ぎ声を漏らしながら唇を震わせる。

「どの指が入っているか、わかる？　正解したらご褒美《ほうび》をあげるよ」

壮士の甘やかな声が、まどかの鼓膜を刺激する。

「ご……褒美《ほうび》……？」

「そう、ご褒美《ほうび》」

にこりと笑う壮士の顔が、たまらなく魅力的だ。

まどかは蜜窟を弄《いじ》る彼の指に集中した。それは、適度な長さと節を持って、まどかの中を縦横に動き回っている。

「な……中指？」

「正解。ご褒美《ほうび》として、俺が身体を洗ってあげるよ」

「あ、んっ！」

壮士はそう言うと、すばやく穿いていたスウェットパンツを脱いで、脱衣所の床に放った。

シャワーを出すついでに、片手でボディソープのポンプを押して掌《てのひら》に受け止める。

それを自分の胸板で泡立てると、壮士はまどかを腕に抱え身体を上下に動かしてきた。

「きゃ……なっ……く、くすぐったいっ！」

彼の硬い筋肉をすり寄せられ、思わず笑い声を上げる。

「大丈夫。すぐにもっと触ってほしいと思うようになるから」

壮士が自信たっぷりにそう言いながら、まどかの上半身に泡をすり込んでいく。

掌《てのひら》で身体のあちこちを撫で回されるうちに、くすぐったさがだんだんと快楽に変わっていった。

彼の大きな掌《てのひら》が両方の乳房を覆《おお》い、丁寧に円を描く。腰の周りを蛇行したあと、背中をまんべんなく巡《めぐ》り双臀に向かう。

「さあ、上半身の次は腰から下だ」

跪《ひざまず》いた彼が、まどかの両脚を片方ずつ洗い上げる。そのまま、つま先を指でこじ開けられ、優しくマッサージするように泡をすり込まれた。

ふたたびくすぐったさに襲われ、足を引っ込めてクスクスと声を上げて笑う。

「壮士っ……ちょっと……ひゃっ……ひゃはは！」

足先を洗い終えると、壮士がゆっくりと立ち上がって唇を合わせてきた。彼の舌が口の中を丁寧に舐《な》め回してくる。それだけでも十分気持ちがいい。まどかは淫靡《いんび》なキスに夢中になり、いっそう気持ちを高ぶらせた。

キスの合間に片膝を掬《すく》い上げられ、泡にまみれた彼の屹立《きつりつ》が秘裂の間を行ったり来たりする。その切っ先は、蜜窟の中に入ってきそうで入ってこない。

もどかしさに焦《じ》れたまどかは、頬を染めながら壮士に哀願する。

「壮士……お願い……ちゃんと挿《い》れて？」

「いいよ。俺もそろそろ我慢できなくなってきたところだ。晩御飯の前に、軽い運動といこうか。ちょっとだけ、な」

壮士がそんな軽口を叩きながら、シャワーをかけて二人の身体から泡を洗い流す。

バスタオルで手早く身体を拭き、まどかの顎《あご》を持ち上げて唇にチュッと音を立ててキスをした。そして、おもむろに腰を折り、まどかを自身の左肩に担《かつ》ぎ上げる。

「わっ！　そ、壮士っ！」

「じっとして。身体がまだ濡れてるから、暴れると滑って落っこちるぞ」

釘を刺され、まどかは仕方なく大人しくなる。

それをいい事に、彼は空《あ》いている右手で自身の顔の横にあるまどかの双臀を撫で回してきた。

「すべすべして気持ちいいな。あとで丸齧《かじ》りにしていい？」

担《かつ》がれたままバスルームを出て、洗面台の前を通る。

ふと横を見ると、鏡越しに微笑みかけてくる壮士と目が合った。すると、顔を横に向けた壮士が、まどかの左のお尻を軽く齧《かじ》ってくる。

「あとでって、今齧《かじ》ってるじゃない！」

抗議の声を上げると、彼はまるで鼓《つづみ》でも叩くみたいに右の尻を叩いてきた。

「あまりにも美味《おい》しそうだから、つまみ食いしたくなったんだよ」

そんな彼の言葉に胸がときめき、まどかは唇を噛んで頬を熱く火照《ほて》らせる。リビングを通り抜け、ベッドルームに入った。竹製のシェードランプが灯された部屋の中は、薄い飴色に染まって綺麗だ。

ゆっくりとシーツの上に下ろされ、身体の上に覆《おお》いかぶさられる。

まどかはすぐに壮士の腰に手を回し、仕返しとばかりに彼のヒップラインを撫で回した。

そして、唇を突き出して彼にキスの催促をする。

壮士が、すぐに唇の先を齧《かじ》るようにキスをしてきた。そうしながらも、ヘッドボードの上に置いた避妊具の袋を取って手早くそれを装着する。

「おまたせ。これでいつでも挿《い》れられるよ」

ニヤリと笑う顔が、どうしようもなく魅力的だ。まどかはキスで火照《ほて》った唇を舐《な》め、小さく吐息を漏らした。

「まどかが恋しくて、さすがに限界がきそうだったよ。まどかは？　少しは俺とこうしたくてウズウズしたりしたか？」

　いたずらっぽく訊《たず》ねられ、まどかは素直に首を縦に振った。

「うん、してた。……ちょっとだけじゃ、足りないかも」

　正直な思いを口にして、挑発的な表情を浮かべる。

　ここでは、してほしい事を我慢したりしない。せっかく身体を重ねるのに、遠慮したり恥ずかしがったりするなんて、もったいないから。

「いいよ。俺のほうは願ったり叶ったりだ。その代わり、晩御飯はだいぶ後回しになるぞ？　今夜の俺は、飢えた狼並みにまどかを貪《むさぼ》るつもりだからな」

　壮士が口を開けて、獣が牙を剥《む》く真似をする。

　そのまま両方の太腿を大きく広げられて、硬い切っ先を蜜窟の縁に押し付けられると同時に、屹立《きつりつ》がまどかの中に沈み込んだ。

「あんっ！　あっ……あああああっ！」

　身体の中に壮士の熱塊を感じる。

　それはまどかの隘路《あいろ》を押し開き、濡れた襞《ひだ》をかき分けながら最奥《さいおう》をめざす。身体中の血が一気に沸き立ち、まどかは無意識に彼の腰に爪を立てた。自分でも驚くほど性欲が高まり、淫《みだ》らな事で頭がいっぱいになっている。

　屹立《きつりつ》がまどかの中で抽送《ちゅうそう》をはじめた。部屋の中にぐちゅぐちゅという水音と、微かにベッドが軋《きし》む音が広がる。リズミカルに奥を突かれて、まどかは気持ちよさのあまり目を固く閉じた。

裸で抱き合って身体を交わらせている時には、世界には自分達しかいない。他の事に注意を向ける余裕なんか皆無だ。

まどかは、壮士の腰の動きにうっとりと酔いしれる。

腕を彼の肩に回し、両方の足首を彼の腰の上で緩く交差させた。見つめ合い、何度もキスをしては感じるままに口を開く。

「壮士……気持ちいい……。すごく……気持ちいいの……。もう、どうにかなっちゃいそう……」

「俺もだよ、まどか」

狼のような壮士に甘く蹂躙《じゅうりん》され、身体の芯が愉悦《ゆえつ》の波に呑み込まれそうになる。

まどかは両脚を下ろし、彼に抱きつく腕にぐっと力を込めた。そして、右足を踏ん張り、壮士と繋がったままぐるりと身体を反転させる。

途中、まどかの意図を察した壮士の手を借りて、彼の腰の上に馬乗りになった。上から見下ろす壮士の胸筋は、大理石でできた極上の美術品のようだ。

まどかは、伸びてきた彼の手に指を絡め、ゆっくりと腰を前後に動かしはじめる。こちらを見る壮士が、うっすらと目を細め眉間に皺《しわ》を寄せた。

その顔を見るだけで、彼が心底気持ちいいと感じてくれているのがわかる。

絡めた手を離し、上体を伏せて彼と唇を合わせたまま腰を左右に揺らめかせた。

壮士が低く呻《うめ》き、まどかの尻肉を掴んだ。指が肌に食い込み、快楽がよりいっそう深くなる。

「あっ……。んっ……ん、壮士……。もっと、強く掴んで……」

「こうか？」

「あんっ！　はぁ……あ、あ……」

頷く暇もなくピリピリとした快感が背中を駆け抜ける。

まどかは目蓋《まぶた》を震わせて、唇を噛む。込み上げてくる愉悦《ゆえつ》を甘受し、内奥《ないおう》がヒクヒクと戦慄《わなな》く。

「まどか……」

壮士が囁《ささや》くようにまどかの名を呼んだ。彼は、まどかをもう一度自分の下に組み敷くと、上体を起こしながら蜜窟から屹立《きつりつ》を引き抜いた。

「あっ……」

抗議する暇もなくうつぶせにさせられ、腰を高く引き上げられる。自然と四つん這《ば》いの姿勢になり、壮士に向かってお尻を突き出した格好になった。

壮士の掌《てのひら》が、まどかの尻肉を捏《こ》ねるように撫で上げてくる。

「さて、本格的に丸齧《かじ》りするかな」

低い声でそう言うなり、彼の指が秘裂の中をクチュクチュと掻き回しはじめる。

まどかは震えるほどの羞恥《しゅうち》を覚えながら、喘《あえ》ぎ声を漏らした。

薄明かりの中とはいえ、視界は十分にクリアだ。

（壮士に恥ずかしいところを見られている……）

そう思った途端、身体の奥から蜜が溢《あふ》れてくるのを感じて、まどかはうしろを振り返った。

潤《うる》んだ視界に、自分を見つめる壮士の顔が少し歪《ゆが》んで見える。

彼が大きく口を開けて、まどかの尻肉にかぶりついた。

「ひっ……」

まどかは小さく声を上げ、つま先をきつく丸めた。

加減してくれているから、痛みはさほど感じない。むしろ、もっと強く噛んでほしいくらい――そんなまどかの淫欲を感じ取ったのか、壮士が少し強めに噛みついてきた。

たまらずに啼《な》き声を上げて、腰をくねらせる。あちこちを歯列で引っ掻かれるたびに、唇がわなわなと震え甘いため息が零れた。

壮士の指が、まどかの花芽を探り当て、そこをコリコリと弄《いじ》ってくる。

まどかは恍惚《こうこつ》となって、閉じた目蓋《まぶた》を痙攣《けいれん》させた。いつの間にか上体を腕の中に抱き込まれ、うしろから首筋にキスをされる。右肩を緩く噛まれると同時に、壮士がふたたびまどかの奥深くまで入ってきた。

彼の太く硬いものが、蜜窟の壁を強引に押し開いていく。すっかりほぐされているそこは、すぐに熱塊を受け入れて、悦《よろこ》びに震えた。

膝が崩れそうになるたびに腰を引かれ、強く屹立《きつりつ》を中に捩《ね》じ込まれる。そうされるたびに、まどかは嬌声《きょうせい》を上げて乱れた。

突いては引かれ、いろいろな角度から中を暴かれて、意識が飛びそうになる。

まどかは思いきり腰をうしろに突き出して、屹立《きつりつ》を奥深くまで招き入れた。壮士が激しく腰を動かし、切っ先が特別に気持ちいい場所を繰り返し刺激してくる。

「壮士っ……あっ……ああ……、もう……」

頭の中で白光が弾《はじ》け、身体が空中に投げ出されたみたいな錯覚に陥《おちい》る。

ガクガクと痙攣《けいれん》する身体を、壮士がうしろからきつく抱きしめてきた。まどかの内奥《ないおう》で彼の熱塊が爆《は》ぜ、ドクドクと脈打って精の放出を知らせる。

（ああ……この瞬間……。ほんと、好き……）

壮士に抱かれ、絶頂を迎えたあとは、毎回そう感じる。

こんな時間を、永遠に彼と共有できたらいいのに——

まどかは放心しながら、ぼんやりとそう思うのだった。

◇　◇　◇

午前零時の空は、まだどんよりと曇っている。

ついさっき、タクシーで帰宅するまどかをマンションの前で見送った。

そして今、壮士は彼女の温もりが残るベッドで一人寝そべっている。

『じゃあ、私、そろそろ帰るね』

まどかがそう言った時、壮士は自宅まで車で送ると申し出た。しかし、彼女は明日の事もあるからと、それを固辞した。

そして、シンデレラのごとく日付が変わる前に、壮士の部屋から出ていってしまった。

彼女はここに来るたびに、同じ調子で帰っていく。

クールというか、さっぱりしすぎているというか――

「まったく、まどかのやつ……」

壮士は呟き、天井の一点を見つめた。そして、困ったような微笑みを浮かべる。

ここからまどかの自宅までは、車で三十分もかからない。彼女の実家なら、一時間ちょっとで到着する。明日彼女をそこに送る事を考えれば、ここに泊まってくれたほうが迎えに行く手間が省《はぶ》けて都合がいい。

だが、二人にはそうできない理由があった。

はじまりは、二年前のクリスマスイブ――

壮士は、はじめてまどかと身体の関係を持った。

むろん、軽はずみな気持ちでそうなった訳ではない。壮士としては、そのまま本気でまどかと付き合うつもりだった。

しかしまどかは、まったくそのつもりがなかったようで、その後あからさまに距離を取られた。

彼女は日頃から、仕事優先で恋人などいらないと明言していたし、壮士もそれを知っていた。

それでもなお、壮士はまどかとの関係を一度だけのものにしたくなかったのだ。

同時に、避けられるような対象になるのもごめんだった。

そこで苦肉の策として、まどかに自分とのセックス込みの付き合いを提案した。彼女は悩んだ末にそれを受け入れ、以来二人は自分達の繋がりを「同志」と呼び、今のようなつかず離れずの関係を続けている。

だが、そんな二人にも、守るべきルールがあった。

そのうちのひとつが「朝を一緒に迎えない」というもの。

どんなに夜遅くなったり、一度眠ってしまったとしても、例外は認めない。

このルールを決めたまどかは、これまで一度たりともそれを破った事はなかった。

まどか曰《いわ》く、それはひとつの線引きであり、けじめなのだという。

だから、まどかは決してここで朝を迎える事はないし、壮士もルールを忠実に守っている。

（今頃は、もうベッドの中かな？　さっき、だいぶ眠そうにしていたしな……）

何せ、ひと月ぶりに肌を合わせたのだ。

飢えていたのは自分だけではなかったし、まどかはいつも以上に濡れて感じていた。

本当なら、もっと抱き合っていたいところだったけれど、ルールを考えると二度が限度だった。

「……ふっ……。我ながら、よく我慢してるよな」

壮士は独り言を言いながら自嘲《じちょう》する。

これまで、どちらかといえば恋愛というものを疎《うと》んじていたし、女性と付き合ってもさほどのめり込む事はなく、いつも短期間で別れていた。

しかし、まどかだけは違う。

会えば会うほどもっと顔が見たくなり、彼女の人となりを知るにつれ愛おしさが増す。

「ほんと、可愛いんだよな……まどかは……」

入社以来、今の部署で着実にキャリアを重ねてきた彼女は、つい先月主任に昇格した。

仕事に対しては誰にも負けないほど真摯《しんし》だし、決して妥協を許さない姿勢は勇ましくも賞賛に値する。

その一方、抱かれている時の彼女は、この上なくセクシーで可愛らしい子猫だ。

会社で見るクールな印象のまどかと、淫《みだ》らな格好で甘い啼《な》き声を上げるまどか。

まるで正反対でありながら、どちらもこの上なく魅力的な彼女の真の姿だ。

その両方の姿を知るのは自分ただ一人だと、壮士は自負している。

だが、そんな関係を続けるのにも、そろそろ限界を感じつつあった。

まどかを、自分だけのものにしたい。

他の誰にも渡したくないし、ぜったいに手放せない。まどかが愛おしくてたまらないし、ルールさえなければ彼女を一晩中抱いて思いきり啼《な》かせてやりたいと思う。

むろん、だからといって闇雲な行動を取る訳ではなく、慎重かつ確実に事を運ぶつもりだ。

まどかを手に入れるためなら、どんな労力も厭《いと》わない。

すでに二年近くも「同志」という関係に甘んじていたのだから、今さら焦ってすべてを台無しにする訳にはいかなかった。

「さて……どうするかな……」

そう呟きながら、壮士はベッドの上でごろりと寝返りを打つ。

それでなくても、この頃は結婚を勧めてくる周りの声がうるさくなってきていた。

つい先日、社長である父の勇《いさむ》から課長への昇進を打診された。それとともに、将来経営陣に名を連ねる者として、下準備をしておけとも言われた。

それはつまり、そろそろ身を固めろという催促であり、実際にいくつかの見合い話も提案されている。

もちろん、その都度断っているし、まだそんな気になれないと拒絶しているが、どこまでそれが通用するか……

そんな事情もあり、壮士はできるだけ早くまどかとの関係を確実なものにしたいと考えていた。

壮士は今一度ベッドの上で仰向けになり、天井に向かって右手を伸ばす。

そして、目前に浮かぶまどかの幻影を見つめながら、いかにして彼女を手に入れるかを思案するのだった。

◇◇◇

週明けの月曜日、まどかは実家から電車に乗り、いつもより早く会社に出勤してきた。

時間は午前七時ちょうど。

始業時刻よりも一時間早いせいか、フロアにはまださほど人はいない。

まどかはロッカー室に立ち寄り、実家から持ってきた荷物を置いて自分の席に向かう。

今は一人暮らしをしているまどかだが、大学を卒業するまでは実家で暮らしていた。

実家には両親の他に、大学三年生と高校一年生の妹が住んでいる。まどか達三姉妹は、容姿も性格もあまり似たところがない。それでいて、近所でも評判の仲良し姉妹で、離れて暮らす今も妹達とは頻繁《ひんぱん》に連絡を取り合っている。

（今朝のフレンチトースト、美味《おい》しかったなぁ。花《はな》ってば、すっかり料理上手になっちゃって）

花というのは、桜井家三姉妹の末娘で、高校入学を機に母の営む「チェリーブロッサム」を正式に手伝うようになった。

花は多少のアルバイト料をもらいつつ、キッチンで母からカフェメニューのレクチャーを受けている。

まだまだ子供だし同学年の子に比べても世間知らずのところがある花だが、意外と芯が強くてしっかり者だ。

（えらいえらい……お姉ちゃんも、仕事頑張らなきゃ！）

始業時刻よりだいぶ早いが、まどかは自席に着き、途中で買った熱いコーヒーを一口飲んだ。

パソコンを立ち上げ、今日一日のスケジュールをざっと確認した。

相変わらず、やる事は毎日山積みだし、時間的にきつい仕事もある。だが、気力も体力も十分整っているまどかには、なんの問題もない。

それはきっと、金曜日の夜から充実した週末を過ごせたおかげだろう。

実家での寛《くつろ》いだ時間もさる事ながら、壮士と過ごした数時間が、まどかの心身を隅々までリフレッシュさせてくれた。

壮士とのセックスは、いつだって濃密で我を忘れてしまうほど気持ちがいい。

彼の愛撫《あいぶ》は執拗《しつよう》といえるほど丁寧かつ気が利いており、こちらが望む事を素早く察知して行動に移してくれる。

日々のストレスをこれほどスッキリと解消してくれる彼とのセックスは、まどかにとって究極の癒《いや》しとなっていた。

いや、セックスだけではなく、「同志」である壮士とともに過ごす時間そのものが、今やなくてはならないほど貴重なものになっている。

(だけど、壮士はどうなんだろう?)

まどかは、小さく首を傾げた。

最初に「同志」関係を言い出したのは壮士だが、彼がその気になれば女性などよりどりみどりだ。

それなのに、どうしてわざわざ自分などを選んだのか……

（まぁ、一番手近だし、お互い性格も素性も知ってる気軽さもあるのかも）

ぼんやりとした結論を導き出すと、まどかは背筋を伸ばし、脳内を仕事モードへと切り替える。

入社して四年目、まどかは先月ついに主任に昇格した。

いい上司と先輩社員に恵まれ、これまで精一杯仕事を頑張ってきた。その努力が認められたようで素直に嬉しい。

完全成果主義をとっている「中條物産」では、きちんと実績を上げ能力を評価されれば、すぐに昇給、昇格する可能性がある。同期入社の壮士も主任だが、彼の昇格はまどかより一年も早かった。

もちろん、それは彼がビジネスパーソンとして優秀だからに他ならない。もともと天才肌ではあるが、それだけではなく、日々の努力を怠《おこた》らない真面目さがあった。

しかし、中には彼の出世を妬《ねた》み、御曹司だから優遇されていると陰口を叩く卑怯者《ひきょうもの》もいる。

だが、誰の目から見ても壮士の実力は明らかだし、入社当初の彼をコネ入社だと断じた同期は、早々に戦線を離脱して自《みずか》ら退社していった。

（よしっ、私も負けていられない！）

壮士は一緒にいるだけでまどかを刺激し、高めてくれる大切な存在なのだ。

始業五分前になり、まどかはデスクで戦闘態勢に入る。

今日の業務に必要な資料を出して、別途取り掛かる仕事のために画面上の数字を追う。

まどかは今「白兎《しらと》製パン」という製パンメーカーとの新規取引契約を結ぶために奔走している。

同社は創業三十二年とそれほど歴史は長くないが、創業以来、素材と焼き方にこだわった商品を作り続けているメーカーだ。

派手な宣伝はしていないものの、口コミで商品のよさが伝わって今や人気はうなぎのぼり。通販のみならず常にあちこちのイベント会場に呼ばれ、知名度と売り上げを伸ばしている。

その会社が、新規事業としてレストラン業界に参入した。そこで提供する新商品としてドライフルーツを使ったパンの製造を決めたらしい。

その情報を得たまどかは、自《みずか》ら同社との材料受注契約を結ぶ企画書を作り、上の承認を得るや否《いな》や、何度も先方に足を運んで契約を結んでもらおうと奮闘中だ。

しかし「白兎製パン」には、もうすでに「平田《ひらた》パシフィコ」というアジアに数カ所支社を持つ食品輸入会社が参入している。

そして、社長の宮田一郎《みやたいちろう》は人一倍義理堅い人物だった。

宮田にしてみれば、これまで付き合いのある「平田パシフィコ」の利益を他に回すような真似はしたくないらしく、契約を持ち込んだ当初はけんもほろろに門前払いされていた。

しかし、足繁く通ううちに顔を覚えてもらい、その後も懲《こ》りずに通い詰めた結果、社長に一度見積りを出してみろと言ってもらえたのだ。

かくなる上は、是が非でも受注契約を結びたい。

しかし、当初の予想どおり契約は「平田パシフィコ」の見積りと比較検討された上で決められる事となり、今現在まどかはドライフルーツの生産者側との交渉にかかりきりだ。

目当てのドライフルーツは、中東のS国が一番多く産出しており、他のどこよりも品質がいい。

品質についてはぜったいの自信があるし、かかわったからにはより良い商品が出来上がるよう全力を尽くしたいと思っている。

まどかは複数抱えている案件の資料を手早くまとめ終えると、「白兎製パン」に頼まれていた資料に取り掛かった。部内会議などを挟みつつそれを完成させて席を立つ。

「部長。『白兎製パン』に頼まれた資料を届けに行ってきます」

デスクから立ち上がると、まどかは窓を背にして座っている猪田《いのだ》に声をかける。

「おう、行ってこい。直帰するようなら、電話一本入れるように。って、桜井、お前、ちゃんと昼飯食べたか？　もう午後一時だぞ」

「えっ？　あ――いえ、まだです」

仕事に集中するあまり、うっかりランチを取るのを忘れていた。どうりで、やけにお腹が空《す》いている訳だ。

まどかは、今にも鳴りそうな自分のお腹をさすった。

「社員食堂に寄って、何か食べてから行けよ。『腹が減っては戦《いくさ》はできぬ』『急《せ》いては事を仕損じる』って言うだろ？」

食料事業本部長の猪田は、名前のとおり猪突猛進《ちょとつもうしん》型のやり手商社マンだ。

今でこそデスクワーク中心の仕事をしているが、以前は営業マンとして日々あちこちを飛び回り、数々の成果を上げていたと聞く。

「わかりました。そうします」

資料を入れたバッグを持ち、まどかは食料事業本部を出た。猪田のアドバイスに従い、社員食堂に立ち寄り、すぐに食べられそうなものを物色する。

「中條物産」の社員食堂には、和洋中のメニューの他にお弁当やおにぎり専門のコーナーがあった。入り口付近にはコンビニエンスストアも入っており、わざわざ外に出なくてもランチには困らない。

（さてと、何を食べようかな）

まどかは、自宅ではほとんどキッチンに立たない。基本的に朝はシリアルで、夜は外食かスーパーのお惣菜、もしくはお弁当屋さんのお世話になっている。

そんな食生活を送る中で、平日のランチタイムで利用する社員食堂の存在は、まどかにとって心底ありがたかった。

そこに行けば、温かくて美味《おい》しい食事にありつけるのだ。

しかも、メニューの種類は豊富だし栄養バランスもいい。

社員食堂がなければ、まどかの食生活はもっと悲惨なものになっていた事だろう。

「桜井。今からランチか？」

まどかが思案顔で立っていると、社員食堂から出てきた壮士がすれ違いざまに声をかけてきた。

「ああ、中條。うん、これから『白兎製パン』に行くから、速攻で食べられるものをと思って」

「だったら、オムライスランチだな。シンプルなオムライスに、スープとプリンがついてる」

「え？　何それ！」

それを聞いたら、もう頭の中はオムライス一択だ。

「じゃあな。仕事の健闘を祈っとくよ」

「ありがとう」

壮士と別れると、まどかはまっすぐ洋食コーナーに向かった。オムライスランチをオーダーし、トレイを持ってフロアを見回す。

そして、南側のカウンター席に移動して、空《あ》いている席に座った。

（美味《おい》しそう！　やっぱ、オムライスは定番に限るなぁ）

まどかが好きなオムライスは、昔ながらの卵がきっちり焼いてあるシンプルなものだ。今どきの卵が半熟でふわトロのものは、今ひとつ好みに合わないというかなんというか。

いただきますを言い、ケチャップがたっぷりかかっている部分を大きく切り分けて口に入れる。

からっぽに近かった胃が、甘酸っぱいオムライスで満たされていく。

まどかは至福の表情を浮かべながら、ランチを平らげていった。

食べている途中で、テーブルの上に置いていたスマートフォンがメッセージの到着を知らせる。

送信者は壮士だ。

見ると、「白兎製パン」に行くために乗車する路線が、一時間ほど前から大幅に遅延しているという内容だった。

（えっ……遅延？　じゃあ、ひとつ先の駅まで歩いて、別のルートで行ったほうがマシかな？）

忙しく頭を働かせながらも、ふとさっき見送ったばかりの壮士のうしろ姿が目の前に浮かんでくる。

会社では、あくまでも同僚としての接し方を心掛けている二人だ。けれど、壮士はいつも、まどかの事を気にかけて、さりげなくフォローしたりしてくれる。

（壮士って、ほんと、気配り上手だよね。うっかりしてると、本気で惚れちゃいそう……なーんてね）

自身のたわ言に突っ込みを入れつつ、まどかはオムライスの最後の一口を呑み込む。

ランチを食べ終えたまどかは、化粧室に行って個室に入った。

用を済ませ外に出ようとした時、パンプスの足音が三、四人分聞こえてくる。

「ねえねえ、さっきの中條主任、かっこよかったよねぇ～！　あれって、何語？」

「……たぶん、スペイン語？　超絶かっこよかった！　あんな人の彼女になれたら幸せだろうなぁ。実際どうなの？　彼女がいるのかいないのか、確かな情報をゲットした人、いないの？」

「どうだろうね。ミステリアス御曹司って言われてるくらいだし、ぜんぜん私生活については教えてくれないみたい」

「それね～、彼女について質問しても、スルッとはぐらかして煙《けむ》に巻《ま》いちゃうんでしょ？」

「あ～、酔った勢いでワンナイトラブ――な～んて事にならないかな～」

いきなりそんな発言が聞こえてきて、まどかは反射的にピタリと動きを止める。

身に覚えがありすぎて、外に出るタイミングをなくしてしまった。

二年前に壮士と一夜をともにしたあと、彼から「同志」関係を提案された。もしそれがなかったら、自分達の関係は、まさに「ワンナイトラブ」で終わっていた事だろう。

「でもさ、セフレくらいはいるんじゃない？　中條主任クラスなら、一ダースくらいいてもおかしくないかも～」

「言えてる。だったら、私もその一人にしてほしいなぁ。末端でもいいから――」

メイク直しをしに来た様子の彼女達は、それからすぐに出て行った。

知らず知らずのうちに息をひそめていたまどかは、大きく息を吐いてドアを開け、洗面台の前に進んだ。

手を洗い、鏡を見て身だしなみを整えながら、さっき聞いた女性社員のお喋《しゃべ》りを頭の中で反芻《はんすう》する。

（セフレが一ダースいてもおかしくない……か）

あれほどの男なら、確かにそうであっても不思議ではないと思われるだろう。

壮士の人となりを知らない頃なら、まどかもそれに賛同していたかもしれない。

しかし、彼は皆が思っている何倍も真面目で実直な人だ。

人当たりがよく穏やかである反面、どこか捉《とら》えどころがなく本心が見極めにくいけれど、間違っても女性と安易に関係を持つような男ではない。

（――なーんて、恋人でもないのに壮士とベッドインしてる私が言っても、説得力ゼロだけど）

まどかは、ふと首をひねる。

壮士は、なぜ恋人を作らないのか。

今は仕事が最優先で恋愛をしている暇がないから？

それはまどかも同じだから気持ちはわかる。けれど、彼なら言い寄ってくる女性はいくらでもいるに違いないし、それこそ遊びでもいいと言う人なんて掃いて捨てるほどいるだろう。

実際に、彼は社内でもモテまくっている。

それなのに、彼はもう二年近くまどかと「同志」関係を続けているのだ。

あの時は、互いに心に想う人がいなかった。今も関係が続いているという事は、その状況が変わっていない事を指す訳だが……。

答えが出ないまま化粧室を出て必要な準備を済ませると、まどかは「白兎製パン」に向かうべく会社を出た。

オムライスをものの十分で平らげたおかげで、時間にはまだ十分余裕がある。

歩いて十五分かかる、ひとつ先の駅へ向かいながら、まどかは二年前のクリスマスイブの事を思い返していた。

（……確か、キンキンに空気が冷えてて、雲ひとつない夜だったな）

あの日は、二人ともそれぞれの部署で残業をしていた。

そして、偶然帰りのエレベーターの中で鉢合わせ、そのまま飲みに行く事になったのだ。

しかし、めぼしい店はどこもイブを祝うカップルでひしめき合っており、ようやく居酒屋に腰を落ち着けた頃には結構な時間が経っていた。

たまたま空《あ》いていたカップルシートに通され、普通に座っていても肩がずっと触れ合っているような状態だったように思う。

杯が進み、まどかは壮士相手に日頃思っている事を、あれこれと話していた。そして、気づけば周りの雰囲気に逆らうように、自分の恋愛観まで披露《ひろう》してしまったのだ。

『恋人なんて、いらない。今は仕事が一番！　私、仕事大好き！』

それは嘘偽りのない本音だったし、自分はそれでいいんだと思っていた。

聞き上手の壮士は、まどかの話に耳を傾けながら、時折しみじみと頷いてくれる。

そんな彼の雰囲気のせいか、はたまた酔った勢いだったのか――

まどかはつい、さらに踏み込んだ話までしてしまった。

『それでもさ、イベントの時はやっぱりつらいよ。仕事が一番なのは変わらないけど、私だって、今日みたいな日には誰かの温もりを感じたいと思うもの』

『へえ、実は俺もそうなんだ』

壮士ほどの男が――そう思わないでもなかったけれど、不思議と彼が嘘をついているとは思わなかった。

『そうなの？　気が合うね』

『二人そろってイブに残業とか、かわいそうで泣けてくるな』

そんな軽口を叩きながら笑い合っているうちに、自然と身体が密着した。

きっと、その場の雰囲気とアルコールのせいもあったのだと思う。ふざけてカップルの真似事をしているうちに、いつの間にか唇を重ねていた。

気がつけば終電がなくなっており、運よく拾ったタクシーで壮士のマンションに向かった。

場所を変えても一度熱くなった雰囲気は変わらない。

ワインを飲みながらイブのカップルを演じ続け、盛り上がったあげく、とうとうベッドインまでしてしまい――

（……今思い出しても、やらかしちゃった感が半端ない……）

歩き進めながら、まどかは小さく肩を窄《すぼ》める。

次の日、目を覚ますなり青くなったまどかは、まだ眠っている壮士を起こさないようにマンションを出て、まだ始発も動いていない駅に向かった。

思いがけない展開に我ながらビビりまくったし、壮士に誰とでも寝る女だと思われたのではないかと、戦々恐々《せんせんきょうきょう》とした日々を送っていた。

けれど、もともとなんでも話し合う仲であり、異性ではありながら仲のいい友達だった二人だ。

『まどかは、俺にとって大切な存在だから、今の関係を壊したくないんだ』

きっかけは、壮士のそんな一言だった。

それからお互いに落ち着いて話し合った結果、きちんとルールを決めた上でならセックス込みの友情を築いてもいいのではないかという結論に達した。

それは、自分達の中では「セフレ」とは一線を画すものであり、決して身体を重ねる事だけが目的ではない。

もちろん、人に言えば十中八九非難され、否定されるとわかっている。

けれど、二人にとってベッドをともにするという行為は、仕事をする上で心身の健康を保つのに必要不可欠な行いという捉《とら》え方で意見が一致したのだ。

そうして、まどか達は、この関係を「同志」と呼び、ルールを守りながら続けてきたのである。

ルールその一――好きな人ができたらすぐに「同志」関係を終わらせる事。

ルールその二――したい事、してほしい事は正直に言い合う事。

ルールその三――いかなる理由があろうと、朝を一緒に迎えない事。

この三つがあるから、ある意味安心して「同志」関係でいられる。これほど親密な関係を持つに至ったのには、お互いに対する信頼があってこそだ。

それなのに、この頃のまどかは彼との「同志」関係が、このままずっと続けばいいと思っている。

一体、いつ頃からそんなふうになってしまったのか……

ふと立ち止まって横を見ると、ビルの窓にしかめっ面《つら》をした自分の顔が映っていた。

壮士の事は好きだ。

社会人としても一個人としても非の打ちどころのない男性だと思う。

まどかにとって彼は、仲のいい同期であり異性の親友でもある。

しかし、自分達は「恋人」ではない。

セックスは、二人にとって一種のコミュニケーションの手段でしかないのだ。

(しっかりしてよ、まどか。必要以上に気持ちを持っていかれてどうするの！)

ぶんぶんと顔を左右に振って、しっかりと前を向く。

はじめから恋愛感情などない関係とわかっているのだから、深入りするなんてもってのほか。

壮士だって、まどかと「同志」以上の関係になろうとは思っていないだろう。

大体、壮士ほどの男がいつまでもフリーでいる訳がない。

もともと、いつ終わりを告げるともしれない繋がりなのだ。

（せっかくの関係を壊したくない）

このまま「同志」関係を維持したいと思うなら、冷静になるべきだ。

間違っても本気になってはいけない――改めてそう自分に言い聞かせ、まどかは窓に映る自分にキッパリと背を向けて歩き出すのだった。


十一月最初の木曜日、まどかは社員食堂のテーブル席で昼食を食べていた。

頼んだのは、ハーブ豚のミラノ風カツレツのランチBセットと、それとは別に買ったミニかけそばだ。

隣には総務部所属で同期社員の柿田翔子《かきたしょうこ》が、正面には壮士と彼と同じ経営企画部の二年後輩である瀬戸《せと》が座っている。

「そういえば『白兎製パン』の件、進捗はどうだ？」

壮士に聞かれて、まどかはかけそばの丼《どんぶり》から顔を上げた。

「それがなかなかスムーズに進まなくて……。直接S国に行って生産者に直談判したいくらい。って言っても、他に仕事があるし、アラビア語も話せないから現実的じゃないんだけど……。とにかく今は、支社の担当者の返事を待っている状態」

先日、材料の産地に関する資料を、担当者経由で「白兎製パン」の経営陣に渡していた。

その後、出荷量と取引価格について再検討の依頼があり、現地の支社経由で生産者に問い合わせてもらっているところだった。

目当てのドライフルーツは、他のどこよりも品質がいい分、生産に手間暇がかかり、輸出量が絶対的に少ない。どうにかしてもっと量を増やせないかと交渉しているところだ。

焦る気持ちはあるが、如何《いかん》せん今まどかにできる事はほとんどないというに等しかった。

「それって、いつ頃問い合わせたんだ？」

「三日前。今朝『白兎製パン』から催促の電話があって、来週の水曜日までに一度返事をしなきゃいけないのよ。もう、いてもたってもいられないって感じ」

まどかはベンチ席に座りながら、小さく身を揺すった。

おそらく「白兎製パン」は「平田パシフィコ」にも同じ依頼を出しているに違いない。

仕事では常に迅速さを心掛けているまどかだから、今の足踏み状態はストレス以外の何ものでもなかった。

「支社の担当者って、田中《たなか》課長だっけ？」

「それが、十月の人事で担当が変わっちゃって――」

壮士に問われ、まどかはつい半年前に支社に赴任したばかりの女性担当者の名前を言った。

「ああ、なるほど。それでか……。今頃、その担当者もかなり苦労してるんじゃないか？」

「たぶんそうだと思う。だけど、他に手の空《あ》いている人がいないらしくて……。十分頑張ってくれてるのがわかってるから、今は待つしかできないの」

世界のあちこちでフェミニズムの波が起こっている昨今だが、ビジネスにおいてはいまだそれが浸透していない場合が多々ある。

S国はもとより、世界にはまだまだ男尊女卑がまかり通っている国が少なくない。生産者側からは、四十代男性である前任の田中ですら若輩者扱いをされていた。彼より年若でさらに女性となると、現地でどんな対応をされているか言わずもがなだ。

「そうか……。ちょうど明日から例のプラント建設の件で出張に行くんだけど、ついでにS国の支社に寄って様子見てくるよ」

壮士が言っているのは「中條物産」が受注した、S国の隣国に建設予定の太陽光発電プラントの事だ。

「え、ほんとに？」

「すぐに部長に相談してみるよ。たぶん、オッケーが出ると思う。あの地域は、新規事業開拓の宝庫だからな」

「助かる！　帰ってきたら全力でお礼するから！」

社内一の語学力を誇る壮士は、アラビア語も話せる。以前聞いた話では、英国の大学に留学している時、寮でさまざまな国の人達と親しく付き合ううちに、自然と複数の言語を操れるようになったのだという。

「ああ、任せとけ。お礼、期待してるよ」

それからすぐに、先に食べ終えた壮士と瀬戸が席を離れた。彼らの背中を見送るなり、翔子が肘でまどかの腕をトントンと突《つつ》いてくる。

「あんたと中條って、ほ～んと仲いいよね。ねえ、なんで付き合わないの？」

「なんでって……。私ら、そんなんじゃないから！　前から言ってるでしょ？　中條は私にとっていわば『戦友』みたいなもんだって」

「『戦友』か～。まあ、二人とも仕事第一だからね。けどさ、忙しい日々の癒《いや》しに、恋人とかほしくならないの？」

「翔子こそ、ずーっと瀬戸くんと話し込んでたじゃない。彼、可愛い顔してるし、翔子の好みのタイプでしょ？」

「あ、わかっちゃった？　ああいう子犬みたいな男子って、母性本能くすぐるよね～」

「やっぱり」

たしかに彼は母性本能をくすぐるタイプだ。なんなら、女らしさに欠ける自分よりも格段に可愛らしいとすら思う。

「私、本気で瀬戸くんにアプローチしちゃおうかな〜。さっき探りを入れたら、絶賛彼女募集中だって言ってたのよ」

翔子が嬉々として瀬戸と交わした会話について話しはじめる。

壮士から話が逸れ、まどかは相槌《あいづち》を打ちながら、ホッと胸を撫で下ろす。

プライベートでも仲のいい翔子とは、なんでも打ち明けられるほど心を許し合っているが、壮士との「同志」関係についてだけは話す事ができない。

「――でも、経営企画部っていったらエリートの集まりだもんね〜。ただでさえモテ要素持ってる上に、あれだけ可愛いんだもん。十分に戦略を練って攻めていかないと、他の女にさらわれちゃう。まどかも気づいてたでしょ？　中條と瀬戸くんと一緒にいる間中、あちこちから視線がビシバシ飛んできてたの」

まどかは頷いて、チラリと辺りに視線を巡《めぐ》らせた。

すると、斜め前に座っている澄香と目が合って、あからさまに不機嫌な表情を向けられる。

（おお、こわっ！）

まどかはさりげなく正面に向き直り、改めて壮士とは友達のままでいようと決意をする。

「さ、仕事仕事！」

ランチを食べ終えると、まどかは翔子とともに席を立って社員食堂をあとにした。

デスクに戻り「白兎製パン」のホームページにアクセスし、日々更新されている宮田社長のブログを閲覧する。

若い頃世界各国を回っていたという宮田は、パンに対して並々ならぬ情熱を注《そそ》ぐ、自称「パンの探究者」だ。パンに関する著作もいくつかあり、彼が作るこだわりのパンは、あらゆる方面から注目を集めている。

まどかが「白兎製パン」の存在を知ったのは、母の作った試作中のカフェメニューを食べたのがきっかけだった。その日、母に呼ばれて「チェリーブロッサム」を訪れたまどかは、出されたランチプレートに添えられていた「白兎製パン」のパンを食べて、思わず声を上げた。

驚くほど美味《おい》しいそのパンの味に、まどかはすっかり魅了されてしまったのだ。

すぐに「白兎製パン」のホームページを探し出し、以来社長ブログを欠かさずに見るようになった。そして、日々ブログのチェックをしているうちに、宮田が新しくレストランで出すドライフルーツ入りのパンの製造を考えていると知ったのだ。

まどかが「白兎製パン」に対する新しいアプローチの仕方を模索していると、壮士から社内メールが届いた。その内容は、経営企画部長からS国の支社に立ち寄る了承が得られたとの事。

まどかは思わず席でガッツポーズをとった。

壮士とは、これまでに何度かプロジェクトで一緒になり、その都度互いに協力して結果を出してきた。そういう意味で、彼は間違いなくまどかの「戦友」だ。

もちろん、そう呼んでも恥ずかしくないくらいには、自分も壮士の協力要請に応《こた》えている。

しかし、商社マンとして卓越した能力を持っている彼とまどかでは、積み重ねてきた実績が違う。

壮士は常にまどかの一歩先を行っており、その背中は立ち止まる事なく、全速力でビジネス街道をひた走っている。

正直、その姿を見て悔しいと感じる事もあった。けれどそれ以上に、同期として誇らしいし、彼と今のような関係を築けている事を心から嬉しく思う。

「戦友」にして「同志」である自分達は、今のままでいい。

そして、壮士に特別に想う人ができた時は、ただの「戦友」に戻って、心から彼を祝福するつもりだ。

　ふと見ると、メールの文末に米印がついている。それは、壮士が言い出した個人的な連絡方法であり、これがついている時は何かしら急ぎの用事があるという意味を示していた。

（なんだろう？）

　就業中である今は、当然プライベートなやり取りはできない。

　それからしばらくして、まどかはちょっとした休憩を取るためにエレベーターホールの横にある自動販売機コーナーに行った。

　ドリップ式のコーヒーを買いつつ持っていたスマートフォンを開くと、壮士からメッセージが届いている。

　自動販売機コーナー周辺にある椅子に座り、メッセージを読みながらコーヒーを一口飲む。

『今月の二十五日、誕生日だろ？　まだ予定が入ってないなら、俺と過ごさないか？』

（そうだった！）

　十一月二十五日は、まどかの二十六歳の誕生日だ。

　互いの誕生日は、新入社員のビジネス研修の折に話の流れで教え合った。自分の誕生日はさておき、壮士の誕生日はスマートフォンのカレンダーに登録済みだ。

（本人ですら忘れてたのに、ちゃんと覚えててくれたんだ……）

まどかは、すぐに壮士宛てにメッセージを返信する。

(『予定、入ってないよ。誘ってくれてありがとう』っと……って、ちょっと返事早すぎかな。まあ、いっか。送っちゃえ)

文字の入力を終えて、送信ボタンをタップする。

実家に住んでいる頃は、誕生日には家族全員でテーブルを囲み、母お手製のケーキを食べていた。社会人になり一人暮らしをはじめてからも、誕生日には実家からお誘いがきたりしている。

しかし、誕生日が平日だったりすると、まず実家に帰るのは無理だ。

(確か、社会人一年目の誕生日は平日だったよね。そういえば、あの時も壮士が祝ってくれたんだったっけ)

誕生日当日、残業を終えてデスクを離れたのが午後十時。

その後、偶然まだ社内に残っていた壮士と外で待ち合わせをして、彼の知り合いが経営しているというダイニングバーで軽くお祝いをしてもらった。

振り返ってみると、壮士はまどかの誕生日が近づくと、毎年必ず、何かしら声をかけてくれる。

社会人二年目の誕生日も平日だった。

その日は、仕事のあと学生時代の友達と会う約束をしていた。だが彼は、後日、まどかが以前から行きたいと思っていた店でディナーをご馳走《ちそう》してくれた。

去年の誕生日は日曜日だった事もあり実家でお祝いしたけれど、その何日か前に前祝いとしてケーキバイキングに連れていってもらった。

（壮士って、ほんとマメだよね。しかも、さりげなくてスマートだし。そういうところ、見習わないとダメだなぁ）

過去を振り返りながら、まどかは頭の中で独り言を言った。

むろん、まどかも壮士の誕生日には彼のリクエストに応じたお祝いをしている。しかしどう考えても、壮士にしてもらう割合のほうが多い気がした。

壮士には、公私ともに世話になっている自覚があるまどかだ。先ほどのS国の件も含め、来年こそはしっかり彼の誕生日を祝おうと決意する。

残っていたコーヒーを飲み干したまどかは、椅子から立ち上がってデスクに向かう。

その途中、顔見知りのビルメンテナンスの女性とすれ違い、挨拶《あいさつ》を交わした。

「あら、何かいい事でもあった？」

そう言われて、はじめて自分が機嫌よさそうに微笑んでいた事に気づいた。

（見られたのが社内の人じゃなくてよかった！）

まどかは、あわてて口元を引き締める。

別に意識してそうしている訳ではないけれど、会社では一応クールで通っている。

まどかは気を引き締めてふたたび歩き出す。しかし、普段どおりを意識して歩いていても、ついつい口元が緩みそうになってしまう。

さっきまですっかり忘れていたくせに、誕生日が俄然楽しみになっていた。

恋人ではない。けれど、まどかにとって壮士は間違いなく日々の癒《いや》しだ。

逆に、彼がいてくれるから恋人がいなくても、まったく気にならない。

壮士さえいてくれれば――

まどかは壮士の顔を思い浮かべた。

そして、いつか訪れる「同志」関係解消の日が、一日でも遠い事を願うのだった。

まどかの誕生日当日。

月曜日である今日、まどかは通常どおり会社に出勤し、無事退社時刻を迎えた。

気にしないようにしてはいたものの、なんとなくそわそわと落ち着かなかったのは、壮士との約束があったからだろう。

最寄駅から自宅と反対方向の電車に乗り、二つ先の駅で降りる。事前に知らされていた待ち合わせの場所に向かうと、壮士が先に到着していた。

彼は車で来ており、運転席側のドアの前に立っている。軽く手を振って、小走りで近づいた。

「ごめん、待った？」

「いや、俺もついさっき来たところだ。——はい、二十六歳の誕生日おめでとう」

祝福の言葉とともに手渡されたのは、大きな薔薇《ばら》の花束だ。

「えっ……こんなに大きな花束……ありがとう！　もしかしてこれって——」

まどかは花束を見て目を丸くしながら、白薔薇《ばら》の中に混じる赤い薔薇《ばら》を数えた。

「うん、いつもどおり白薔薇《ばら》を用意しようと思ったんだけど、せっかくだから年の数だけ赤い薔薇《ばら》にしてみたんだ」

壮士が、にこやかに微笑んでまどかを見た。

「こんなに大きくて綺麗な花束、今まで見た事ない！　本当にありがとう！」

まどかは思わず感嘆の声を漏らす。その反応を見た壮士は、白い歯を見せて笑った。

「よかった。じゃ、行こうか」

「うん」

壮士に促され、まどかは助手席へ歩いていく。ドアに手をかけようとすると、いつの間にかそばに来ていた壮士が代わりにドアを開けてくれた。

「あ、ありがとう」

礼を言って助手席に座り、彼が運転席に座るのを待つ。普段から優しくて気配り上手な壮士だが、今日はいつにも増して細《こま》やかな気遣いを感じる。

まどかは、フロントガラスの向こうを歩く彼を目で追う。

街はすっかりクリスマスモードに入り、色とりどりのイルミネーションが煌《きら》めいている。そんな風景の中で、壮士の姿がくっきりと浮かび上がって見えた。

壮士が運転席のドアを開け、シートに腰を下ろす。彼は、まどかの持っていた花束を後部座席に置いてくれた。

そうして、じっとこちらを見つめたかと思うと、覆《おお》いかぶさるようにして、ゆっくりと顔を近づけてきた。

「え？　わ、わっ……」

まどかは目を丸くして、目を瞬《またた》かせる。

いくら終業後とはいえ、これまで外でキスなんかした事なかったのに——

まどかが驚きつつもとっさに目蓋《まぶた》を閉じると、身体の右下でカチリと金属音が鳴った。

「シートベルト、締めるの忘れてるぞ」

鼻先十センチの距離で、壮士がそう言って笑った。

「へっ？　シート……ああ、そっか。そうだね！　シートベルト！」

（わ、私ったら、何を早とちりして！）

車内に漂《ただよ》う薔薇《ばら》の芳香のせいか、はたまた煌《きら》びやかな街の風景に呑まれたのか……まどかは運転席に座り直す壮士を横目に、内心の動揺を隠して咳払いをする。

今日の壮士は、一体どうしたというのだろう？

助手席のドアを開けてくれたり、シートベルトを締めてくれたり――どことなくいつもと違う壮士に戸惑い、まどかは助手席で意味もなく居住まいを正す。

それに、あんなに大きな薔薇《ばら》の花束をくれるなんて……

まるで恋人の誕生日を祝うかのようだ。

（なんだか落ち着かない……）

今夜の壮士は、明らかにいつもと違う。

そこはかとなくセクシーさを醸《かも》し出していて、ちょっとしたしぐさが、やたらとかっこよく見えて仕方がない。

よく見たら、昼間着けていたのとは違うドット柄のネクタイを締めていた。

それは、二年前にまどかが壮士に誕生日プレゼントとして贈ったものだ。

「ネクタイ、使ってくれてるんだね」

「もちろん。まどかのくれたこれ、あちこちに着けて行ってるけど、すごく評判がいいんだ。どんなスーツにも合うし、俺の一番のお気に入りだよ」

「よかった」

壮士はオンオフに限らず、いつもスタイリッシュでしゃれた格好をしている。

それに対して、まどかは常時パンツスタイルで、色も徹底してモノトーンだ。それだと、あれこれコーディネイトを悩む必要がないし、小物次第でたいていのシーンをカバーできる。

今日着ているのも、黒のパンツスーツに白いシャツブラウスを合わせたものだ。

誕生日だし、せっかく壮士に誘われていたのだから、小物くらい用意してくればよかった。

まどかは今さらながらに、自分の女子力の低さを後悔する。

昨日、壮士から連絡があって、今年は彼の自宅で誕生日を祝おうと言われていた。だからといって、服装を気にしなくていいという事ではない。

何から何までスマートな壮士に対して、自分はなんてガサツで大雑把なのか。

(こういうところだよね。私の女としてダメなところ……)

まどかが密かに猛省する横で、壮士が車にエンジンをかけた。

「さあ、出発しようか」

車体がスムーズに動き出し、大通りに合流する。

まどかは気を取り直し、通り過ぎていくキラキラした夜の景色を眺めた。

恋人ではない「同志」関係の自分にすら、こんなに行き届いた対応をしてくれるのだ。

壮士の恋人になる人は、きっと世界一の幸せ者に違いない。

真面目で誠実。何事にも真摯《しんし》だからこそ、彼は安易に恋人を作らないのだと思う。

たぶん壮士は、恋愛に対しても仕事と同じくらい真剣に取り組むはずだ。万全の準備を整え、自分にとって最上の相手を探しあてたら、一心に愛情を注《そそ》ぐに違いない。

彼がそんな人と出会った時、自分との「同志」関係は終わりを告げるのだ。

そして、もう二度と、こんなふうに彼の隣に座る事はなくなるのだろう。

そう思った瞬間、思いのほか強い胸の痛みに襲われ、まどかは助手席で身を固くする。

想像しただけでこんなにショックを受けるなんて。

自分はいつの間に、これほど彼にのめり込んでしまっていたのか……

「ん？　どうかしたか？」

「ううん、どうもしない」

まどかは運転席を窺い、壮士の横顔をじっと見つめた。

じわじわと胸の痛みが増していくのを感じる。

それを振り払うように、まどかは口元に笑みを浮かべた。

「壮士が誘ってくれなかったら、今日は一人でコンビニのケーキを食べて終わりだったよ。こういう時、壮士と『同志』になってよかったって思う。……あ、でも、好きな人ができたら、すぐに言ってよ？　って、壮士、真面目だから、そんな人ができたらすぐにわかると思うけど」

そう言って笑いかけるまどかに、赤信号で車を停めた壮士が視線を合わせてきた。

「すぐにわかる？　本当に？」

壮士が謎めいた微笑みを浮かべる。

まどかは、ハッとして膝の上に置いているバッグを握りしめた。

「え……まさか、もう……」

まどかの動揺した顔に気づいた様子の壮士が、軽やかに笑った。

「そっちこそ、好きな相手ができたらすぐにわかりそうだな。普段から、割と喜怒哀楽が顔や態度に出やすいだろう？　誰かに心を持っていかれたら、一発でわかりそうだけど、自分ではどう思う？」

「え？　そ、そうかな？　どうだろう……」

ぎこちなく返事をする間に信号が青に変わり、車がまた走り出した。

正面に向き直った壮士の横顔からは、なんの感情も読み取れない。

（……もしかして壮士、本当に誰か気になる人ができたんじゃ……）

いろいろと気になりだして、まどかは助手席で身じろぎをした。

もっとはっきり聞けばよかったのだろうか。

そう考えると同時に、聞かなくてよかったとも思ったりして……

車が左折し、壮士のマンションの駐車場に入る。

なんとなく黙ったまま、車が停まるのを待ってシートベルトを外す。後部座席の花束を取って前を向くと、外から壮士がサッと助手席のドアを開けてくれた。

そして、驚くまどかににっこりと微笑み、右手を差し出してくる。

「花束が大きくて降りづらいだろ？」

「あ……。うん、ありがとう」

左手で壮士の手を握ると、まどかは助手席から腰を上げた。

「……とと……」

花束で視界が遮《さえぎ》られているせいか、ふらついて前につんのめった。すかさず壮士の左手が伸びてきて、まどかの腰を支える。

「大丈夫か？」

「う、うん、平気。ありがとう」

「花束は、俺が持っていくよ」

斜めになっていた身体を立て直してもらうと同時に、まどかの右手から花束が離れた。

けれど、依然として彼の左手はまどかの腰に添えられている。

お互いの髪の毛に触れたり、手を握り合ったり――こういった軽いスキンシップは、二人きりでいる時はごく日常的なものだ。

だがやはり今日の壮士はいつもより紳士的で、やけに男性的なオーラを感じさせる。

（やっぱり、いつもと違う……。なんだか、ちょっと緊張しちゃうな）

まどかは多少気後れしながらも、壮士とともに歩き慣れたマンションの廊下を歩く。
壮士にエスコートされた状態でエレベーターに乗り、目的階に到着する。促されるま
ま部屋に入ると、ようやく壮士の手がまどかの腰から離れた。
「先に着替えてきて。俺はこれを花瓶に活けておくよ。ああ、この間、俺のを買うつい
でに、まどかの新しいルームウェアも買っておいたから。それを着るといいよ」
「わかった。ありがとう」
壮士に言われて、まどかは玄関から右に進んですぐの部屋に向かった。
十帖ほどの部屋には、正面にウォークインクローゼットがある。その横に置いてある
ポーターズラックはまどか専用で、ここへ来た時に着る服が複数枚掛けてあった。
壮士と「同志」関係を結んだまどかは、不定期ながらこの部屋で過ごすようになった。
便宜上、必要なものを置かせてもらっているのだが、時折彼は、そこに自分で買ったも
のをプラスしていたりするのだ。
「え？　これ？」
ラックの一番手前に、ワンピース型のルームウェアが掛けてあった。
白い生地《きじ》はモコモコと柔らかく、とても手触りがいい。ゆったりとして、見るからに
着心地がよさそうなのだが、まどかはここ何年もスカートを穿いていなかった。
それは、壮士も知っているはずなのだが、なぜあえてワンピースにしたのか……

（でも、せっかく用意してくれたものだし）

壁に据えられた大型の鏡の前に立つと、まどかは着ているものを脱いでワンピースに着替えた。

思ったとおり、すごく着心地がいい。しかし、着慣れないワンピースにソワソワするし、膝より少し長いくらいの丈が落ち着かない。

ふと見ると、ご丁寧に同じ素材の靴下が置いてあった。

ありがたくそれを履いたまどかは、ワンピースの裾《すそ》を引っ張りながらリビングに戻る。すると、すでに着替えを終えた壮士が、薔薇《ばら》を活けた花瓶をダイニングテーブルに置いているところだった。

まどかに気づいた壮士が、素早くまどかの全身に視線を走らせてきた。そして、満面の笑みを浮かべながら満足そうに頷く。

「思ったとおり、すごく似合ってるよ」

「そ、そう？　なんだか、着慣れないから恥ずかしいな」

「すぐ慣れるよ。ちょっとだけ待ってて。すぐに食事の用意をするから。外で食べてもよかったんだけど、ここのほうがゆっくりできると思って」

壮士がキッチンに向かいつつ話す。

「な、何か手伝おうか」

まどかが申し出ると、軽く首を横に振られた。

「誕生日なんだし、主役のまどかは何もしなくていいよ。ソファに座って寛《くつろ》いでいて。すぐにできるから」

「じゃあ、お言葉に甘えて……」

壮士にそう言われて、まどかは大人しくソファに腰を下ろす。

手伝おうという気持ちは十分すぎるほどあるのだが、座っていていいと言われて、ホッとしたのも確かだった。

というのも、まどかは料理が得意ではない。

それも、ただ単に下手《へた》という言葉では済まないほど深刻なレベルで。

大学時代に少しだけ付き合った男性は、まどかの料理下手《べた》を知るや否《いな》や、あからさまに距離を取り、別れ話を切り出してきたくらいだ。

もちろん、これまでにもさんざん努力して、なんとか料理下手《べた》を克服しようとした。

しかし、いくら頑張っても一向にうまくならないのだ。もはや料理は、まどかにとって最大の鬼門《きもん》であり、決して人に知られたくない短所なのだ。

何せ、食パンを焼こうとすれば黒焦げになるし、ご飯を炊こうとしたら炊飯器から泡がブクブク噴き出てくるくらいひどい。

そのため、まどかの朝ごはんは常にシリアルだし、他は電子レンジで温めるご飯とか、出来合いのお惣菜がメインなのだ。

（だって、どうやったって無理なんだもの。ほんと、女として情けないったら……）

密かにしょんぼりと肩を落とし、ため息を吐く。

ワンピースの裾《すそ》から、少しだけ膝頭《ひざがしら》が覗いている。まどかはソファの隅に置かれたクッションを取り、そこを隠すようにして膝の上に置く。そして、カウンターの向こうで作業する壮士の横顔を眺めた。

以前から、料理は食べるのも作るのも好きだと言っていた壮士だ。まどかは、これまでも何度か彼のちょっとした手料理をご馳走《ちそう》になった事がある。

彼曰《いわ》く、料理は自分にとって趣味のひとつであり、ストレス解消の手段でもあるのだという。

買い物を含む準備から食後の後片づけに至るまで、まったく苦にならないらしい。

それを聞いた時には、驚くのを通り越して感動してしまった。彼が出してくれた料理は、どれも驚くほど美味《おい》しかった。

彼なら、仮に料理の世界に進んでも、成功するのではないだろうか。

まどかは、小さくため息を吐きながら、部屋の中をぐるりと見回した。もう何度となくここを訪れているけれど、その都度感心して見入ってしまう。

ちょうどバブル期が終わる間際に建設されたというこのマンションは、外観はどっしりとした風格があり、デザイン性にも優れていた。

ゆとりのある間取りや、縦横に広い窓のおかげで開放感もある。

部屋のインテリアは白を基調にまとめられており、床も同じく白で大判のタイル貼りだ。

いつ来てもスッキリと部屋が片づいているのは、必要最低限しか物を置かないかららしい。

それは、まどかにも理解できる。

自身の部屋も、散らかるのが嫌で極力物を置かないようにしていた。その結果、女性の部屋とは思えないほど殺風景になっているのだが。

ほどなくして、壮士がキッチン横のダイニングテーブルに料理を並べはじめた。

まどかはソファから立ち上がり、配膳を手伝いに行く。

皿に盛られた料理を見て、思わず目を見張った。

「すごい……。これ、ぜんぶ壮士が？」

ダイニングテーブルに並んだのは、いずれも見るからに手の込んだ料理ばかりだ。

「まあね。まどかの誕生日だし、ちょっと頑張ってみた。もちろん、買ったものも交ぜてあるけど」

まどかは、口を半開きにしたまま壮士の顔を見た。

伊達《だて》にティーサロンを営む母を見て育っていない。

これを作るのに要した労力が、ちょっとどころの話ではない事くらい、料理下手《べた》のまどかにだってわかる。

「ありがとう、壮士。ものすごく嬉しい。ただでさえ忙しいのに、大変だったでしょ？ああ、もう……食べていい？」

料理を見た途端、空腹感が倍増した。

壮士は軽く笑いながら、まどかのために椅子を引いてくれた。

「どうぞ召し上がれ。ケーキもあるから、加減して食べろよ」

「無理っ。ぜんぶ美味《おい》しくいただいちゃう」

二人で向かい合わせになって座り、いただきますを言う。

最初に手をつけたのは、モッツァレラチーズとトマトが挟み込んであるサーモンとアボカドのタルタル仕立て。アクセントに載せられたキャビアの触感がよく、味も申し分ない。

「美味《おい》しい……！」

次に食べたのは、青々としたリーフサラダが添えられたローストビーフだ。肉汁たっぷりのソースがかかっており、噛むと口の中が旨味でいっぱいになる。

その横に並ぶ鯛のカルパッチョも、スパイスが利いていて三枚くらいいっぺんに頬張りたいくらいだ。味のしみた野菜のポトフには、思わず唸《うな》り声が出てしまった。

宣言どおり完食したまどかの前に、真っ赤なイチゴの載ったガトーショコラが出される。

淹れ立てのコーヒーの香りに、満腹の胃がほどよく刺激された。

数字の「2」と「6」のロウソクに壮士が火を点け、まどかがそっとそれを吹き消す。

「まどか、改めて誕生日おめでとう。それと『白兎製パン』の契約成立おめでとう。いろいろと苦労した甲斐があったたな」

社員食堂で助力を申し出てくれた彼は、予定どおりS国の支社に立ち寄ってくれた。

そして、支社長に話を通した上で、自《みずか》ら女性担当者とともに現地生産者に会いに行き、見事相手側を説得してきてくれたのだ。

「ありがとう、壮士。『白兎製パン』の件では、本当にお世話になりました！　壮士が動いてくれなかったら、契約には至らなかったと思う。本当に感謝してる」

「何言ってんだ。俺は自分のやれる範囲で手を貸しただけだ。生産者側の責任者、話せば結構気のいいおじいさんだったたし」

「ううん、壮士のおかげだよ！　お礼の件、本当に考えておいてよ？　できる限りの事をさせてもらうから」

「了解、じっくり考えておくよ。さあ、デザートを食おうか」

まどかは、壮士とともに切り分けたケーキを次々に平らげる。甘いものは別腹とはよく言ったもので、直径十二センチのホールケーキが、あっという間になくなってしまった。

「美味《おい》しかった。ごちそうさまでした」

掌《てのひら》をお腹の上に置くと、食べる前は平らだったそこが、ポッコリと膨らんでいた。

「お粗末さまでした。美味《おい》しそうに食べてくれて嬉しいよ」

すっかり満足したあとは、壮士に頼み込んで後片づけをさせてもらった。まどかがキッチンに立っている間に、彼は一度リビングを出てすぐに戻ってきた。

まどかが洗い物を終えてカウンターの外に出ると、壮士がソファの前に立って手招きをしてくる。

「何？」

まどかが近づくと、壮士がうしろ手に持っていた大きな包み紙を渡してきた。

「えっ……もしかして誕生日プレゼント？」

「そうだよ」

「大きな花束に、あんなに手の込んだ料理までご馳走《ちそう》してもらったのに、その上プレゼントまで!?」

「まどかだって、俺の誕生日にいろいろとやってくれたじゃないか。それに、そんなに高価なものじゃないから、安心して受け取ってくれ」

包み紙は巾着袋のようになっており、薄いピンク色のリボンで閉じられている。

「開けていい？」

「もちろん」

まどかはワクワクしながらリボンをほどき、袋の中から大きくて柔らかなものを取り出した。

「あっ！」

中を見た途端、まどかは大きく目を見開いて驚きの表情を浮かべた。

袋に入っていたのは、白くてモコモコしたクマのぬいぐるみだ。

「これ、もしかして、あの時のクマ？」

「当たり」

あの時というのは、以前二人で街を歩いていた時の事だ。

通りすがりのショーウィンドウの中に、白くてモコモコしたクマのぬいぐるみを見つけた。真ん丸で若干たれぎみの、こげ茶色の目。首には赤いリボンをつけており、口元は心なしかにっこりと微笑んでいるように見えた。

一目見るなりそれが気に入ったまどかは、無意識に足を止めてショーウィンドウの中を覗き込んでしまった。

先を急いでいた事もあり、すぐにそこから離れたが、実のところかなりうしろ髪を引かれていた。

あの時、壮士から何度か店に入らなくていいのか、と聞かれたけれど「キャラじゃない」と笑い飛ばして終わりにしてしまったのだ。

まどかは、手の中のクマを愛おしそうに見つめた。そしてギュッと胸に抱きしめ、ふにゃりと表情を緩める。

「ありがとう！　本当はこれ、すっごくほしかったの――」

そこまで言って、はたと気がついて口を噤《つぐ》む。

らしくない。

こんな可愛いクマのぬいぐるみをほしがるなんて、自分に一番不釣り合いな事を言ってしまった。

壮士を見ると、さっきと変わらない笑みを浮かべている。

「やっぱりな。あの時は『キャラじゃない』なんて言ってたけど、『ものすごくほしい』って顔に書いてあったからね。売り切れる前に店に電話して、取り置いてもらったんだ」

まさか、そこまで気持ちを読まれていたとは思わず、まどかは壮士を見つめたまま、まごついてしまう。

「私、そんなにほしそうな顔してた？」

「してた。あの時のまどかの顔は、まるで小さな女の子みたいだったぞ」

「そ、そっか……」

立ったままもじもじするまどかを見て、壮士がソファに座るよう誘ってきた。

まどかは壮士の右隣に腰を下ろし、クッションを探した。しかし、あいにくそれは、壮士の背後にあって手の届かない位置にある。

「なんで？　いけなかったのか？」

「だって、おかしいでしょ？　私がこんな可愛いクマをほしがるとか」

「そうか？」

首を傾げる壮士に、まどかが畳みかけるように「そうなの」と言った。

そして、ほんの少し考え込むような顔をしたあと、ゆっくりと口を開く。

「なんていうか……私、小さい頃から自分が『女の子らしくない』『女の子っぽいものが似合わない』キャラだってわかってたの。ピンクよりも青。ロングヘアよりショートヘア。実際、中学に上がるまではしょっちゅう男の子に間違えられてた。高校生の頃なんか、バレンタインに女の子から本気チョコをいっぱいもらったりして」

まどかは話しながら壮士の顔を見た。彼は小さく頷きながら、まどかの話に耳を傾けてくれている。

「だから、何を選ぶにしても無意識に『可愛い』より『かっこいい』ほうを選んできたの。別にそれはそれでよかったし、そのほうが自分的にもしっくりきてた」

「だけど、実はそうじゃない部分があった事に気づいた？」

壮士に訊《たず》ねられ、まどかは首を縦に振った。

「社会人になって一人暮らしをはじめてから、やけに可愛いものに目が行くようになって……特に、こういうフワフワ～っとして、柔らかそうなぬいぐるみを見ると、ものすごく心惹かれるっていうか……」

話しながら、手の中のぬいぐるみを改めてギュッと抱き寄せる。

「だけど、そんな自分に戸惑う気持ちもあって。なんていうか、自分はこんなキャラじゃない、一時的なものだっていう感じが否《いな》めなかったの。それに、一度買ったら際限なく増えていきそうだから……」

「なるほど。じゃあ残念だけど、これは俺んちの子にするか――」

壮士がおもむろに手を伸ばし、まどかからクマのぬいぐるみを奪おうとする。

「ダ、ダメッ！　この子は私の誕生日プレゼントでしょ？　なら、もううちの子だし、今さら返せなんて無理だから！」

まどかはとっさに壮士の手からぬいぐるみを遠ざけ、怖い顔をする。それを見た壮士が、声を上げて笑い出した。

「冗談だよ。誰も取ったりしないから安心しろ。って事で、もうまどかは可愛いもの好きだって決定だな。少なくとも、俺には隠さなくていいよ」

壮士の笑い声につられて、まどかも表情を和《やわ》らげて一緒に笑った。そして、右腕に抱えたぬいぐるみを見つめながら、嬉しそうな表情を浮かべる。

「こんな可愛いものをほしがるとか、似合わないけどね」

「俺は、そうは思わないよ」

「へ？　あ……そう？　なんで？」

思いがけない事を言われて、まどかは驚いた顔をする。まさか、そんな答えが返ってくるとは思ってもみなかった。

「なんでって、俺は別にまどかが可愛いものをほしがっても違和感なんかないし、そういう面があるまどかを可愛いと思うよ」

「か、可愛い？　私が？」

サラリとそんな事を言われ、まどかは口をポカンと開けて壮士を見る。

冗談を言われている？　――そう思い、まどかはとっさに笑い飛ばそうとした。けれど、こちらを見る彼のまっすぐな目に気づき、そのまま口を閉じる。

「なんでそんなに驚くんだ？　そりゃあ、会社のまどかは、クールでバリキャリ街道まっしぐらってタイプに見えるけど、プライベートではそうじゃないだろ？　むしろ真逆だし、クールどころかちょっと抜けてる感じだしな」

「ぬ、抜けてる……。まあ、否定は、しないけど……」

「そういう、ちょっと抜けてるところも、クールで仕事一筋のところも、ぜんぶまどかだろ。もちろん、今俺の横でクマのぬいぐるみを持ってニコニコしてるまどかも、すべてひっくるめて可愛いと思ってるよ」

「……あ、ありがとう。可愛いなんて言われたの、子供の時以来かも」

仕事の面では完璧を心掛け、これまでに大きな失敗はしていない。しかし、プライベートとなると、料理の事も含め、とてもじゃないけれど完璧とは言い難いのが実情だった。

「壮士に嘘はつけないね。なんだか、私の表も裏もぜんぶ把握されてるって感じ」

まどかがそう言って微笑むと、彼もそれに倣《なら》うように白い歯を見せた。

「表も裏もか……。そうならいいとは思うけど、まだまだまどかは、俺には未知なところだらけだ」

そう言って笑う顔が、見惚れてしまうほどかっこいい。

前からそうだったはずなのに、今夜は特別そう感じる。

「どうであれ、俺はまどかの一番の理解者だと自負してるし、これからもそうでありたいと思ってる。だから俺の前では、キャラなんて気にせず、ありのままで自由に振る舞えばいいいよ」

壮士が手を伸ばし、まどかの髪の毛をそっと撫でる。

その触れ方が優しすぎて、まどかは思わず彼の掌《てのひら》に頬ずりをしたくなった。

これほど自分の事をわかっていてくれる人は、壮士しかいない。

彼の前でなら、自分は身も心もありのままでいられる——そう思う反面、いつかはこの関係が終わってしまう事を思い、やるせない気持ちになる。

この頃は、なぜかそんな事ばかり考えてしまう——

自分の中で日に日に彼の存在が大きくなっていくのを感じていた。

壮士と過ごす時間を重ねるほどに、胸が苦しくなってくる。

もっと彼のぬくもりを感じたい。

しかし、恋人でもない自分が、これ以上を彼に求めてはいけない事もわかっていた。

まどかが密かに思い惑っていると、壮士がまどかの左手に右手を重ねてくる。

彼は、まどかの掌《てのひら》を広げて、自分のものと合わせるように指先を絡めてきた。

壮士の左手が、ワンピースの裾《すそ》に触れる。ふと見ると、いつの間にか裾《すそ》の位置が太腿の真ん中くらいまで上がってきている。

まどかは、さりげなくワンピースの裾《すそ》をもとに戻そうとした。けれど、壮士の手がやんわりとそれを阻《はば》んだ。

そのまま腰を抱き寄せられて、唇にキスをされる。口の中に彼の舌が入ってくると同時に膝の裏をすくわれ、気がつけば壮士の太腿の上に抱え上げられていた。

自然と身体が傾き、彼の腕に上体を預けるような格好になる。

そうしている間に、壮士の手がまどかの太腿の間に滑り込み、そこをやんわりと撫でながら肌に指を食い込ませてきた。

「まどかは、可愛い……。こうして俺に抱かれている時はもちろん、会社でバリバリ仕事をしている時も、クマのぬいぐるみを見てニコニコしてる時も」

太腿を撫でる彼の掌《てのひら》が、いつになく熱い気がする。

壮士の手が、まどかの右脚を持ち上げた。ワンピースの裾《すそ》がずり上がり、ショーツがあらわになる。

いきなりはしたない格好になってしまい、まどかは膝をもとの位置に戻そうとした。

しかし、壮士にあっけなく阻止され、さらに大きく脚を広げられる。それでもなお、やんわりと抵抗していると、壮士が視線を下に向けながら、思わせぶりに舌なめずりをした。

見ると、薄い空色のショーツの生地《きじ》がしっとりと濡れている。

「あっ……」

思わず声が漏れ、まどかは瞬時に頬を赤くする。

さすがに恥ずかしくなり、まどかは壮士の膝の上から下りようとした。

「ダメだ」

彼は短くそう言うと、にんまりと笑いながら上目づかいに視線を合わせてくる。

「そ、壮士っ……急にどうしたの？　なんだかいつもと雰囲気が違う感じ……」

まどかは少なからずたじろいで壮士を見た。一方、彼は変わらない様子で、まどかの唇に音を立ててキスをしては、いつもよりも強い視線で瞳を覗き込んでくる。

抱き寄せてくる腕にグッと力が入り、それまで以上に密着度が高くなった。

「そうか？　まどかがそう感じるなら、そうかもしれないな」

「そうかもって――」

ふたたび口の中に舌を入れられ、中をまんべんなく愛撫《あいぶ》される。そうこうする間に、彼の指先が下着の縁に触れた。そして花房の膨らみを、濡れた生地《きじ》の上から撫でさすりはじめる。

壮士とは、今までさんざんエロティックなスキンシップをしてきた。けれど、これほど淫靡《いんび》な触れ方をされたのは、はじめてのような気がする。

これまでにないほど情熱的なキスと愛撫《あいぶ》に、まどかはすっかり身体を熱くして甘いため息を漏らした。

「あぁ……。そ、う……しっ……」

壮士の手が下着の中に入り、閉じた秘裂をゆっくりと左右に押し広げた。指先が溢《あふ》れ出した蜜をすくい、花芽の頂《いただき》に塗り込んでくる。

「ぁんっ！　あ、あっ……壮……あ、ふぁあああっ！」

まどかは壮士の膝の上で、ビクリと身を震わせた。

いっそう強く抱き寄せられ、引き続き花芽を攻められて意識が遠のきそうになる。そのままイかされるのかと思いきや、だんだんと指の動きが緩慢になってきた。

目蓋《まぶた》に優しいキスをされ、自分がいつの間にか目を閉じていた事に気づく。

「ふ……」

ゆっくりと唇が重なり、全身がじんわりとしたぬくもりに包み込まれる。

身体だけではなく心までがフワフワと浮き上がったような気持ちになった。

啄《ついば》むようなキスを繰り返され、心地よさのあまり無意識にホッとため息が漏れる。

なんだか、本当の恋人同士みたいだ——

ものすごく胸がドキドキするし、こうしているだけで満たされた気持ちでいっぱいになる。

このまま、ずっとこうしていられたらどんなにいいだろう。

まどかは、そんな想いを込めて壮士にキスを返した。

身体だけでなく、心も彼と繋がって混じり合いたい。

そう願う気持ちが、どんどん強くなっていく。

「まどか……」

壮士が名前を囁《ささや》いたその時、ソファ前のテーブルの上で彼のスマートフォンが鳴った。

二人同時にそちらを見るものの、ヒートアップしたキスは容易には止まらない。そのまま唇を合わせ続けていると、自動応答機能が作動してスピーカーから男性の声が聞こえてきた。

『もしもし、壮士？　私だ。ちょっと話したい事があるんだが――』

声を聞くなり、まどかはハッと我に返り壮士にしがみついていた腕をほどいた。

甘やかな雰囲気が一変し、二人だけの世界が一瞬にして弾《はじ》け飛ぶ。

聞こえてきた声は、間違いなく壮士の父――「中條物産」社長、中條勇のものだ。

まどかは一瞬だけ壮士と顔を見合わせ、急いで彼の膝の上から下りた。そして、引き留めようとする壮士をやんわりと制し、音を立てないよう気を配りつつソファから離れる。

「父さん？　どうしたんだよ、こんな時間に」

『ああ……実は今、お前の家の近くまで来ているんだ。時間も時間だし、話が済んだらそこに泊めてもらうぞ』

「は？　今から？」

壮士が、あからさまに不機嫌な声を上げる。

時間を確認すると、もうじき午後十一時半だ。

まどかは指でオッケーマークを作り、壮士に示した。

彼は「行くな」というように首を横に振って腰を上げたが、まどかは壁の時計を指さして、どのみちもうそろそろ帰る時間だというジェスチャーをする。

壮士のいかにも残念でたまらないといった表情には、ひどくうしろ髪を引かれたが、こんな時間にわざわざ訪ねてくるくらいだ。きっと、何か大事な話があるのだろう。

まどかは、ゆっくりとあとずさりながらリビングの入り口を目指す。

廊下に辿《たど》り着くと、まどかは静かにクローゼットのある部屋に向かった。廊下を歩きながら二回ほど躓《つまず》いてしまったのは、頭の中がゴチャゴチャになりすぎて、足元がおぼつかなくなっていたせいだ。

「あぶなかった……！」

まどかは部屋に入るなり小さく声を漏らした。

胸元に手を当てると、まだ心臓がドキドキしている。

もし、あそこで電話が鳴らなかったら、自分は言ってはいけない事を口走っていたかもしれない。そんな事になれば、いつかは終わる「同志」関係がすぐに壊れてしまっただろう。

（そんなの、ぜったいダメだから！）

まどかは、頭の中で自分を叱咤《しった》する。そして、壮士のいるリビングのほうを振り返った。

今はまだ、この関係を終わらせたくない。

まどかは、胸に湧き上がってきそうな気持ちを無理矢理抑え込んだ。そして、唇を一文字に引き締めて、淡々と着替えをはじめるのだった。


十二月最初の週末、まどかはおよそ二カ月ぶりに実家に帰った。

『クリスマス用のスイーツができたから、試食してくれない？』

母からそんな電話があったのは、誕生日の三日後の事だ。

土曜日の午後、久しぶりにまどかは「チェリーブロッサム」の手伝いをした。

もっとも、妹達と違ってまどかはもっぱらフロア担当であり、昔からキッチンにはほとんど足を踏み入れた事はないのだが。

そして一夜明けた日曜日。

家族全員で朝食を取ったあと、父の修三《しゅうぞう》は近所の友達と連れ立って出かけて行った。

母の恵《めぐみ》は、スイーツの試作品を作るべく、定休日の「チェリーブロッサム」のキッチンにこもっている。

時刻は午後一時半。

まどかは妹達と昼食を食べたあと、二階の自室で持ち帰った仕事を片づけていた。

「あ～、終わった！」

開いていたパソコンを閉じ、思いきり背伸びをしながら立ち上がる。

そして、窓の欄干に腰かけて外の風景を眺めた。

(ここから見える景色は、昔から変わらないなぁ)

まどかは、口元に笑みを浮かべながら家の前庭を見下ろす。

冬場は若干寂しいけど、庭にはイチジクやビワといった果樹の他に、店の庭に移植した薔薇《ばら》など多数の花が植えられている。

実家は表通りに面した「チェリーブロッサム」の裏手にあり、周りは昔からの住宅街だ。近所の住人も皆古くからここにいる人達ばかりで、とても住み心地がいい。

四年前、社会人になったのを機に実家を出たけれど、両親はまだまどかの部屋をそのまま残しておいてくれている。

廊下の向こうは妹達の部屋もあるが、二人とも下にいるのか二階は音もなく静まり返っている。

(壮士、今頃何してるかな……)

誕生日をともに過ごしたあと、何度かメッセージのやり取りはした。しかし、水曜日から出張に出ている彼と、結局この四日間一度も顔を合わせないまま週末を迎えてしまった。

今までだって何日も顔を合わせない事はあったたし、別にめずらしい訳ではない。

けれど、今回みたいに落ち着かない気分になったのははじめてだ。

むろん、その原因もわかっている。

誕生日の夜に彼と会ってから、どうにも心が落ち着かない。気がつけば何度もため息を吐きながら、彼の事を考えている。

あの日、電話さえかかってこなかったら、まどかはおそらく壮士に抱かれ快楽にどっぷりと溺《おぼ》れていた事だろう。

そして、夢中になっているうちにベッドから抜け出すタイミングを逸《いっ》して、その結果ルールを破り、朝を一緒に迎えていたかもしれない。

そう思わせるほど、あの日の壮士はどこかいつもと違っていた。

大きな薔薇《ばら》の花束にはじまり、手の込んだ料理にサプライズ的なクマのぬいぐるみのプレゼントまで。それに加えて、こちらの心をとかすような優しい言葉と、いつになく淫靡《いんび》なスキンシップ。

(本当に、あぶなかったよね……)

これまでもプライベートでは十分すぎるほど優しい気遣いを見せる壮士だが、あれはどう考えても「同志」の域を超えているような気がする。

「ああもう、わかんない」

まどかは文字どおり頭を抱えた。

あの日以来、ずっと心の中がモヤモヤしている。

暇さえあれば壮士の事を考え、唇にあの時のキスの感触を蘇《よみがえ》らせたりして……

(気持ちいいんだよね……壮士とのキス……。ううん、キスだけじゃなくて、最初から最後までぜんぶ気持ちよくて……)

壮士に抱かれると、身体が空高く浮かび上がるような気分になる。あるいは、どこまでも青く澄んだ海の中にどっぷりと沈み込んでいくみたいな。

とにかく、壮士と過ごす時間は、まどかにとって唯一無二の特別なもので――

「だから、そうじゃなくて……！」

まどかは持っていた窓の欄干を握りしめた。

自分に対する憤《いきどお》りと焦りで、眉間に深い皺《しわ》が寄る。

同時に、壮士の顔が脳裏に思い浮かび、胸がキュッとなった。それは、甘酸っぱいレモンの砂糖漬けを口の中に入れた時の感覚にも似て――

まるで初恋と片想いを掛け合わせたようだ。そんな自分の心情に戸惑い、まどかは固く目を閉じて下を向いた。

これ以上、壮士にのめり込んではいけない。

何度もそう自分に言い聞かせているのに、どうしてこうも彼の事ばかり考えてしまうのか……

まどかが、もう何度目かわからないため息を吐いていると、玄関のドアがバタンと開く音が聞こえてきた。そして、下の妹の花が、つんのめるようにして家から飛び出してくる。

「うわっ！　とっ、とっ……」

あやうく転びそうになりながらも、ギリギリのところで踏みとどまる。まどかは思わず立ち上がり、下に向かって声を上げた。

「花！　大丈夫？　どうしたのよ、そんなにあわてて」

上から降ってきた声に反応して、花が顔を上げた。

「あ、まどかお姉ちゃん！　お母さんからメッセージが来て、新作スイーツができたから試食しにおいでって。あとね、ちょうど今お隣の隼人《はやと》お兄ちゃんが戻って来てて、一緒に試食する事になったんだって」

「ああ、そうなの。ふぅん」

まどかは花を見つめながら相槌《あいづち》を打つ。

桜井家は、昔から隣に住む東条《とうじょう》家と懇意にしている。

両家の父親は仲のいい幼馴染《おさななじみ》同士であり、まどか自身も東条家の一人息子である隼人とは同い年だ。

「まどかお姉ちゃんも一緒に行こう？　早紀《さき》お姉ちゃんは、もう店にいるみたい」

花が上を向いて大声を張り上げる。まどかより十歳下の妹は、まどかにとって「可愛い」の塊《かたまり》みたいな存在だ。

「わかった、すぐに追いつくから先に行ってて。あ、花、あんまりあわてると転ぶからね！」

「はーい、気をつけるね～」

花のうしろ姿を見送ったあと、まどかは窓から離れ階段を駆け下りる。

「おっとと……」

階段を下り切ってリビングに入るなり、床の上の延長コードに足を引っかけてしまった。

特にあわてていた訳でもないのに、花に注意した直後に自分が転びそうになるなんて。

「やれやれ、だよね」

昔から運動神経はいいほうだと自負するまどかだが、割とよく何かに足を引っかけて躓《つまず》く。

中でも延長コードとは相性が悪く、近くを通ろうとすると、二回に一回は躓《つまず》いて転びそうになっていた。

途中で花と合流し、二人で「チェリーブロッサム」に向かう。ドアベルを鳴らして店内に入ると、もうすでに早紀と隼人が窓際の席に向かい合わせになって座っていた。

「お姉ちゃん、花、こっちこっち！」

二女の早紀が立ち上がり、こちらに向かって手招きをしてきた。

「隼人、久しぶり。元気してた？」

「うん、お前は？」

「私も元気。今日は終日オフ？」

「いや、あと少ししたら出勤してロンドンに飛ぶんだ」

「相変わらず忙しそうね。人の命を預かる仕事だし、健康に気をつけて乗務なさいよ」

現在、彼の父親が社長を務める国内の航空会社「東条エアウェイ」に勤務する隼人は、パイロットとして日々世界中を飛び回っている。

「お前こそ、激務のせいで身体壊したりするなよ」

まどかは隼人と笑い合い、彼の隣に座った。早紀がさりげなく自分の席を花に譲り、その横に腰かける。

それからすぐに恵がやって来て、出来立てのクリスマススイーツを出してくれた。

「さあ、皆。食べて、正直な感想を聞かせて」

恵が言い、四人はさっそく試食に取り掛かる。

目の前に置かれたプレートに載っているのは、三種類のチョコレートとクリスマスカラーにデコレーションされた焼き菓子。皿の端に振りかけられたパウダーシュガーの上には、メレンゲでできたサンタクロースやトナカイが鎮座している。

「うん、これ美味《おい》しい！　特に、このスクエア型のチョコレートケーキ！　ベリーの酸味とホワイトチョコの甘さが絶妙だね」

まどかの対面に座る早紀が、声を張り上げる。それを聞いた母親の恵が、隣のテーブルで満足そうな笑みを浮かべた。

「でしょう～？　それ、お母さんの今年一番の自信作だもの」

「ほんと、美味《おい》しい～！　見た目も可愛いし、大人にも子供にも喜ばれそう。ね、まどかお姉ちゃん」

花が、メレンゲのトナカイを自身の目の前に掲《かか》げた。その頬は、メレンゲの色と同じ淡いピンク色に染まっている。

「うん、そうだね。見た目も味もバッチリって感じ」

まどかは花に同意して一口大のレモンケーキを頬張った。

「ああ、これもさっぱりしてて美味《おい》しい！　この味、男性にもウケそうだね」

「うん、うまい。これ、あと二個くらいあってもいいくらいだな」

隼人が紅茶を飲みながら、繰り返し頷く。

「やっぱり？　それ、お父さんと一緒に味の調整をしたのよ。お砂糖の量とか、レモンの皮をどのくらい入れようとか」

白シャツに薄茶色のカフェエプロンを着た恵は、五十二歳という実年齢より五、六歳若く見える。彼女は二十五歳の時に修三と結婚をした。そして「チェリーブロッサム」の店主だった亡き義母のあとを継いで、この店のオーナーになったのだ。

「お母さんって、お父さんと仲いいよね」

「だよね。見ててうらやましくなるくらい」

早紀が言い、花がそれに同意をする。

「そりゃそうよ。私とお父さんは、出会うべくして出会ったんだもの」

恵が自分達の馴《な》れ初《そ》めについて話しはじめ、姉妹が聞き役に回る。

まどかは、話を聞きながら皿の上のスイーツを平らげ、二杯目の紅茶を飲み干した。

「まどか、もっと飲む？　それともコーヒーにしようか？　ちょうど、いい豆が手に入ったのよ」

イギリスといえば紅茶が思い浮かぶが、コーヒーもそれに負けないくらい人々に親しまれている。

「ありがとう。じゃあ、コーヒーをもらおうかな」

「了解。隼人くんと早紀もコーヒーどう？」

「俺はもうそろそろ出ないと。スイーツ、ごちそうさまでした。これ、ぜったいヒットしますよ」

「ありがとう。よかったわ〜、隼人くんに試食してもらえて」

それからすぐに隼人が店をあとにし、恵が花に手伝いを頼んでキッチンに向かった。

まどかは早紀と顔を見合わせ、ニヤニヤと含み笑いをする。

「花ったら、相変わらず隼人大好きだね」

まどかが言い、早紀が頷く。

「ほ～んと。あれくらいわかりやすい子もめずらしいよ」

まどかが知る限り、花は幼稚園に入る前から隼人に淡い恋心を抱《いだ》いている。その気持ちは年を追うごとに高まっているようで、隼人はもちろん、二人を知る周囲の人間全員が気づいていた。

「可愛いよねぇ、花って。私が隼人なら、ぜったい花をお嫁さんにするな」

童顔で一見頼りなさげに見える花だが、昔から家庭的で意外と芯がしっかりしている。

「私もそう思う。花って料理上手だし、いい奥さんになりそう」

花はいい子だし、隼人は優しくて自他ともに認める真面目人間だ。隼人のほうは花を可愛い妹分としか見ていないようだが、まどかと早紀は、花の恋がいつか成就する事を心から望んでいる。

「早紀だってそうでしょ。どう？　最近は恋してる？」

「まあね。お姉ちゃんこそどうなの？　壮士さんとは何か進展あった？」

まどかは以前、壮士に頼まれて彼を「チェリーブロッサム」に招待した事がある。それ以来、彼は一人でふらりとやって来ては、スイーツや食事を楽しんでいるらしい。

「し、進展って……。壮士とはそういうんじゃないって言ってるでしょ」

「え～？　嘘だね。その顔は壮士さんと何かあった、って言ってるもん」

中学の時からちょっとしたモデル活動をしている早紀は、年下ながらまどかよりも恋愛事に長《た》けている。それもあって、以前から早紀には当たり障《さわ》りのない範囲で壮士の話をしていた。しかし、ある時、言葉巧みに誘導されて彼との「同志」関係を白状させられてしまったのだ。

「かっ……顔っ？」

まどかは両方の掌《てのひら》で自分の顔を覆《おお》った。心なしかちょっと熱い気がする。あわてて顔をパタパタと扇《あお》いでいると、こちらを見る早紀がにんまりと笑う。

「ほら、図星だ」

そう言うなり、早紀がまどかのほうに身を乗り出してくる。

「お姉ちゃん、いい加減壮士さんとの事、ちゃんとしなよ。『同志』とか言ったって、ただの建前でしょ？　なんだかんだ言って二年も続いてるんだし、壮士さんだって、ここに来るたびお姉ちゃんの話してるんだから」

「……そうなの？」

そんな話は、はじめて聞いた。

「でも、それは単に共通の話題が私ってだけの事でしょう？」

「さあ～、それはどうかな？　いずれにせよ、二人とも他に相手はいなくて、定期的にセックスしてオルガズム味わってるんだから、私からすれば二人はとっくに『恋人』だよ」

「さ、早紀っ！　しぃぃぃっ！　声、大きいって！」

　カウンターの向こうにいる花が、チラリとこちらを振り返った。まどかは花に向かって微笑みかけ、その場をやり過ごす。

「だって、そうじゃない？　大体、お姉ちゃん、好きでもない人とセックスなんかできないでしょ」

「えっ……。そ、それは、まあ……」

「でしょう～？　壮士さんだって、そうなんじゃないの？　真面目で一途そうだし。いつまでもグズグズしてたら、どっかのトンビに油揚げさらわれちゃうよ。それでもいいの？」

　早紀に見つめられ、まどかはとっさに首を横に振っていた。無意識の行動に我ながら戸惑っていると、早紀が目を三日月形にしてクスクスと笑い出す。

「な、何よ早紀ったら――」

「だって、お姉ちゃん。わかりやすいんだもん。いい加減、自分の本当の気持ちと向き合ったら？　あ、花。コーヒーありがとう～」

花が四人分のコーヒーを載せたトレイを持ち、あとからやってきた恵が数種類のチーズが並ぶ皿をテーブルの真ん中に置く。

「これ、隼人くんがイタリアで買ってきてくれたチーズ」

「さすが、隼人くん。気が利いてる。ね、花」

早紀が言い、花が嬉しそうに頷く。

母娘でテーブルを囲み、チーズを齧《かじ》りながらコーヒーを飲む。

(自分の本当の気持ち……か)

まどかは、半分上《うわ》の空で家族の話に相槌《あいづち》を打ちながら、頭の中に壮士の笑った顔を思い浮かべるのだった。


商社マンは忙しい。

今年も残すところあと八日。年末年始の休業日まで、あと四日を残すばかりとなった。

どこの部署もそれぞれ多忙だが、壮士は連日の海外出張で、ほとんど日本にいない状態が続いている。

かく言うまどかも、出張こそないものの、連日目が回るほど忙しくしていた。

「桜井さん『白兎製パン』の野村《のむら》部長から電話」

同じ部署で二年先輩の羽田《はだ》に声をかけられ、まどかはパソコンの画面から顔を上げた。

「はい」

軽く手を上げて返事をすると、すぐに受話器を取って応答する。

「お電話かわりました。桜井です――」

野村の用件は材料の受注をした新商品の発売日についてだった。同品は来年早々、レストランの限定品として発売され、その後消費の動向を見ながら通常商品として販売される予定だ。

S国から輸入したドライフルーツは、今月頭にすでに納入されており、まどかも試作品第一号の試食会に呼んでもらった。

出来上がった試作品は、企画当初に作られたものに比べて、食感や糖度のバランスが格段に良くなっていた。予想以上の出来上がりに「白兎製パン」の経営陣も大満足の様子だった。

『S国産の材料を使ったのは大正解だった』

そう言ってまどかの手配した材料を絶賛した野村は、両社の取引契約を心から喜んでくれていた。

彼との電話を終えたまどかは、やりかけの仕事を片づけ、少し遅めのランチタイムに入った。

社員食堂に行こうと、ちょうどやってきたエレベーターに乗り込む。

間が悪いというかなんというか、中にいる三人は澄香を筆頭に全員が壮士の「親衛隊」メンバーだった。

まどかが軽く会釈《えしゃく》して中に入ると、すぐに澄香が近づいてきて小声で話しかけてきた。

「桜井主任、中條主任って、今日出張からお帰りになる予定ですよね？　もう出社されてます？　それとも、空港から直帰なさるんでしょうか」

「さあ……。帰社時間までは、ちょっとわからないけど」

まどかが答えると、澄香が訝《いぶか》しそうな表情を浮かべた。今日の彼女は、いつもより香水がきつい気がする。

「そうですよね。同じ部署でもないですし、知ってるはずないですよね」

エレベーターのドアが開き、二十一階に到着する。

澄香はもったいつけたような会釈《えしゃく》をし、「親衛隊」のメンバーを引き連れてエレベーターを降りていった。

（何あれ！）

まどかは内心憤《いきどお》りつつ「閉」のボタンを押し、二十四階にある社員食堂へ向かう。

いちいち「親衛隊」の相手をするつもりはないが、こうも目の敵《かたき》にされてはさすがに気分が悪い。

壮士は、相変わらず社内では飄々《ひょうひょう》とした態度を貫いており「親衛隊」達を煙《けむ》に巻《ま》き続けている。

（だからって、私を巻き込まないでよ）

まどかは、頭の中に思い浮かべた壮士の顔に文句を言う。

今回の受注契約をきっかけに「中條物産」は「白兎製パン」に対して、同社レストラン部門との業務提携を提案した。

その内容は、「中條物産」が自社の持つ飲食店経営のノウハウを「白兎製パン」へ提供するのと引き換えに、レストランで使用するすべての食材の受注権を得るというもの。

提携に関わる交渉は経営企画部が引き継ぎ、現在、受注契約で関わりを持った壮士が担当となって進めている。

そもそも、この業務提携を提案したのは壮士なのだ。

彼は事前に用意していた資料を手に「白兎製パン」の宮田社長をはじめとする経営陣を訪ね、この業務提携について直接交渉し見事契約に結びつけた。

業務提携については年内に契約が完了する予定であり、これを機にゆくゆくは「白兎製パン」におけるすべての受注契約を「中條物産」に移行してもらう考えのようだ。

（さすが壮士）

まどかは改めて壮士のビジネスパーソンとしての才能に感嘆する。

壮士自身も認めているように、彼が「中條物産」の御曹司である事は、あらゆる交渉でプラスに作用しているのだろう。しかし、彼の働きを見ていると、もはやうしろ盾があろうがなかろうが関係ないのではと思えてくる。

そんな彼に負けない仕事をしたい――

彼は今やまどかの目標であり、ビジネスにおける重要な指針だ。

(負けてられない。私も、もっと頑張らなきゃ!)

エレベーターから出たまどかは、社員食堂でお気に入りの席が空《あ》いているかチェックする。

ちょうど離席する人がおり、まどかはランチを載せたトレイを持って東京湾が見えるカウンター席に着いた。

「あ~、お腹空《す》いた」

いただきますを言って、まどかはみそ汁の椀を手にする。

今日のメインメニューは、豚のスペアリブ煮。トロトロに煮込まれた肉が、空腹の胃袋に染みる。

ぴかぴかの白米と筑前煮の相性は抜群だし、小鉢に入ったキュウリの浅漬けがさっぱりとしていていい口直しになる。

(うちの社員食堂、ほんと優秀だよね。……でも、筑前煮は壮士が作ったもののほうが好みだな)

料理は、当然作る人によって味が変わる。

中でも筑前煮は使う食材が多い事もあり、ちょっとした味の違いがわかりやすく好みも分かれやすい料理だと思う。

（壮士が作る筑前煮の具、ゴロゴロで食べ応《ごた》えあるんだよね）

口の中のレンコンを咀嚼《そしゃく》しながら、まどかはキッチンに立つ壮士のうしろ姿を思い浮かべた。

お互いに忙しいせいもあり、壮士とは業務上のやり取りをしたり社内ですれ違ったりする事はあっても、誕生日以来二人きりで会えていない。

（もしかして、このまま年末を迎えるのかも）

今年の冬季休業は十二月の二十八日から一月五日の九日間。

例年、特に約束はしていないものの、年越しの何日か前には壮士と会っている。それは時にクリスマスイブやクリスマス当日だったりするが、だからといって特別にプレゼントを用意したり混み合う人気レストランでディナーを食べたりする訳でもない。

基本的にプレゼントを贈り合うのは互いの誕生日のみで、バレンタインデーやホワイトデーもあえてスルーしている。

それは、一緒に過ごすうちに、なんとなく話し合って決めた事で、ルールほどの効力はない。

キスをしてベッドをともにしても、恋人ではない。

これまでは、別にそれでいいと思っていた。

『大体、お姉ちゃん、好きでもない人とセックスなんかできないでしょ』

『いい加減、自分の本当の気持ちと向き合ったら？』

先日早紀に言われてから、まどかは何度となく壮士との関係について自問している。

あの日以来、早紀からも何度かお尻を叩くようなメッセージが送られてきていた。

『何か進展あった？』

『思い切って、自分からアクション起こしちゃいなよ！』

しかし、考えれば考えるほど頭の中がこんがらがり、結局結論を出せないまま途中で考えるのをやめてしまう。

（あ～あ、もう出口のない迷路に入り込んじゃった気分……）

いい加減そんな事を繰り返すのにも疲れた。

もともと、物事を複雑に考えるのは苦手だし、どちらかといえば猪突猛進《ちょとつもうしん》な性格をしているまどかだ。

そんな自分が、こと壮士に関してはいつまでもグズグズと思い悩んでいる。

壮士を「好き」か「嫌い」かで言えば、当然「好き」に決まっている。できる事なら、可能な限りこの関係を続けたいとすら思っているのだ。

（きっと、この先どんなに長く生きても、壮士ほどいい男は現れないだろうな……）

まどかは、頭の中でそう呟く。

けれど、今さらどうすればいい？

はじめに「同志」関係になろうと言い出したのは壮士だ。

彼が求めているのは「恋人」ではなく、互いに理解し合った上で関係を結ぶ「同志」だ。

それなのに、今さらその関係を変えたいなんて言い出せば、うっとうしいと思われるに決まっている。

ランチを食べる箸《はし》が止まり、まどかはぼんやりと窓から空を見つめた。

相手は超がつくほどハイスペック御曹司だ。

彼の立場や年齢を考えると、今の関係は遠からず終わりを迎えるだろう。

むしろ、これほど長く続いた事自体が奇跡だし、今までのほほんと関係を続けていた自分の能天気ぶりに呆れてしまう。

（あ～、らしくない！　いっその事、壮士に聞いてみようか？　でも、何をどう聞くのよ）

まどかは目を閉じて、なるべく簡潔な質問の仕方を考える。

『私達の関係、いつまで続けられる？』

――いや、それではまるで今の関係が終わるのを怖がっているみたいだ。

『私達の関係って、今のままでいいの？』

――いや、それだと「同志」ではなく「恋人」になりたいと言っているようなものだ。

（って、結局のところ壮士の事が、すごく「好き」なんじゃない……）

そう思った途端、胸がギュッと縮こまるように痛くなった。そして、ようやく自分の本当の気持ちに対して両手を挙げて降参をする。

（可能な限りこの関係を続けたいんじゃなくて、ずっと一緒にいたいんだ、私……）

自覚してみると、急に視界が開けてきた。

自分は壮士に対して「同志」以上の感情を抱《いだ》いている。

その上で、彼と過ごす時間を失いたくないと思い、失くすのを恐れている。

だからこそ、柄にもなく長々と思い悩んでいた。

これまで自分達の在り方について熟考するのを避けてきたのも、結局は今の関係が壊れてしまうのが怖かったからだ。

まどかがそんな結論に至った時、手元に置いておいたスマートフォンがメッセージの到着を知らせた。

「壮士……」

まどかは箸《はし》を置き、手にしたスマートフォンの画面に見入った。

『さっき、出張から帰ってきた。今週の土曜日、会えるか？』

まどかは即座に「会える」と返信する。

焦るあまり、たった一言だけの返事で終わらせてしまった。

まどかは一考したあと「おかえり～！　出張お疲れさま。会うの、すっごく楽しみ！」と追加送信する。

そして、若干浮かれている自分に呆れつつ、一人照れ笑いを浮かべた。

嬉しさで胸がいっぱいになり、知らないうちにきつく結んでいた口元が緩んだ。

壮士に会える。

ただそれだけの事で、これほど気分が上がるとは――

会える喜びを感じながら、まどかは表情を引き締める。そして、自分の胸に掌《てのひら》を当てた。

壮士への想いは、もはやどんないい訳や誤魔化しもきかない。

このまま「同志」関係を続ければ、そのうちきっと彼に気持ちがバレてしまうだろう。

それに、そもそも今の状態は「好きな人ができたらすぐに『同志』関係を終わらせる事」というルールに反している。たとえ、相手が壮士であろうと――いや、壮士だからこそ、はっきりと決着をつけなければならない。

（壮士に今の気持ちを伝える？　だけど、どう伝えればいいの？）

闇雲に伝えようとすれば、せっかくの二人きりの時間が台無しになるだろう。それどころか、今後の関係まで壊しかねない。

まずは、その場の雰囲気を読み、ベストの言い回しをチョイスして臨まなければ。

（まるで、難しい商談みたい）

まどかは眉間に深い皺《しわ》を寄せて、こめかみを指先で強く押した。

いずれにせよ、土曜日が二人の関係のターニングポイントになる。

（とにかく、今考えている事を正直に伝えよう。そうでなきゃ、自分だけじゃなくて壮士まで騙す事になるし）

その結果、壮士との関係が壊れてしまうかもしれない。けれど、自分の気持ちを自覚した以上、もう後戻りはできなかった。

心なしか、胸の中にずっしりと重い塊《かたまり》ができたような気がする。

まどかはそれを呑み下してしまうべく、残りのランチを黙々と食べ続けるのだった。

◇　◇　◇

壮士は、まどかに「ただいま」のメッセージを送るついでに、週末デートに誘った。

すぐに返ってきた答えは簡潔なものだったけれど、続いて送られてきたメッセージはいつもよりハイテンションだった。

「ふっ……『すっごく楽しみ！』か」

時間は午後十一時。

壮士は自宅マンションのソファに座り、スマートフォンを見ながら小さく笑い声を漏らす。

ひとまずは安心した。

むろん、まだ完全に気を抜く訳にはいかないのだが……

先日「チェリーブロッサム」のSNSを覗いたら「新作スイーツの試食会」という表題がついた写真が掲載されていた。

画像はぜんぶで四枚あり、三枚はスイーツをいろいろな角度から写したものだ。

残りの一枚は、スイーツと一緒に周りの風景が少しだけ写っており、テーブルの左側に黒のニットにグレーのショール姿の女性が座っていた。

写っているのは胸元のみで、顔はわからない。しかし、壮士はそれがまどかだとすぐにわかった。

写真のコーディネイトに見覚えがあったし、あの身体のラインは明らかにまどかだ。

壮士はスマートフォンを操作して、改めて画像をチェックした。

やはり、間違いない。

だが、問題なのはまどかの隣に男性が座っている事だった。

服装や、がっしりとして逞《たくま》しい胸元からして若年である事は間違いない。

「試食会」と題されているのだから、デートではないだろう。

だとしたら、一体誰だ？

親戚？　男友達？　もしくは、近所の住人か何かか……

あれこれと考えた末に行きついたのは、以前「チェリーブロッサム」を訪れた時に聞いた、まどか達姉妹の幼馴染《おさななじみ》の男だった。

「東条隼人」なるその男に関しては、店でまどかの母親や二人の妹達と雑談する中でいろいろ情報を入手している。

彼は桜井家の隣人にして、まどかと同学年。

父親は日本随一の航空会社「東条エアウェイ」の社長であり、彼自身は同社に勤務するパイロットであるらしい。家族ぐるみで仲がいいと聞いているし、たまたま誘われて姉妹とともに新作スイーツを試食したのではないか。

画像に見入る壮士の眉間に、深い縦皺《たてじわ》が寄る。

いずれにせよ、すべて憶測にすぎない。

それに、事実がどうであれ、まどかが若い男と同じテーブルについて写真に納まっているという事実に心がざわついた。

「くそっ……なんだっていうんだ」

壮士は拳《こぶし》を握りながら、奥歯を強く噛みしめる。

まどかと出会うまで、自分が嫉妬《しっと》深いと思った事はなかった。

今だって、まどか以外――たとえば、ビジネスやプライベートに関するどんな事にも、まったくといっていいほど嫉妬《しっと》したりしない。

しかし、まどかに関わる事だけはダメだ。

何がなんでも自分のものにしたいと思うし、髪の毛の一本だって他のやつに持っていかれたくなかった。

画像を見て以来、隣に座っていた男がまどかにとってどういう人物なのか気になって仕方がない。もし、彼が件《くだん》の幼馴染《おさななじみ》であるなら、まどかとの関係がどの程度のものなのか知りたかった。

これまで「同志」としてまどかと付き合いを続けてきたが、いよいよ覚悟を決めるべき時が近づいている。

壮士は画像の中のまどかの身体の線をなぞりながら、隣に座る男を睨《にら》みつけるのだった。

◇　◇　◇

十二月最後の土曜日。

まどかは目覚まし時計が鳴る五分前に目を覚ました。

いつもなら音が鳴ってからのそのそと起きるまどかだが、今日に限ってはサッとベッドを抜け出してラグの上に下り立つ。

「寒っ！」

布団から出た途端、寒さのせいで身体がギュッと縮こまる。急いでヒーターをつけて、洗面所に向かった。

「冷たっ！」

お湯で顔を洗おうと給湯器のスイッチを押したが、はじめの十数秒は水のままだ。節水を心掛けているし、結局はお湯が出るのを待ちきれず顔を洗い、小走りにヒーターの前に戻る。

「は〜、あったかい……」

部屋はぜんぶ合わせて二十二平米《へいべい》で、玄関すぐのキッチンとユニットバスの他に、クローゼットと八・五帖のフローリングがある。

オフホワイトの壁に合わせて、部屋の真ん中に置いたソファやテーブルなどの家具はすべてダークグレーでまとめた。

ベッド横の丸テーブルの上には、壮士からプレゼントされたぬいぐるみのクマが座っている。それを抱き寄せて、しばらくの間モコモコとした肌触りを味わう。

ひとしきり満喫したあと、まどかはキッチンに向かった。

皿に入れたシリアルに牛乳をかけ、インスタントのホットコーヒーを淹れる。それらをトレイに載せてテーブルに移動すると、テレビをつけて天気予報をチェックする。そうしながら、まださほど牛乳に浸《ひた》っていないシリアルを口に運ぶ。

壮士は、今日の午後一時半にここへ迎えに来てくれる予定だ。

時間にはまだ余裕があるけれど、まどかは朝食を食べ終わるなりそそくさと立ち上がって、外出の準備をはじめた。

いつもより丁寧に髪の毛を整え、クローゼットを開ける。

「う～ん……。何を着よう？　って言っても、どれも代わり映えはしないんだけど」

公私ともにモノトーンのパンツスタイルを貫いているまどかは、靴やバッグなども同じような色合いのものばかりだ。

これまで特に気にした事などなかったのに、壮士を特別だと意識した今、女性らしさゼロで、まるでしゃれっ気のない自分に多少の焦りを感じはじめている。

「あ、そういえば――」

まどかは、先日早紀からプレゼントされた、装飾品の入ったショッピングバッグの事を思い出した。

改めて中をチェックしてみると、モノトーンばかり着る姉のために選んでくれたのであろう、色鮮やかなアクセサリー類やメイクグッズが入っている。

「うわっ！　さすが早紀」

末っ子の花が、まどかにとって「可愛い」の塊《かたまり》みたいな存在であるのに対し、すぐ下の妹である早紀は「女の子らしさ」の象徴であった。大学生になった早紀は「女の子らしさ」に「女性らしさ」もプラスされ、ますます女っぷりが上がっているように感じる。

早紀からのプレゼントに感謝しつつ、どれをつけていくか思い悩む。

気がつけば壮士が来る時刻まで、あと三十分足らずになっていた。

「や……もうこんな時間？」

まどかは定番の黒のニットセーターに同色のワイドパンツを合わせ、早紀がくれた深い紅色のピアスをした。それに合わせて同系色の口紅とマニキュアを塗る。

普段、マニキュアなんか塗らないからかなりてこずってしまい、手を振って乾かしているうちに、あっという間に約束した時刻の五分前になった。

その直後、まどかのスマートフォンに壮士からメッセージが届く。

『時間どおりに着く予定。くれぐれもあわてないように』

彼がそう言ってきたのは、以前ここに迎えに来てもらった時、マンションのエントランスで転びそうになったからだ。

ハーフ丈のコートを羽織り、黒のショートブーツを履く。

玄関の鍵を閉めたところで、昨夜の決心を今一度頭の中に思い浮かべた。

（壮士に今の気持ちを伝える……）

そう決めたものの、いざその時になってみると、果たして落ち着いていられるかどうか……。

どうにか平常心を保ってはいるものの、昨日から心の中にずっと嵐を抱えている。

壮士にすべてをぶちまけたら、一体どんな顔をされるだろう？

そもそも自分達は、たまたま同期として出会い、気が合って今のような関係になっただけ。

こちらがいくら熱を上げても、壮士はあくまでもルールありきの「同志」関係を結んでいるに過ぎないのだ。

それなのに、まどかは彼を本気で好きになってしまった。その時点でもう「同志」関係は破綻しているのに、まどかは今日、自分の考えを壮士に伝えようとしている。

それは、事実上告白する事を意味していた。

「よし、行こう」

まどかは、大きく深呼吸をしたのちに、廊下を歩き出した。

放っておくと頭の中が悲観的な考えでいっぱいになりそうだけれど、結果がどうであれ、今はとにかくベストを尽くすしかない。

壮士に言われたとおり、ゆっくりとエレベーターホールに向かい、五階から一階に下りる。

見ると、ちょうどマンションの向かいの路肩に、壮士が車を停車させるところだった。駆け出しそうになるのを我慢し、短い横断歩道を渡る。

「お待たせ」

助手席のドアを開けてシートに腰を下ろすと、こちらを見る壮士の視線に出くわす。

「……今日はすごくおしゃれだね。その口紅もピアスもまどかに似合ってる」

壮士が感心したような表情を浮かべ、目を細めた。

「ふふっ、ありがとう。これ、ぜんぶ早紀が選んでくれたの」

会ってすぐに変化に気づいて褒《ほ》めてくれる。

壮士のそつのなさや気配りに、感心してしまう。

「今日の壮士も、かっこいいじゃない」

「ふっ、そうか？　ありがとう」

壮士が笑い、ちょっと照れくさそうな表情を浮かべた。

彼は白のリブニットにキャメル色のジャケットを羽織っている。チノパンツの脚はすらりと長く、どこをとっても非の打ちどころのないセルフコーディネイトだ。

シートベルトをすると同時に車が走り出し、しばらく大通りを進み高速に乗る。

壮士から連絡をもらったものの、どこへ行って何をするのかは「当日のお楽しみ」と言われ、詳細は知らされていない。

久しぶりにまともに顔を合わせたせいか、ちょっと緊張する。

それ以前に、壮士の事をもうただの「同志」とは思えなくなっているまどかだ。

なんとなく口を噤《つぐ》んだまま窓の外を見ていると、遥《はる》か上空に飛行機が飛んでいるのが見えた。

「あ。『東条エアウェイ』の飛行機」

地上から見える飛行機は豆粒ほどの大きさだが、エメラルドグリーンの機体は間違いなく「東条エアウェイ」のものだ。

「ああ、実家のお隣さんの……。幼馴染《おさななじみ》がパイロットをしているんだって？　先月『チェリーブロッサム』に行った時、早紀さんに聞いたよ」

まどかの呟きに、壮士が即座に反応する。

「そう。私と同い年で、高校まで同じ学校に通ってたの」

まどかはエメラルドグリーンの機体を目で追いながら頷く。

「たしか名前は、隼人さんだったかな？　超がつくほど真面目で、びっくりするくらいイケメンだって聞いたけど」

壮士が言い、まどかが相槌《あいづち》を打つ。

「そう。優しいし、外見だけじゃなくて中身もイケメンなんだよね」

話しながら、まどかは先日「チェリーブロッサム」で新作スイーツを食べた時の事を思い出す。

あの日、隼人の正面に座っていた花は、終始頬を染めて嬉しそうにスイーツをパクついていた。まだ十六歳の子供だが、花が隼人を想う気持ちはいじらしいほどまっすぐで一途だ。

「ふふっ」

つい笑い声が漏れたのは、そんな花が可愛くて仕方がなかったからだ。

「隼人さん、まどかと部活も一緒だったって聞いたけど」

「中学高校と、二人ともバスケットボール部だったの。お互いにキャプテンだったし、男女合同で合宿に行ったりして」

「なるほど……。じゃあ、今でもプライベートで会ったりしてるのか？」

「まさか。お互いもう社会人だし、私も実家を離れてるしね。でも、たまにうちの店で顔を合わせたりするかな」

実家に帰った時は、必ずと言っていいほど隼人の所在を確認する。それは、当然彼を慕う花のためであり、もし実家に帰ってきているようなら、ちょっとだけでも花に会わせてやりたいからだ。

話すうちにだんだんと緊張が解けてきて、それからはいつもどおりいろいろな雑談を交わした。

話している途中で、まだ目的地を聞いていない事に気づいた。

「そういえば、今日はどこに行くの？」

まどかは運転席を振り向き、壮士の横顔に話しかけた。

「俺が昔から通ってる温泉旅館だ。あと三十分もかからないと思う」

聞かされた「山燈館《さんとうかん》」という屋号は、旅行好きなら一度は聞いた事がある由緒ある老舗《しにせ》旅館のものだ。宿泊だと十数万円と聞くから、おそらく食事や入浴だけでもかなりの金額になるだろう。

まどかが目を丸くしていると、壮士から自分が誘ったし「白兎製パン」の契約締結のお祝いの意味も込めて費用は全額負担させてほしいと言われた。

「居心地の良さと料理のうまさは保証する。食事は離れの個室だし、寛《くつろ》いで遠慮なくたくさん食べてくれ」

「そ……それじゃ、壮士に負担をかけすぎだよ。せめて、少しは負担させて。そうじゃなきゃ、寛《くつろ》ぐどころじゃなくなるから」

日頃、食事をおごってもらう事はあるが、まどかもそれに見合ったお返しをしていた。

しかし、これほど高額の食事となると、明らかにお祝いの域を超えている。

まどかは、頑《かたく》なにおごられるのを固辞した。

ちょうどパーキングエリアが近づいており、壮士が左方向にハンドルを切る。

「ちょっと休憩しよう」

車を駐車スペースに停めると、壮士がまどかに向き直った。そして、少し困ったような顔で口を開く。

「これは、旅館についてから言おうと思ってたんだけど……。実は、課長への昇進が正式に決まったんだ。発表は来年になるけど、まどかにだけは先に言っておこうと思って」

「か、課長……昇進……？」

まどかは目を丸くして驚きの表情を浮かべる。

「おめでとう！　壮士、すごいね！　でも、当然の人事だし、正当な評価だと思う」

思わずパチパチと拍手をして、彼の昇進を喜ぶ。

「ありがとう。って事で、今日は俺の昇進をまどかに祝ってほしいっていう思惑もあるんだ。俺が勝手に決めた事だし、気持ちよく俺におごらせてくれないか」

そこまで言われたら、さすがに断るのも気が引けた。まどかは渋々ながら壮士の申し出を受け入れる事にする。

「わかった。でも、昇進祝いとして、私からも個別にお祝いをさせてもらうね。『白兎製パン』の件で協力してもらったお礼だってまだだし、何か要望があったら言って。個別でもいいし、両方合わせてでもいいし。大した事はできないけど、できる限りの事はさせてもらうから」

まどかが言うと、彼はにっこりと微笑んで頷く。

「今の言葉、忘れるなよ」

「もちろん、忘れたりしないわよ」

話しながら車を降り、大きく背伸びをする。空は晴れ渡っており、文句なしのドライブ日和《びより》だ。

せっかくこうして壮士と二人きりでドライブができているのだから、今はそれを楽しもう。

そう考えたまどかは、彼と並んで歩き、レストランや土産物《みやげもの》売り場がある建物の中に入る。

中は結構な賑《にぎ》わいで、まどかも通路に沿って歩きお土産《みやげ》などを見て回った。

「何かいいものあった？」

渋滞情報をチェックしていた壮士が、ふいにポンと肩を叩いてきた。

「う〜ん、これといってほしいものはないかな。でも、これ見て」

まどかは、見ていた子供用おもちゃコーナーの一角を指さす。そこには、小さな女の子用の指輪が入った箱がいくつか並んでいる。

「ほら、このクマの指輪、壮士がプレゼントしてくれたクマのぬいぐるみに似てない？」

指輪のクマは、顔の部分がラインストーンでできている。目と鼻の色は黒で、耳の赤を除くと他はぜんぶ白だ。値段はひとつ二百二十円。どれも同じデザインだが、よく見るとそれぞれ表情に個性が感じられる。

「確かに似てるな。じゃあ、あのクマとセットって事で、これもまどかにプレゼントしよう。どの子にする？」

「え？　ほんとに？　ありがとう！」

壮士に言われ、まどかは心から嬉しく思った。

彼は、まどかがおもちゃの指輪を見ていても笑ったりしない。それどころか、同じテンションで陳列棚を覗き込んでくる。

まどかは、箱の中に並ぶクマを見比べて、そのうちのひとつを選んだ。

「じゃあ、この子！」

「よし」

まどかが持っていた指輪を指先で摘まみ上げると、壮士がキャッシャーへと歩いていく。

そのあとについて行きながら、まどかは頬が熱くなるのを感じた。まるで恋人のようなやり取りに、思わず胸が高鳴ってしまう。

（指輪……。おもちゃだけど、壮士に指輪、買ってもらっちゃった）

ついこの間までなら、可愛らしいものはすべて自分には縁のないものだと思っていた。

けれど彼は、自分の前でだけは、可愛いものが好きな自分を隠さなくていいと言ってくれた。

だったら、ありがたくそうさせてもらえばいいのだ。

支払いを終えた壮士に改めて「ありがとう」とお礼を言い、まどかは足取り軽く壮士のあとを歩いた。

自動ドアを出ると、外はちょうどやってきた団体客で混雑している。

「ほら。混んでるから」

壮士に右手を差し出され、まどかは頷いて左手で彼の手を握った。

これまでに、幾度となくプライベートな時間をともにしてきたけれど、こんなふうに手を繋いで歩く事などなかったように思う。自然と頬が上気して、鼓動が速くなる。

繋いでいる手が気になって上《うわ》の空で歩いていると、ふいに何かに足を取られた。

「あっ！」

「おっ……大丈夫か？」

「うん。ごめん、ありがとう」

足元を見ると、屋台で使われている発電機のコードが束になって置いてあった。

「怪我は？」

「大丈夫。もう、ほんとコード類と相性悪すぎ」

幸いコードはびくともしておらず、まどかは壮士に手を引かれて注意深くそこを通り抜ける。

「手を繋いでもらっていて助かっちゃった」

照れ隠しにそう言うと、壮士が得意げな顔をして繋いだ手をギュッと握りしめてきた。

「俺はまどかの騎士《ナイト》みたいなもんだからな。これからは、二人でいる時はずっと俺と手を繋いでいればいいよ」

壮士が、歩きながらまどかの手を恭《うやうや》しく掲《かか》げた。

一見ふざけているような壮士だが、こちらをまっすぐ見つめてくる目力がやけに強い。

「う、うん。そうだね」

なんだか照れてしまい、まどかは足元に注意を向ける体《てい》で下を向いた。

歩きながら、ふと横を見ると、陽光を浴びて歩く彼が本物の騎士《ナイト》のように見えてしまった。

いくらなんでも浮かれすぎだと自戒しつつ、車に乗り込む。

外はだいぶ暗くなってきている。これだと、家に帰り着くのは夜中になりそうだ。行き帰りとも運転するのは大変だろうし、帰りは自分が運転しよう——そんな事を思いながら、まどかは車窓を流れる夕暮れの景色を眺めた。

車は高速道路を下りて、市道に入った。渋滞もなく進み続け、山道に差し掛かる。

「この先は、もう信号がないからノンストップだ。あと十分くらいで着くかな」

彼の言うとおり、緩いカーブをいくつか曲がりきると目的地に到着した。

東京から車でおよそ二時間半のその旅館は、以前宿泊サイトの特集記事で見た事がある施設だった。

「うわぁ……ここ、前に一度写真を見た事があって、いいなぁって思ってたの」

まどかが感嘆の声を上げると、壮士が頷いてにっこりと笑う。

「よかった。中もいい感じだよ」

車を預け、館内に入る。

外は冬の寒さに包まれているが、中はそれをまるで感じさせない。

出迎えてくれた恰幅のいい女将《おかみ》に案内され、渡り廊下を経て本館の奥にある特別室に入った。

壮士と女将《おかみ》のやり取りを聞きながら、まどかは辺りに視線を巡《めぐ》らせる。

彫刻が施《ほどこ》された欄間《らんま》や重厚な調度品。部屋の広さはもとより、感じられる格式の高さは日頃のまどかにはまったく縁のないものだ。

ほのかに香るのは、おそらく白檀《びゃくだん》だろう。

（さすが「中條物産」の御曹司……って、今さらだよね）

普段はまったくその事を気にせずに壮士と接しているまどかだが、さすがにこんな時は意識せざるを得ない。

女将《おかみ》が去り、壮士と二人きりになった。

中庭を臨む特別室は部屋が三つに分かれており、まるで一戸の日本家屋《かおく》のようにゆったりとしている。板張りの居間は、壁の二面がガラス張りとなっていて、他の二間はいずれも畳敷きだ。

「まどか」

背後から声をかけられ、振り向こうとした背中を壮士の腕の中に包み込まれる。本館との距離がたっぷりと取られているおかげか、部屋の中はシンとして静かだ。

「まだ五時前だな。夕食までに、まだ時間があるし、少し館内をぶらついてみる？……でも、その前にちょっと話したいんだけど、いいか？」

「う、うん。もちろん」

まどかが返事をすると、抱き寄せてくる壮士の腕に力がこもった。彼の左腕が、まどかの胸元に密着する。さっきまでなんとか平常心を保っていたまどかだったが、ここへ来て一気に緊張が戻ってきた。

徐々に鼓動が速くなり、呼吸が少しずつ乱れてくる。

少しの間、二人して突っ立ったままじっとしていた。

きっと、触れた腕を通して、壮士に胸の高鳴りがバレているに違いない。

どうにかそれを誤魔化したいと思うのに、まどかはまるで木偶《でく》の坊《ぼう》のように身動きが取れずにいた。

「さっき、俺の昇進を祝ってくれるって言ったよな？　できる限りの事はさせてもらう、って」

「う、うん」

壮士の唇が、まどかのこめかみに触れた。それがゆっくりと耳まで下りてきて、耳朶《じだ》の先で止まる。彼は抱きしめていた腕をほどいて、まどかの正面に回ってきた。

そしてふたたび、彼の腕がまどかの身体を包み込む。

「俺の要望を聞いてくれるか？」

壮士に微笑まれ、まどかもそれにつられるようにぎこちなく口角を上げる。目の前の彼は、いつもより格段に男性的だ。普段からセクシーではあるが、今日の彼はなぜか一段と色気を増している。

「私にできる事ならなんでも」

「よかった。俺の望みは、まどかにしか叶えられないからな」

「私にしか？」

「そう。まどかにしか」

言い終わるなり、唇に触れるだけのキスをされた。

落ち着いた部屋の雰囲気と、耳の奥で聞こえる心臓の音——

ちょっとした非日常に身を置いているせいか、やけに気持ちがセンシティブになっているような気がする。

「まどか——今夜は、このまま俺とここに泊まってくれ、俺とここで一緒に過ごしてほしい」

壮士に見つめられ、まどかは目を大きく見開いて彼を見つめ返す。

「……えっ……で、でも——」

「もちろん、それがルールを破る事になるのはわかってる。その上で、あえてお願いしてるんだ。ダメか？」

まどかは言葉に詰まった。

本来なら、返事は「ＮＯ」だ。

しかし、今回は壮士の昇進祝いであり、まどかは事前に「私にできる事ならなんでも」と言ってしまった。

それが彼の要望なら、まどかに拒《こば》む権利などないのでは？

何より、自分自身が壮士と長く一緒にいたいと望んでいる。

まどかは、思考をフル回転させる。そして、素早く首を横に振った。

「わかった。壮士のお祝いだし、今回は特例って事で――ん、んっ……」

ふいにキスで唇を塞がれ、いっそう強く抱きしめられた。

上体がうしろに倒れ、壮士に全体重を預けたような格好になる。繰り返し熱烈なキスをされ、息をするのもままならない。

「ぷわっ……はっ……。そ、そう……し……」

ようやく唇を解放され、まどかは大きく息を吸って喘《あえ》ぐ。

「お祝いついでに、明日も丸一日まどかを独占したいんだけど、いいか？」

そう言われて、まどかは思わず頷いて「うん」と言った。

「嬉しいよ」

抱きしめられた背中をそっと撫でられ、唇に甘いキスをされる。そうする時の彼の表情やしぐさが、たまらなく色っぽい。

まどかは内心ドキドキしつつ、おとなしく壮士の腕に抱かれ続ける。

壮士はニコニコとして、すこぶる機嫌がいい。まどかは、そんな壮士を見て彼の申し出を受け入れてよかったと心から思った。

（壮士の昇進祝いだもんね。今夜だけは、壮士の望むとおりにしよう）

その後、壮士に連れられて本館に赴《おもむ》く。

ドーム型の天井や使い込まれた調度品の数々――。レトロモダンな雰囲気が漂《ただよ》う館内には、創業以来積み重ねてきた歴史を感じる。

「部屋も素敵だけど、ここもすごく趣《おもむき》があるね。過去にタイムスリップしてきたみたい」

「だろ？　日頃コンクリートやビルばかり見てるからか、ここに来るとなんだかホッとするんだ」

広々としたロビーに置かれたソファに腰を下ろし、使い込まれた寄木張りの床や植物の描かれた天井画を眺める。

しばらく雑談を交わしたあと、立ち上がりざまにさりげなく腰に手を回された。二人して薄紅色の絨毯《じゅうたん》が敷かれた廊下を歩く。

窓ガラス越しに見える風景が、だんだんと夕闇に包まれていった。

（今日、ここに泊まる……。自分の部屋に帰らないで、壮士と一晩中一緒にいるんだ……）

今さらながらにそれを意識して、にわかに鼓動が激しくなる。気持ちを落ち着かせようと小さく深呼吸をすると、壮士がそれに気づいて歩く速度を遅くした。

「疲れた？」

「ううん、ぜんぜん」

「そろそろお腹空《す》いた？」

「そういわれれば、すごく空《す》いてる」

「じゃあ部屋に移動しようか」

食事のために用意された個室は、宿泊する部屋とは別棟にあった。ほどなくして準備が整い、どっしりとした唐木のテーブルを挟んで向かい合わせに座る。

「うわぁ、美味《おい》しそう！」

美しく盛り付けられた料理を見て、まどかは目を輝かせた。

テーブルに並べられているのは、旬の食材をふんだんに使った会席料理だ。

竹筒に盛られた煮こごりや石板で焼かれたヒレステーキ。氷でできた皿の上に並ぶ刺身やカラリと揚げられた山菜の数々。

杯を合わせ、柚子《ゆず》の香りがする食前酒を一口飲む。

「これ、すごくすっきりしてて飲みやすいね」

そのまま、もう一口飲んだところで、正面を向いた壮士の顔をじっと見つめる。

「どうかしたか？　もしかして、俺に見惚れてるとか？」

冗談まじりにそう言われ、まどかはふと頬を緩めた。

「ふふっ、そうかも。……壮士って、食べる姿が綺麗だよね」

言いながら、まどかは改めて壮士の顔を真正面から見つめた。

「今まで意識してなかったけど、私、壮士の食べるところを見るのが好きなんだと思う」

「俺の食べるところ？　そりゃまた、えらくマニアックな好かれ方だな」

壮士が愉快そうに笑う。

「だって、好きなんだもの」

言い終わってから、なぜか頬がチリリと焼けた。

今の言葉だけ切り取れば、まるで壮士に告白をしたみたいだと思ったから。

「……これまで何度も一緒に夕食を食べてきたのに、ルールのせいで壮士はめったにお酒を飲む事がなかったもんね。今さらだけど、ごめん。悪かったな……って思う」

二人が会うのはたいてい壮士の部屋だ。

彼は泊まらずに帰るまどかを車で送る事もあるから、いつもしらふのまま。それでいて、まどかには用意したアルコールを勧めてくるのだ。

「俺が好きでしてるんだから、まどかが謝る事はないよ。ほら、お腹空《す》いたんだろう？足りなければ追加できるし、好きなだけ食べな」

「うん」

壮士に促され、まどかは箸《はし》を取って食べ進めた。

けれど、はじめて壮士と朝まで過ごすのだと思うと、箸《はし》を持つ手が震え、食べ物が喉に詰まる。

まどかは緊張をほぐそうと、いつも以上に話しながら料理を平らげていった。

「ごちそうさま」

先付《さきづけ》からはじまり柚子《ゆず》を使った水菓子に終わる会席料理は、どれもみな絶品で量もちょうどよかった。窓の外を見ると、チラチラと雪が降りはじめている。

「雪……。もしかして、これも壮士の演出？」

「そうかもな」

テーブルを離れ、差し出された彼の手を取って渡り廊下を歩く。部屋に着いて時計を見ると、午後七時を過ぎていた。

もう外は真っ暗だし、降る雪は穏やかで風もない。

手を繋いだまま窓際に近寄ると、庭園の向こうに屋根付きの露天風呂がある事に気づく。

（わっ……素敵……！）

庭木に囲まれたそこは、竹細工《たけざいく》の照明によって蜂蜜色にライトアップされている。ふと見ると、石造りの風呂の縁に湯酒の用意がされていた。

チラリと壮士を見ると、目前の雪景色に見入っている。

彼は、昇進を二人で祝うためにまどかをここに招待してくれた。そして、ルールを破ってまで自分を丸一日独占したいと言ってくれている。

自分の考えを伝える事はさておき、もう少し素直になってもいいのでは？

もっと気持ちをオープンにして、壮士と今どうしたいのかを考えてみるのはどうだろう？

まどかは繋いだ手をギュッと握り、壮士のほうに身体ごと向き直る。

「壮士、せっかくだし、一緒にお風呂入ろう?」

こちらを向いた壮士が、微笑んで片方の眉を上げる。

「いいね」

壮士が短く返事をした。その表情に、まどかはまたドキリとする。彼は繋いだ手を口元まで引き上げ、まどかの手の甲に唇を寄せた。

「飲んだあとだけど、雪見酒なんてどうかな——ん、んっ……」

話す唇にキスをされ、すぐに口の中に彼の舌が入ってきた。

背中と膝裏を腕に抱えられ、そのまま畳の上に横たえられた。壮士はまどかの腰を挟んで膝立ちになり、口元に不敵な笑みを浮かべる。

「その前に、まどかを味わわせてもらうよ」

「あ、味わうって……」

「今夜のまどかは、とびきり美味《おい》しそうだからな?」

そう言うが早いか、壮士は自身が着ているTシャツの裾《すそ》をたくし上げた。上体が反《そ》り、引き締まった筋肉が綺麗に盛り上がって見える。

水泳で鍛《きた》え上げた彼の筋肉は、同年代の男性と比べても抜きん出ていると思う。

正直なところ、壮士はまどかが理想とする男性の身体そのものだった。まどかよりも二十センチ近く背が高く、肩幅も広い。

うっかりそれに見惚れている間に、壮士が身体の上に覆《おお》いかぶさってきた。

「寒くない？」

「ぜ……ぜんぜん」

「俺が脱がせてあげるから、まどかは何もしなくていいよ」

穏やかに微笑まれて、まどかは思わずコクリと頷いてしまう。

まどかの承諾を得た壮士が、さっそくセーターの裾《すそ》をめくった。下に着ているカットソーごと胸元まで持ち上げられると同時に、彼が唇を合わせてきた。

舌先で閉じた歯列をノックされ、素直に口を開ける。すぐに口腔《こうこう》に入ってきた彼の舌が、まどかのものに絡んできた。

ねっとりとかき混ぜるように口の中を愛撫《あいぶ》され、頬が熱く火照《ほて》る。

「今日のキスは、柚子《ゆず》の香りがするな……」

唇の先を軽く食《は》まれている間に、壮士の手がブラジャーのホックを外した。左乳房を掌《てのひら》に包み込まれ、ゆるく揉まれる。

「ふ……」

まだキスをされ、胸をちょっと触られただけだ。

それなのに、もう全身の肌が敏感になり、下腹に熱が宿った。

なぜか、ものすごく感じてしまう。それは、決してアルコールのせいではない。キスが唇を離れ、頬に移った。そうしている間も、壮士は指先でまどかの乳先をゆるゆると弾《はじ》いている。

「あっ……や、あ……」

身体がビクビクと震え、背中が畳から浮き上がった。弾《はじ》くリズムが速くなるにつれ、快楽の波も大きくなる。

口角に唇を寄せられ、無意識に顔を傾けて自分からキスをしていた。彼の舌の滑《なめ》らかさに酔いしれていると、乳先を弄《いじ》る指先があばら骨の上に移る。

唇が離れていき、いつの間にか閉じていた目を開ける。すると、微笑んだ壮士が上から顔を見下ろしていた。

「壮――」

呼びかけようとした唇を、ふたたびキスで封じられる。同時に下にずれていた指で、硬くなった乳先を突っつかれた。たちまち戻ってきた快楽の波に、まどかは両手を強く握りしめて爪を掌《てのひら》に食い込ませる。

唇からくぐもった嬌声《きょうせい》が零れ、閉じていた脚が自然と開いていく。見つめ合ったままキスを続けていると、再度指の動きが止まり、唇が離れた。

まどかは半ば朦朧《もうろう》となりながら、瞬《まばた》きをして壮士を見る。そして、息を弾《はず》ませながら唇を尖らせる。

「もうっ……また……」

まどかは、今になってようやく自分が焦《じ》らされている事に気づいた。

壮士と濃密な時間を過ごしている時、彼はよくこんないたずらを仕掛けてくる。

毎回、まんまと壮士の術中にはまってしまうのは、それだけ彼に身も心もゆだねてしまっているからだが……

「その拗《す》ねた顔がたまらないな。すごく色っぽくて、ドキドキする」

壮士がニヤリと笑い、ゆっくりと舌なめずりをした。

「そ……壮士……」

壮士の言葉としぐさに、まどかの心が敏感に反応する。

彼の指が、乳先をキュッとひねった。

途端に目の前で白光が煌《きら》めき、上体が浮き上がる。

「やぁんっ……」

「おっと、まだ起き上がっちゃダメだ」

持ち上がった肩をやんわりと押し戻され、まどかはふたたび畳の上で仰向けになった。

「急がなくても、時間はたっぷりある……だろ？」

改めて念を押されて、まどかは小さく首を縦に振った。

「素直だね」

彼はチラリと笑顔を見せると、まどかのセーターとカットソーを頭上までたくし上げた。

万歳《ばんざい》の格好をさせられ、セーターを脱がされる。しかし、なぜかカットソーだけ手首の位置に残された。

「動かないで」

先に釘をさされ、身動きが取れなくなっている間に、下着ごとワイドパンツを脱がされる。いくら腰をひねってみたところで、手首以外は全裸である事には変わりはなく——今となってはもうどうにも逃げられない。

まどかは、すっかり諦めて身体から力を抜いた。

壮士が、そんなまどかを見て口元に笑みを浮かべる。

「いいね。すごくいい『降参』の意思表示だ」

まどかは壮士に抱かれている時、よく今のようなポーズを取る事があった。

それは、壮士からそうするよう仕向けられたり、自《みずか》らそうしたりと状況はさまざまだ。

「ここで挿《い》れる？　それとも、風呂のあとにしようか？」

「……ここ……ううん、お風呂のあとで」

本当はこのまま抱かれてしまいたいほど焦《じ》れている。けれど、込み上げてくる羞恥心《しゅうちしん》のせいか、とっさに言い直してしまった。

「ふぅん、そう……」

壮士がピクリと片方の眉を吊り上げる。そして、口元にうっすらと笑みを浮かべながら、まどかの身体をじっとりと睨《ね》め回してきた。

「じゃあ、挿《い》れるのはあとにしよう。だけど、せっかくだからその前にもうちょっと付き合ってもらおうかな。ああ、ちなみにここはどの部屋からも離れているから、声を聞かれる心配はいらないよ」

「えっ……こ、声って……あんっ！」

まどかの胸元に顔を近づけた壮士が、乳先にやんわりと歯を立てる。そして、そこを何度か甘噛みしたあと、少しずつ身体を下にずらしていく。

「ふ……ぁ、ああっ……壮士……。あ……」

乳房の下やあばら骨の下端。腰骨や脚の付け根。

まるで撫でるようにゆるく噛みつかれ、まどかは立て続けに小さな嬌声《きょうせい》を上げる。両膝を掴まれ、左右に広げられて、恥ずかしさに息が止まった。

「綺麗だよ、まどか……。まどかのここを見ると、白い薔薇《ばら》の花が思い浮かぶよ。淫《みだ》らだけど、清楚でもあり……。ほら、この小さな蕾《つぼみ》なんか、特に可憐《かれん》で蠱惑的《こわくてき》だ――」

壮士の左手が、まどかの恥丘を心持ち上に押し上げる。自然と花芽が露出するのを見て、彼が見せつけるように舌なめずりをした。

「いい？」

壮士が訊《たず》ね、まどかはその質問が何を意味しているのかを察知する。

「……ダ……ダメッ……」

とっさにそう答えたまどかは、できる限り上体を起こし壮士を見つめた。

「今は……ダメッ……」

まどかは繰り返し「ダメ」と言いながら首を横に振る。

「しーっ」

壮士が宥《なだ》めるようにそう言って、口元に柔らかな笑みを浮かべた。そのままじっと見つめられて、まどかは口を噤《つぐ》む。

けれど、まだお風呂前だ。このまま彼のしたいようにさせるなど、できるはずがなかった。

まどかは、両方の踵《かかと》で交互に畳を蹴った。

そして、長い手足からすり抜けるようにして壮士の包囲から逃げ出す。

手首に絡まったカットソーが畳の上に落ちた。これで、完全に全裸だ。

そんな格好のまま逃げる場所といえば、短い廊下向こうの露天風呂しか思いつかない。

片膝をついた格好から立ち上がると、まどかは一目散に露天風呂に向かって走った。

やや中腰になりながらすり足で進み、角を曲がる。

小さな板の間を駆け抜け、岩場に置かれた木桶を取って入浴前のかけ湯をした。

若干及び腰になりながら湯船につま先を入れると、思いのほかちょうどいい湯温だ。

そのまま滑り込むようにお湯に浸《つ》かり、ほっと一息つく。

さて――と風呂の入り口のほうを見ると、そこには腰にタオルを巻いた壮士が仁王立ちになっていた。ただし、目じりは下がっているし口元も緩んでいる。どうやら、壮士は今の状況を面白がっているみたいだ。

「さすが元バスケットボール部だけあって、すばしっこいな。感心したよ」

壮士が笑いながらかけ湯をする。そして、すぐにタオルを取ってお湯の中に入ってきた。

「……ま、まあね」

曖昧《あいまい》に笑ったはいいが、続けて何を言えばいいのかわからない。口ごもったまま黙っていると、壮士が風呂の縁に置いてある盆を近くまで引き寄せた。

「時間はまだ、たっぷりあるしね……まどかも飲むだろ？　いい感じの雪見酒だ」

「ありがとう」

壮士がごつごつとしたお猪口《ちょこ》に日本酒を注《つ》いだ。ふたつあるうちのひとつを手渡され、カチリと杯を合わせた。

壮士の背後にある竹製の湯口から、チョロチョロと音を立てて源泉が流れ込む。

屋根の向こうに見える庭で、微風に煽《あお》られた雪がふわふわと舞って苔むした庭石の上に落ちた。

「それにしても素早かったな。すり足でササっと逃げる姿は、さながら城に忍び込んだくノ一みたいだった」

満面の笑みでそう言われ、まどかは小さく肩をすくめる。恥ずかしさと情けなさに囚《とら》われ、顎《あご》までお湯の中に沈み込んだ。

「素っ裸で逃げる女忍者とか、マヌケすぎるでしょ」

「そこがいいんだろ」

壮士がまどかのすぐ横に寄り添った。そして、しゃがみ込んでいるまどかを腕の中にすくい上げる。

「うわっ……っと、と……壮士っ！」

あばれた拍子《ひょうし》にバランスを失い、両手が万歳《ばんざい》の格好になった。腰の位置が定まらず、両方の乳房がプカリと水面に浮く。すかさず胸の先にキスをした壮士が、まどかの腰をしっかりと支えてくれた。

キスが唇に移ると同時に、まどかのお尻が湯の中で胡坐《あぐら》をかいた彼の膝の上に収まる。気がついた時には、またしても壮士の腕の中に取り込まれていた。

唇が離れ、至近距離で瞳をじっと覗き込まれる。

「さっきは逃げられたけど、今夜はもう逃がさないから」

湯の中で太腿の内側を撫でられ、身体がピクリと反応する。ふたたび唇が合わさり、日本酒が香る舌が絡み合った。

壮士の左手が、まどかの乳房をそっと包み込む。太腿を這《は》う右手は、閉じた脚の間に分け入っていた。

「んっ……ん、ぁんっ……」

耐え切れず唇を離して喘《あえ》ぐと、キスが首筋に移動した。彼はまどかの身体が外気で冷えないよう、常に気を配ってくれている。

肩にかかるお湯を心地よく感じるとともに、秘裂の中を泳ぐ壮士の指に溺《おぼ》れそうになってしまう。

「いい風呂だけど、これ以上いたらのぼせそうだ」

壮士がまどかを抱いたまま立ち上がり、大股で室内へと歩いていく。板の間で一度下ろされ、濡れた身体をバスタオルで包まれたのちに再度腕に抱えられた。

少し酔っているし、それでなくても身体中が火照《ほて》っている。

まどかはもう壮士のなすがまま、彼の首に腕を回した。

「風呂のあとで挿《い》れるって言ったの、覚えてるよな？」

訊《たず》ねられ「うん」と言って頷く。

まどか自身もう待ちきれなくなっていた。床の間《とこのま》がある部屋を通り抜け、奥の間に入る。

キングサイズの和室用ベッドの前に来ると、壮士がまどかの肩に唇を寄せた。

「少し冷えたか？」

マットレスの上に下ろされ、すぐに布団を掛けられる。

「ううん、平気。壮士こそ——」

彼の肩に触ると、びっくりするほど冷《つめ》たかった。

思わず首元に抱きつき、壮士の肩を腕の内側でしっかりと包み込んだ。

「もうっ！　……肩だけじゃなくて、胸も背中も冷えちゃってるじゃない」

壮士に身を任せきりで、気温の低さなどすっかり頭から抜け落ちていた。

窓の外を見ると、まだ雪が降り続いている。

彼はまどかが外気を意識しないほど気を配ってくれていたのだ。

「俺は大丈夫だ。そんなに抱きつくと、まどかまで冷えるぞ」

壮士が、まどかの身体をやんわりと引き離す。

「いいの、冷えても」

もう一度抱きつき、冷えた背中を掌《てのひら》でさすった。

「じゃあ、二人して布団にもぐるか。そうしたら、すぐに暖かくなるだろ？」

壮士の肩にぶら下がったままベッドに横になり、唇を合わせる。

呼吸が荒くなっていくと同時に、身体の冷たさも気にならなくなっていった。

ただ横になってキスをしているだけなのに、どうしてこんなに心地いいのだろう。

いや——キスをしなくても、壮士がそばにいてくれるだけで気持ちが落ち着く。

一緒にいてこんなに身も心も寛《くつろ》げる相手は、壮士しかいない。

もちろん、極限までドキドキさせられたりはするけれど、それと同じくらい深い安らぎを感じさせてくれる。

彼ほど強く想う人は、他にいない——

そんな事を思いながらキスを重ねていると、自然と気持ちが溢《あふ》れてきそうになった。

壮士とともに過ごす夜は、まだはじまったばかりだ。今の状態のまま彼と一緒にいれば、否応《いやおう》なく気持ちが伝わってしまいそうだ。

（それでもし、ダメだったら……）

悲観的な考えに決意が揺らぐ。

ならば、せめて刹那的に今日を楽しもう——。そう思ったけれど、こうして彼と触れ合ってしまえば、気持ちを抑える事なんてできない。

まどかは壮士とのキスをやめて、そっと下を向いた。

乱れた呼吸を整えるように大きく息を吸い、ゆっくりと吐き出す。

感じられるのは、壮士の体重と包み込んでくる胸の温かさだ。

今までは、ただそれを感じられるだけでよかった。

けれど、もう「同志」関係を続けられる心の余裕など一ミリもない。

今朝玄関を出た時、確かに気持ちを壮士に伝えようと決意した。それなのに、今になってまた弱腰になっている。

もうこれ以上、今の状態を保てない。だが正直な気持ちを言えば、彼との関係が壊れてしまう。

(壮士と離れたくない……!)

まどかは心の中で叫んだ。

しかし、どんな選択をしても、いずれ壮士との関係は終わってしまうのだ――

「どうした？」

壮士がまどかの頬に掌《てのひら》を当てた。

そうされてみて、自分が無意識に首を横に振っていた事に気がつく。

「べ……別にどうも……。ただ……」

「ただ……？」

壮士の唇が、キスを求めてきた。

まどかはそれに応《こた》えたいと思いつつも、すんでのところで踏みとどまる。

「ダ……ダメッ……！」

両手で彼の胸を押して、改めて頭《かぶり》を振《ふ》る。

しかし、今度はさっきみたいに簡単には逃げられない。

ふかふかの掛布団はベッドの縁を覆《おお》うほどだし、何より壮士がまどかをがっちりと押さえ込んでいる。

「今日二回目の『ダメ』だな。だけど、今夜はもう逃がさないって言ったはずだ。何がダメなのか、ちゃんとした理由を言ってくれなきゃ離さないよ」

壮士がそう言って、まどかのこめかみにキスをする。

彼の口角は上がっているけれど、目は笑っていない。こちらを見つめてくるまなざしは真剣そのものだ。間違っても、嘘や冗談でやり過ごせるような雰囲気ではなかった。

「……」

まどかは、小さく深呼吸をした。そして、頭の中であれこれと悩みながら、ゆっくりと話しはじめる。

「私と壮士がこういう関係になってから、今月でちょうど二年になるよね」

「ああ、そうだな」

壮士が頷き、まどかがぎこちない笑みを浮かべる。

「これまで、壮士には仕事やプライベートでも、いろいろと助けてもらって本当にありがたいと思ってる。……だけど、そろそろこんな関係を続けるのは無理なんじゃないかなって――」

　そう言った途端、いろいろな感情が胸に押し寄せてきた。唇を強く結び、壮士をじっと見つめる。

「……それはつまり、俺との関係を終わらせたいって事か？」

　そう訊《たず》ねられ、まどかの胸は今にも張り裂けそうになる。だが、もう取り返しがつかない。

　まどかは、壮士と視線を合わせたまま、思い切って首を縦に振った。

「理由を聞かせてもらえるか？」

　まどかを見る壮士の顔に、苦悶《くもん》の表情が浮かんでいる。さっきまでの甘いムードは消え去り、温かだった胸の中に冷たい風が吹き込んできたみたいだ。

「理由……理由は――」

　まどかはさすがに言いよどみ、唇の縁を噛んだ。

　理由はただひとつ――壮士を本気で好きになってしまったからだ。

　けれど、それを伝えたら、きっと「同志」関係はおろか、これまで築いてきたものすべてが崩れてしまいかねないのだ。

　決意が揺らぎ次の言葉を出せないでいると、壮士が先に口を開いた。

「誰か好きな人ができたのか――」

壮士の視線が、まっすぐにまどかの顔に注《そそ》がれる。

一瞬、間をおいたのち、まどかは小さく首を縦に振った。

「……うん」

まどかは消え入るような声で返事をした。

壮士の視線に耐え切れず、目蓋《まぶた》を下ろし顔を下に向けた。

二人ともじっとして動かない。

まどかは、どうしていいかわからないまま身を固くして息をひそめる。

「……こんな事なら、もっと早くに行動しておくんだった」

長く続いた沈黙のあと、壮士が低い声でそう呟いた。

彼の指が、まどかの顎《あご》をそっと上向かせる。

「……俺は、まどかの頼みなら、なんでも聞いてやりたいと思ってる。だけど、今の申し出だけは、受け入れる事はできない」

彼は少しの間、黙ってまどかを見ていた。それから、ゆっくりと上体を起こしベッドの上に座り込んだ。そして、まどかの身体にシーツをかけると、抱き上げるようにして起き上がらせてくれた。

そのまま、倒れないように背中を支えてくれる。こんな時にまで優しい気遣いを見せられ、胸が締め付けられるように痛んだ。

お互いに見つめ合ったまま、一言も話さないでいる。しばらくして、壮士が思いつめたような顔で口を開いた。

「まどか……いつの間に、そんなやつができたんだ？」

壮士が眉間に深い皺《しわ》を刻み、まどかの心の奥底を覗き込むような目つきをする。

彼の目は、いつも穏やかで優しい。

それでいて、抱き合っている時は獰猛《どうもう》な雄《おす》になったりもする。だが、今、目の前にいる彼の目はこれまで見た事がないほど感情が読み取れない。

「いつの間にか……気がつかないうちに好きになっていたの。だけど、それを認めるのが怖くて、ずっと気づかないふりをしてたんだと思う」

まどかが気持ちを口にすると、壮士が奥歯をギリリと噛みしめる音が聞こえてきた。

「くそっ……！」

いきなり背中がしなるほど強く抱きしめられ、一瞬息が止まった。

強引に唇が重なり、仰《の》け反《ぞ》った頭を掌《てのひら》で支えられる。

壮士の指が、まどかの髪の毛を掻き回す。

「そ……うし――ん、っ……」

背中に添えられた彼の手が、だんだんとこわばっていくのがわかる。いつにない壮士の態度に圧倒され、まどかはなすすべもなく彼と唇を合わせ続けた。

激しいキスに、息をする事もできない。

まどかが苦しさに身をよじると、ふいに唇が離れ、壮士がこわばった指で緩く肩を掴んでくる。

「誰を好きになった？　俺の知っているやつか？」

彼の声は、低く静かだ。けれど、こちらを見る彼の顔には、激しい憤《いきどお》りの表情が浮かんでいる。

まどかが答えられずにいると、壮士が畳みかけるように問いかけてきた。

「どうして答えないんだ？　俺の知らないやつなのか？」

怖いくらいの剣幕で詰め寄られ、まどかは戸惑って、ただ彼の顔を見つめ続ける。

（なんで怒るの？　気楽にセックスできる相手がいなくなるから？）

肩を掴む彼の指に、だんだんと力が入っていく。

まどかとて、できる事なら今の関係を続けたいと思う。

しかし、さすがに今の告白を聞いた上で、関係の継続は望めないだろう。

仮に、彼がそれを望んだら、それはそれで悲しすぎる。これほど壮士を好きになってしまったからには、抱かれて身体の悦《よろこ》びを得られたとしても、きっと心は傷つくばかりだ。

壮士は、何も言わない。それでも彼の手は、まどかの背中をしっかりと支えて続けている。

彼の気持ちを量りかね、まどかは壮士の顔をただ見つめるしかできない。

いっその事、もうぜんぶ気持ちをさらけ出してしまおうか——

そう思ったまどかは、意を決して口を開いた。

「その人とは、ぜったいに恋人同士にはなれないの。だけど、その人の事がすごく好きで……」

好きな相手を前に、こんな事を言うのはものすごくヘンな感じだ。けれど、言っている事に嘘はない。

壮士が好き——

まどかは胸に溜め込んでいた想いの丈をぶつけた。

「彼といると、すごく楽しいの。気が合うし、優しくて紳士で……。だけど、本当は私なんかが親しく付き合えるような人じゃなくて。それなのに、いつの間にか一人で馬鹿みたいにのぼせ上がって、本気で彼の事を好きになっちゃって——」

言いながら、まどかはシーツの上に置いた掌《てのひら》を握りしめる。

本当は、壮士に抱きついてキスしたい。

しかし、ここまで言ってしまったからには、今さらそんな事ができる訳もなかった。

「好きなの……！　その人の事が、好きで好きでたまらないの——」

まどかが感情を溢《あふ》れさせた時、壮士がふたたびキスで唇を塞いできた。

彼の腕が、まどかの身体を強く抱きしめる。

まどかは壮士の背中にしがみつき、彼のキスに応《こた》えた。

ようやく唇が離れたのは、たぶん唇が触れ合ってから五分以上経っていたと思う。

彼の腕に抱かれたまま、まどかは壮士と目を合わせた。

「まどか……好きだ。俺じゃダメか？　そんな男より、俺のほうがぜったいにまどかを幸せにできる。誓って誰よりも大事にするから――」

こちらをまっすぐに見つめる彼の瞳を、まどかは瞬《まばた》きもせずに見つめ返した。

壮士の言葉を理解しようとするのに、脳味噌がうまく働かない。

なぜ彼は、そんな事を言うのだろう？

「同志」関係を言い出したのは壮士だ。それなのに、どうして――

まどかは頭を混乱させながらも、ようやく言葉を絞り出して彼に問いかける。

「……どういう事……？　だって『同志』関係になろうって言ったのは壮士だよ？　それに、壮士は恋人なんかいらないんじゃ――」

「恋人がいらないのは、まどかだろ？　最初から、俺は本気だった。だから、まどかとの関係を一度きりのものにしたくなくて『同志』関係を提案したんだ。その間に、ぜったいにまどかを口説《くど》き落とすつもりで――」

壮士の顔に切なげな表情が浮かんだ。ため息を吐く彼の前髪が、まどかの額《ひたい》にかかる。

照明で蜂蜜色に染まる端整な壮士の顔が、うっとりするほど美しい。

まどかは、頭の中を混乱させたまま彼の顔に見入った。

「──決して身体だけが目的だった訳じゃない。ずっと好きだった。今日ここに誘ったのも、まどかに想いを伝えようとしたからだ」

そう話す彼の顔には、この上なく真摯《しんし》な表情が浮かんでいる。

突然想いを告げられ、まどかは驚きのあまり頭の中が真っ白になった。

「……ほ……本当に？」

まどかが訊《たず》ねると、壮士が即座に頷いた。

「ああ、本当だ。嘘も偽りも一切ない。俺は、まどかが可愛くて愛おしくてたまらない。……まどかを諦める事だけは、どうしてもできないんだ。お願いだから、俺の恋人になってくれ。そのためなら、どんな事だってする」

壮士が懇願するように、まどかの肩口に顔をすり寄せる。

「壮士っ……」

まどかは、思い切り壮士に抱きついて彼の唇にキスをした。

それ以外にどうする事ができただろう？

目の前に、目を見開いて驚いている壮士の瞳がある。

「まどか――」

「好きっ……。私が好きなのは、壮士なの……。だけど、壮士とは本当の恋人になれっこないって思ってたし、好きな人ができたら『同志』関係は解消するってルールだから――」

一瞬、呆気にとられたような表情を浮かべた壮士は、すぐにこれでもかというくらい真剣な顔つきになった。

「それは、本当か？」

壮士に聞かれ、まどかは首を縦に振り続ける。

「本当！　私、壮士にはもうぜったいに隠し事はしない――んっ……」

話している途中で、壮士が唇を合わせてきた。

「まどか。愛してる」

彼に囁《ささや》かれ、言おうとしていた言葉が頭から抜け落ちる。嬉しすぎて、胸が破裂しそうだ。

「私も……。私も壮士を愛してる――」

身体からシーツを剥《は》ぎ取られると同時に、ベッドの上に押し倒される。上からのしかかられ、全身で彼の重みを感じながら唇を合わせ続けた。自然と脚を開き、つま先が壮士の腰の上で交差する。

彼の指が、秘裂の中に沈んだ。もう、我慢なんかしない。

まどかは喘《あえ》ぎ声を上げ、身も心も震わせながらうっとりと目蓋《まぶた》を下ろすのだった。


微かに波の音が聞こえる。

頬に触れているシーツの生地《きじ》が、サラサラとしてとても心地いい。

まどかは手足を伸ばし、ゆったりとした気分の中でまどろんでいる。

(あ。いい匂い……)

無意識に深呼吸をすると、どこからかかぐわしいコーヒーの香りが漂《ただよ》ってきた。

まどかは自身の胃袋に意識を集中させて今が何時であるか推測する。いつもなら三十分以内の誤差で時間を当てられるのに、今日に限っては想像できない。

なぜだろう?

今朝はいつにも増して眠い。しかし、なぜか身も心もフワフワとした雲に乗っているような気分だ。

(うーん……そろそろ起きる時間……? でも目覚ましが鳴らないって事は、休日って事で……)

目を閉じたまま、ゆっくりとまどろみから抜け出していく。

頭の中がだんだんとクリアになっていくと同時に、重かった身体が少しずつ機能しはじめる。

そうだ。

確かここは自宅ではなく、都心から車で二時間半の距離にある温泉地で――

「えっ……壮士っ？」

一瞬で状況を把握したまどかは、飛び上がるようにしてベッドから起きた。

キョロキョロと辺りを見回し、自分が寝室に一人きりなのを知る。枕元に置かれた時計を見ると、時刻は午前六時五十分を指していた。

そこで、ハッとして自身を見下ろす。寝乱れてはいるものの、きちんと浴衣《ゆかた》を着ていた。

「うわぁ……」

まどかは思わず声を漏らし、情けない表情を浮かべる。

昨夜、互いの気持ちを確かめ合ったあと、長い間抱き合ってキスをしていた。

だが、深い安堵感のせいか、まどかは知らない間にぐっすりと寝入ってしまったようだ。

やっと恋人になれてはじめての夜を、ただ健《すこ》やかに眠って過ごすなんて……

「あ、起きた？」

まどかが浴衣《ゆかた》の前を合わせていると、壮士が隣室からひょっこりと顔を覗かせた。彼は、まどかと同じ薄墨色の浴衣《ゆかた》姿だ。

まどかは、とっさに表情を取り繕《つくろ》って頷く。

「ちょうど今、コーヒーを淹れたところだよ。起きてこっち来るか？」

「うん」

壮士が主室に戻っていくのを見送り、まどかは隣の部屋を通って渡り廊下の向こうにある洗面所に向かった。急いで顔を洗い、寝起きの顔に活を入れる。

歯を磨き髪の毛を整えている途中で、うっかりメイク道具をバッグの中に入れっぱなしにしている事に気づいた。

「私のマヌケ！　ああ、本当にもう……」

まどかは独《ひと》り言《ご》ち、鏡の中の自分に向かって顔をしかめる。

「……ま、いっか」

どうせ、寝起きのすっぴん顔など、すでに何度も壮士に見られていた。

今さら恥じらってどうする——そう思えるくらい、彼にはいろいろと露呈済みだ。

（とりあえず、早く行かなきゃ）

まどかは小走りで廊下を進み、寝室に戻った。

別にさほど急ぐ理由などないけれど、なぜかやたらと気持ちが急《せ》いていた。

だって、せっかくのコーヒーが冷めてしまう。

そして、何より少しでも早く壮士のそばに行って、昨日起きた出来事が本当であるかどうか確かめたかった——

「お待たせ――」

　まどかが主室に入った途端、入り口で待ち構えていたらしい壮士の胸の中に抱き込まれる。

　自然と唇が合わさり、舌が絡み合った。

「よく眠れた？」

「うん、ぐっすり」

「よかった」

　壮士に導かれ、テラス前に設《しつら》えてあるテーブル席に座った。庭を見ると、常緑樹の上にうっすらと雪が積もっている。

「素敵な雪景色だね」

「ああ、奥に小川が流れてるのが見えるだろう？　あれはすぐ近くの川に繋がってて、夏になるとそこからホタルが飛んできたりするんだ」

「ホタル？　いいなぁ。ホタルとか、子供の時以来見てないかも」

「そうか。じゃあ、夏になったら、またここに泊まりに来よう」

「うん」

　まどかはコーヒーを飲みながら、庭を眺めている壮士の横顔を見つめた。

　夏になったら、またここに泊まる――そんな何気ない会話から、自分達の関係が変化した事を感じる。

もう「同志」ではなく「恋人」なのだ。

それを実感し、自然と頬が緩んできた。

「何、ニヤニヤしてんの？」

壮士に見とがめられ、まどかはパッと頬を染めた。

「え……だって、私と壮士、恋人同士なんだなって……」

言いながら、耳朶《じだ》が火照《ほて》ってくる。無意識に耳に手をやると、壮士がそこに掌《てのひら》を重ねてきた。

「俺は、もうずっと前からそのつもりだったけどな。本当は、いつだって朝まで抱き合って眠りたかったし、さっきみたいに、髪の毛に寝ぐせをつけたまどかの顔を見たいと思ってたよ」

「ちょっ……と、もう――、ん……っ……」

抗議しようとする唇をキスで塞がれ、そのまま肩を抱き寄せられる。

壮士に寄り掛かるようにしてキスを続けるうち、どちらからともなくクスクスと笑い出す。

「そういえば、『同志』のルールに、なんで三が必要だったんだ？」

壮士に問われ、まどかは内心ギクリとなって身をこわばらせた。

ルールその三――いかなる理由があろうと、朝を一緒に迎えない事。

それを言い出したのは、まどかだ。

なぜそんな事を言い出したのかといえば、朝を一緒に迎える延長線上に、朝ごはんを作るというとてつもなく高いハードルがあるからだった。

もちろん、「同志」関係にきちんとした線引きをする目的もあったが、一番の理由は自身の料理下手《べた》が理由だった。

(隠し事……ダメだよね。どうせ言わなきゃならないなら、早く言ったほうが――)

まどかは、居住まいを正し、壮士に向き直った。

「……壮士」

まどかは目線だけ上げて壮士を見る。彼と目が合い、ついそのまま口ごもってしまう。

「どうした？」

彼の顔を見るうちに、以前料理下手《べた》が原因で振られた事を思い出してしまった。

口を開いたはいいが、壮士を失ってしまうかもしれないという恐怖が、まどかの心にためらいの気持ちを生じさせる。

しかし、いつまでも黙っている訳にはいかないだろう。

まどかは覚悟を決めて、壮士を見つめた。

「これを言ったら、呆れられて嫌われちゃうかもしれないいんだけど……」

話しながら、眉間にぐっと力が入り、緊張のあまり頬がピクピクと痙攣《けいれん》する。

壮士がまどかと同じように居住まいを正した。

「わかった。だけど、俺は何を聞かされても、まどかを嫌ったりしない。それだけは言っておくよ」

まどかは小さく「うん」と頷き、壮士の目を見つめながら話しはじめる。

「……実は、その……私、料理がものすごく苦手なの。何を作ってもまともなものが出来上がったためしがないし、いくら頑張っても料理だけは克服できなくって」

まどかは、視線だけ上げて壮士を窺った。

彼は、じっとまどかの話に耳を傾け、次に続く言葉を待っているようだ。

「朝を一緒に迎えないっていうルールを決めたのも、それが一番の理由なの。だって……朝になれば自然とお腹が減るし、そうしたら食事の用意が必要になるでしょ？　だから……」

「ああ、なるほど」

壮士が納得したように頷き、顔をほころばせる。

「よかった。俺はてっきり、まどかから、これ以上踏み込むなって予防線を張られたのかと思ってたんだ。そうだったのか。話してくれてよかったよ」

壮士が心底ほっとした表情で微笑んだ。

「黙っててごめん。私も言えてスッキリした……。でも、本当に私の料理下手《べた》ときたら、筋金入りなの。私だって、人並みにできるようになりたいんだけど、どうしてもできなくて……」

壮士が、改めてまどかの肩を抱き寄せてきた。そして、指先で髪の毛をそっと撫でてくる。

「……学生の時に付き合ってた人には、それが原因で振られちゃったし……」

まどかは、壮士の肩に軽く頭を預けた。そして、当時の事をポツポツと語りはじめる。

大学二年の時、付き合いはじめて三カ月の元カレは、バレンタインデーに手作りのチョコレート菓子がほしいと言った。まどかは、どうにかそれに応《こた》えようと奮闘したのだが、努力の甲斐もなく結果は大失敗に終わってしまった――

「作ったのは、チョコレートブラウニーだったんだけど、石みたいに硬い上に漢方薬みたいに苦いものが出来上がって。一口食べて『まずい』って吐き出されちゃった。自分が本当に料理下手《べた》なんだって、改めて思い知らされた。……でも今思えば、せっかくほしいって言ってくれたんだから、とにかく作って渡さなきゃ――って思い込んでたのがいけなかったのかも」

話し終え、ふと壮士を見上げた。

彼は真剣な面持《おもも》ちで聞いていた様子で、こちらをじっと見つめている。

壮士が持っていたコーヒーをテーブルの上に置いた。

「それは、まどか一人で作ったのか？」

「うん。バレンタインだし、自力で作らなきゃって思ったから」

「誰かに手伝ってもらおうとは思わなかった？」

「母から、妹達と一緒にチョコレートケーキを焼こうって誘ってもらったけど、料理下手《べた》のくせにヘンに意地を張っちゃったんだよね」

話の途中で、まどかは小さくため息を吐いて肩をすくめる。

「私って、昔っからそういうところがあって……。自分がしっかりしないとって気を張って空回《からまわ》りするの。自分が下の立場の時は、妙に張り切りすぎたり——ああ……ほら、入社して一年目に壮士とはじめてプロジェクトで一緒になった時、覚えてる？」

「ああ、覚えてる」

当時、食料事業本部員として、ある大型医療施設とのプロジェクトに関わっていたまどかは、主に先輩社員のサポート役を担《にな》っていた。

当初順調に進んでいたプロジェクトだったが、ちょっとした問題が起きて暗礁《あんしょう》に乗り上げてしまう。プロジェクトルームは殺気立ち、誰もがそれぞれできる事で奮闘していた。まどかも、そんな上のサポートをしようと頑張ったが、いつの間にか自身のキャパシティを超えた仕事量を抱え込んでいたのだ。

「あの時の私、完全にテンパってたよね」

「そうだったな。まどかが目の下に隈《くま》を作ってる顔、今でもはっきり覚えてるよ」

「えっ！　私、そんなだった？」

まどかは両手で目の下を押さえた。

「うん。ほら、まどかがデスクで眠りこけてた時があっただろう？　あの時」

「ああ……」

仕事を抱え込んで残業続きだったまどかは、自席でちょっと仮眠を取るつもりが、そのまま熟睡してしまい、壮士に起こされるまで気がつかなかったのだ。

「あの夜は、なんとなく思い立ってまどかに電話したんだよな。だけど、一向に出ないし、メッセージを送っても返事がないし。まさかと思って会社に戻ったら、まどかがデスクに突っ伏して白目剥《む》いた上によだれ流して寝てるんだもんなぁ」

「わーっ！　わわわっ！　もう言わないで～！　そんな姿見た事なんか忘れて！」

「やだね。あの時の顔、どうして写真に撮っておかなかったのか、後悔してるくらいなのに」

「なんでよ！」

さすがに恥ずかしくなり、まどかはテーブルに手をついて椅子から腰を浮かせた。

「なんでって、まどかが愛おしいからに決まってるだろ」

「……へっ……？」

あまりにストレートに言われて、まどかは一瞬で顔を赤くして固まる。

「聞こえなかった？」

「え？　き、聞こえた。聞こえたけど、よりによって、なんでそんな変顔を……」

口ごもるまどかに、壮士がニヤリと笑った。

「言っただろ？　俺はまどかを見てると、いつだって愛おしくてたまらなくなるって。まさか、忘れた？　それとも、忘れたふりをして、もう一度言わせてやろうとか思ってる？」

「そ、そ、そんな事ないし！　忘れてなんかいません」

まどかのあわてぶりを見て、壮士がクスクスと笑い声を漏らす。

「俺は、まどかに心底惚れてるんだ。だから、料理ができなくてもなんの問題もない。それに、俺が料理を作るのも食べるのも好きだって知ってるだろ？　むしろ、そうやってずっと悩んでたまどかをいじらしく感じるし、すごく愛おしいよ」

壮士がまどかの顎《あご》を持ち上げ、唇にそっとキスをしてきた。

離れては触れる優しいキスを繰り返されるうちに、ホッと心に平穏が戻ってくる。

「これについては解決だな。さあ、朝食を食べに行こうか」

「うん」

まどかが言うと、壮士が鶯色《うぐいすいろ》の半纏《はんてん》を手渡してきた。それを着て、壮士と手を繋ぎ食事をする部屋に移動する。

テーブルに並ぶのは、五種類の小鉢に姫鱒《ひめます》の西京焼《さいきょうや》き。だし巻き卵と野菜の煮びたしに、鮑《あわび》の餡《あん》かけご飯だ。

「うわ、美味《おい》しそう……！　朝からすっごく豪華だね！」

「量もたっぷりだろ？　まどかは朝からガッツリ食べられるタイプだから、品数を多めにしてもらったんだ」

「ありがとう。いただきます」

壮士とともに、手を合わせていただきますを言う。

「ほら、酢の物好きだろ？」

壮士が手をつける前の小鉢を、まどかの前に置いた。

「うん、ありがとう」

「どういたしまして。俺は、まどかが美味《おい》しそうに食べてる顔や、笑ってる顔が好きなんだ」

そう口にする壮士の顔には、穏やかな笑みが浮かんでいる。

壮士に促され、まどかはもらった酢の物を口に入れた。

山芋とオクラの酢の物は、酸っぱすぎずシャキシャキとした歯ごたえが絶妙だった。

「うん、このだし巻き卵、ふわっふわでうまいぞ」

壮士が、切り分けただし巻き卵を箸《はし》で摘まみ、まどかのほうに差し出してきた。

まどかはそれをパクリと食べて、じっくりと味わいながら咀嚼《そしゃく》する。

「ほんとだ。ふわふわで美味《おい》しい！」

思わず声を上げて、目をパチパチと瞬《またた》かせる。

「だろ？」

壮士が満足そうな表情をして、まどかを見る。

「な……何？　顔に何かついてる？」

あまりにもじっと見つめられて、まどかは掌《てのひら》で顔のあちこちを触ってみた。

「いや、何もついてない。まどかの美味《おい》しそうに食べる顔に見惚れてたんだ」

にっこりと微笑まれて、まどかは気恥ずかしさに思わず頬を赤く染める。

「……こ、これも美味《おい》しいよ。姫鱒《ひめます》の西京焼《さいきょうや》き。鮑《あわび》の餡《あん》かけご飯も最高」

まどかが言うと、壮士が「うん」と言って頷く。そして、野菜の煮びたしを指さして、大きく口を開ける。

まどかは花の形をした人参を箸《はし》で摘まみ、彼の口元に差し出した。

壮士はまどかの手首をやんわりと掴み、身を乗り出すようにして人参を口の中に入れる。

「うん、うまい」

「でしょ？」

笑顔の壮士に、まどかも同じように笑みを浮かべる。そんな何気ないやり取りが嬉しくて、じぃんと胸が熱くなるのを感じた。

食事を終え、熱いお茶を飲みながら、まどかは自分を見る壮士の目を見つめ返す。

「顔に何かついてるか？」

壮士が笑い、まどかがさっきしたのと同じように掌《てのひら》で顔を撫でた。

まどかは笑いながら首を横に振る。

「ついてない。……壮士って、本当に男前だなって。すごく優しいし、私にはもったいないくらいいい男だし、こんな人、好きにならないほうがおかしいよね」

まどかは感じたままを口にし、自分の言った事に納得して頷く。

壮士は、いつにも増して優しい。けれど、彼の変わらない態度のおかげで、ようやく普段の調子を少しだけ取り戻せたように思う。

「ははっ、褒《ほ》めてくれて嬉しいけど、それは相手がまどかだからだ。俺をいい男だって思うのは、俺がまどかに好きになってもらうために必死だからだよ」

サラリとそんな事を言って笑う目の前のイケメンは、とびきりスマートで甘やかし上手だ。

見れば見るほど男前だし、欠点らしい欠点などひとつも見当たらない。

まどかは壮士を見つめながら、心底不思議そうに首をひねった。

「ねえ、壮士。どうして？　なんで、私なの？」

まどかは、頭に思い浮かんだままに彼に質問をした。

「どうしてって――」

壮士が飲み終えた湯飲み茶わんをテーブルに置いた。そして、片方の眉を吊り上げて、やけに色っぽい表情を浮かべる。

「食べ終わった事だし、答えは部屋に戻ってからにしよう」

席を立ち、そばに来た彼にさりげなく手を握られる。そのまま手を繋いで歩き、部屋に戻った。

窓の外は雪景色なのに、部屋の中はもちろん館内は常に適温に保たれている。

部屋の真ん中に来るなり、壮士がまどかを腕の中に包み込んできた。彼は、さっきからずっと笑顔だ。

その表情が、甘い。

まどかはなぜか照れて、耳朶《じだ》を赤く染めた。

「さて、と。質問に答えようと思うけど、たぶんすごく時間がかかるぞ。チェックアウトは午後十二時だし、もう一度ベッドに横になろうか？」

魅惑的に微笑まれ、つい頷いてしまった。

半纏《はんてん》を脱ぐと同時に、壮士の腕にいきなり背中と膝裏をすくわれる。

「ちょっ……何するの？」

昨夜と合わせて、お姫さま抱っこはこれで二度目だ。

一度目は、ポーッとしているうちに終わってしまったが、今回は違う。

「やっ……重いのに――」

抵抗する暇もなく、彼はまどかを軽々と腕に抱え上げた。

「いや、ぜんぜん重くない。俺の体感的には、リンゴ三箱分くらいかな？」

戸惑うまどかを、壮士が軽く腕の中でバウンドさせる。

とある人気キャラクターの体重は、リンゴ三個分だと聞いた事がある。ついこの間家の体重計で量った時には五十五キロだったけれど、なんせ朝食を食べたばかりだ。

「さ、三箱って……それ、一箱の重さ、どれくらい？」

「うーん……二十五キロ？」

「ちょっと！　それ、重すぎ！」

まどかは唇を尖らせて脚をばたつかせた。

「ごめん、嘘。本当は、羽根みたいに軽いよ。俺の気持ち的には、それくらいだ」

「ぐっ……」

七十五キロから一転して、羽根。

加えて、飛び切りの笑顔と引き締まった腕の筋肉。

まどかは一言も返せないままベッドまで連れていかれた。

部屋の灯りはついていない。けれど、窓から差し込む陽光で、中は十分に明るかった。

シーツの上に身体を横たえられ、左腕を下にして壮士と向かい合わせの姿勢になる。

「なんで、まどかなのか……。理由は山ほどある。たとえば、ほら……このアーモンド形の目がたまらない。仕事中は勇ましい鷹《たか》みたいに鋭くなるけど、笑うと三日月形になってめちゃくちゃ可愛い。忙しくてイラついている時も、まどかの笑顔を見るといっぺんに気分がよくなる。卵型の輪郭、顎《あご》のライン。耳たぶが小さくてぷるぷるしてるのもいい。うなじが色っぽくて、会社でも思わず噛みつきたくなる時があるくらいだ」

壮士がまどかのうなじを指で辿《たど》った。そういえば、彼は好んで首のうしろにキスをしてくる。

「骨格がしっかりしてて姿勢もいいし、大股で歩く姿はかっこいい。なのに、ベッドで丸くなって寝てる姿は、小動物みたいでこれ以上ないってくらい可愛い。あ、だけど俺は何もまどかの外見だけに惹かれた訳じゃないからな。あとは……それぞれのパーツについても、言いたい事があるんだけど、それはおいおい伝えていくよ。じゃないと、チェックアウトの時間に間に合わなくなるから」

にっこりと微笑まれ、まどかはさすがに照れて顔を真っ赤にする。

「そんなふうに言ってくれるのは、壮士だけだよ」

「それは、他のやつらに見る目がないだけだ。まどかは可愛いし綺麗だよ。恋人になったんだし、これからは遠慮なしに言わせてもらうよ」

背中を抱き寄せられ、こめかみにそっとキスをされる。

「外見もいいけど、中身がまた特別にいい。仕事に関してはとことん真面目だし、頑固って言ってもいいくらい信念を持って取り組んでいるだろう？　負けず嫌いで、一度こうと決めたらぜったいに諦めない。だけど、ちゃんと引くべきところは引くし、節度をわきまえてる。いつも自分の能力を最大限に活用して頑張る姿は、尊敬に値するし見ていて清々《すがすが》しいよ」

こんなに褒《ほ》められたのは生まれてはじめてだ。

恋人であり仕事仲間でもある彼に評価されて、まどかは嬉しさで胸がいっぱいになる。

「だけど、たまに頑張りすぎるから見てて心配になる。さすがにキャパ以上の仕事を抱える事はなくなったみたいだけど、あまり無理をするな。もし悩んだり弱音を吐きたくなったら、俺のところに来ればいい。いいな？」

壮士に言われ、まどかは素直に頷いた。

桜井家の長女として生まれ、昔から姉御肌のまどかにとって、人に弱みを見せるのはかなりハードルの高い行為だ。自分でも何を格好つけているのだと思ったりするけれど、性分《しょうぶん》なのだから仕方がない。

けれど、なぜか壮士には最初から腹を割って話せた。弱みも抵抗なく見せられる。

それを言うと、彼はまどかの頬を指の背で撫でながら、深く頷く。

「たぶん、俺とまどかは似ている部分が多いんだと思う。まどかの前でなら、俺も気負わないでいられる。きっと、それもまどかに惹かれた理由のひとつだ」

「私の前でなら……」

そう言ってもらえて、素直に嬉しかった。

言われてみれば、確かに壮士と自分は似ているかもしれない。

だからこそ、深くわかり合える——彼は誰よりも、まどかの事をわかってくれる。

今思えば、まどかにとって壮士は最初から特別な存在だった。

彼を好きになったのは、ある意味当然の事だったのだろう。

「ありがとう、壮士……」

首を伸ばして、彼の唇にそっとキスをする。壮士がすぐにキスを返してきた。そして、まどかと額《ひたい》を合わせながら、愛おしそうに目を細める。

「私、壮士と会うまでは、もっと頑固だった。何かやり遂《と》げなきゃいけない事があったり、問題が起きたりした時も、いつも自力でどうにかしようと必死になってた。それでたまにパンクしそうになるんだけど、意地でも人に頼らないの」

まどかが言うと、壮士がすべてわかっているといった顔で相槌《あいづち》を打つ。

「でも、壮士に出会って、いい意味で人を頼る事を覚えたの。改めて、今までの自分の在り方を考えてみたり……。人に頼るなんてただの甘えだし、相手に迷惑をかけるとばかり思ってたけど、必ずしもそうじゃないんだって思えるようになった」

壮士が、まどかの頬にかかる髪の毛を耳にかけ、そのまま背中を抱き寄せてくる。

「さっきの、バレンタインのチョコを誰にも頼らないで作ったっていう話、まどからしいと思ったよ。だけど、俺はそんなまどかを愛おしいと思う。もしまどかが克服したいなら、今度一緒に料理をしよう。二人でイチャイチャしながらキッチンに立つのは楽しそうだろ？」

何気ない感じでそう言われ、まどかはごく自然に「うん」と言った。

「まどかにはじめて会ったのは、新入社員向けのビジネス研修だった。たまたま同じグループで隣に座って」

「あの時は、まだ社会人になりたてで、すごく緊張してた。そんな私に壮士がいろいろと話しかけてくれたんだよね」

「俺こそ、まどかには助けられたよ。耳の早いやつが、俺についてなんだかんだ言ってたしね」

壮士が自社の御曹司である事は、すでに新入社員の間で話題になっていた。

彼は研修の時も、同期社員から腫《は》れものに触るような扱いをされていた。中には太鼓持ちよろしく壮士に取り入ろうとする者もいたし、反対に彼を「コネ入社のお坊ちゃん」扱いする不届き者も何人かいた。

「だけど、まどかは俺が誰であろうが、まったく気にしてなかったよな」

「だって、同期は同期だし」

「そういうところも、まどかの好きなところだ。肩書きに惑わされず、きちんと自分を持ってる」

「だから頑固とか融通《ゆうずう》が利かないとかって言われちゃうんだけど」

「言いたいやつには言わせておけばいいさ。とにかく、俺はまどかといるだけで幸せな気持ちになれる。この先どんなに長く生きても、まどかほど惹かれる女性は二度と現れないと思う」

壮士に言われ、まどかは小さく笑い声を上げた。

「それ……私も同じような事思った。この先どんなに長く生きても、壮士ほどいい男は現れないだろうな、って」

「ほら、な？　俺達は似てるし、気が合うんだよ」

なぜか可笑《おか》しくなり、二人して声を出して笑う。

ひとしきり笑ったあと、まどかは壮士の顔にうっとりと見惚れた。恋人になって、まだ一日も経っていないけれど、時間が経つにつれ、さらに愛おしさが増している気がする。

「よかった……壮士と今も変わらずこんなふうに話せて。……好きな人ができたら『同志』関係は即解消っていうルールだったでしょ？　壮士が好きだってバレたら……もう今までみたいに一緒にいられないって思ってた……」

「それを言うなら、俺は最初からルール違反をしてた。好きだよ、まどか……今度こそ、どこへも逃がさない。昨夜お預けを喰らった分、覚悟するように」

そう言うと壮士がおもむろに、まどかの身体の上に覆《おお》いかぶさってきた。

そして、ベッドサイドから取り上げた避妊具の包み紙をまどかの目の前に掲《かか》げる。

「か、覚悟って――」

まどかは壮士にのしかかられつつも、自分から壮士の身体に手足を巻きつかせた。

「どうした？　自分で焦《じ》らしといて、今度は待ちきれなくなってるのか？」

壮士が囁《ささや》き、まどかを見つめながらにんまりと笑う。

その顔は、いかにも意地悪そうだ。

さて、なんと言って返そうか――

まどかは一瞬だけ思案して、顎《あご》を少しだけ上向けた。そして、済まし顔で唇を尖らせる。

「そうだけど、何か？」

まどかの返事を聞いた壮士が、両方の眉毛を吊り上げる。

「そうきたか。この、はねっかえりめ――」

いきなり腰をすくわれ、唇を奪われる。

途端にまどかは瞳を潤《うる》ませて肌を熱くした。あっという間に腰ひもをほどかれ、浴衣《ゆかた》の前をはだけられる。

乳房に痛いほどの視線を感じて、まどかは思わず身をよじって胸元を隠そうとした。しかし、すぐに肩を押さえ込まれ、左の乳先を食《は》まれる。

「ぁんっ……!」

思いのほか感じてしまい、まどかは顎《あご》を上向けて声を上げた。彼の目に晒《さら》された乳房が、大きく上下する。

「可愛いな、まどか……可愛すぎて、どうにかなりそうだ――」

恥じらいと快感が、まどかの乳先を硬く尖らせる。壮士の舌が乳先を飴玉のように転がし、ちゅくちゅくと音を立ててしゃぶった。

「ゃあああんっ……!」

まどかは嬌声《きょうせい》を上げ、頭のてっぺんをシーツに擦りつけんばかりに上体を浮き上がらせる。

今まで何度となく乳房を愛撫《あいぶ》された。けれど、今日はいつも以上に敏感に反応してしまう。

　壮士も、きっとそれに気づいている。

「そ……うし……。壮――」

　名前を呼ぶ唇にキスをされ、腰を強く抱き寄せられた。

　自然と大きく脚を開く格好になり、閉じた花房が開く。溢《あふ》れ出た蜜が会陰《えいん》を伝い、うしろを濡らした。その感触に、まどかは身震いをして腰を浮かせる。

　それに合わせて、壮士の指がまどかの双臀を掴んだ。彼はその弾力を確かめるように広げた指を肉に食い込ませてくる。

　まどかは掠れた声を上げて、首を上げた。

　したり顔をした壮士が、まどかの顔を見下ろしてくる。

　そして、思わせぶりな表情を浮かべながら、ゆっくりと視線を下に移動させた。

　まどかは、彼の動きを目で追って、ハッと息を呑む。

　壮士の引き締まった腹筋の上に、鴇色《ときいろ》の屹立《きつりつ》がある。それは硬く反《そ》り返り、まどかの視線を釘付けにした。

　もう何度も目にしているのに、いつも以上に息が上がり頬が火照《ほて》ってくる。

　壮士が屹立《きつりつ》に避妊具を着け、手を添えて切っ先をぴったりと秘裂に添わせてきた。それはすぐに蜜にまみれ、今にも蜜窟の中に沈み込みそうになっている。

「ひっ……」

まどかは期待のあまり、引き攣《つ》ったような声を漏らした。

その瞬間、蜜窟の中に屹立《きつりつ》がずぷりと埋め込まれる。隘路《あいろ》はすでに蜜に濡れており、切っ先はなんの苦労もなく最奥《さいおう》に到達した。

容赦なく奥を圧迫され、なおも先に進もうとするかのように繰り返し奥を突かれる。

逃げようにも、腰をしっかりと固定されていて動けない。

まどかは壮士によって拘束され、彼の腕の中で悦《よろこ》びに震える。

日常生活では束縛や支配を嫌うまどかだが、彼に抱かれている時だけは違う。

押さえ込まれ、制約を受ければ受けるほど心が震え、身体がどうしようもなく熱くなってしまうのはどうしてなのか……

まどかを見る彼の目に淫欲の炎が宿る。

それを見るだけで、内奥《ないおう》が蠢《うごめ》くのがわかった。

もっと、してほしい――

まどかは、壮士の肩に思いきり強く指を食い込ませた。そして、感じるままに声を上げ、襲ってくる愉悦《ゆえつ》の波に身をゆだねる。

「そ……し……。あんっ……あ、あああんっ！」

強すぎる快楽に耐え切れず、まどかは力尽きて彼にしがみつく腕を離した。

壮士がゆっくりと起き上がり、蜜窟から屹立《きつりつ》を抜き去る。彼は口元に笑みを湛《たた》えながら、まどかの両太腿を左右に押し広げた。

彼の視線が、まどかの喉元を下りてさらに下を目指す。

あっ、と思った時には、もう遅かった。

起き上がって制止する間もなく、壮士がまどかの脚の間に唇を寄せる。

「ふ……あっ……」

彼の舌が花芽の先を舐《な》め、啄《ついば》むように吸ってきた。

まどかは息を吸い込んだまま固まり、呼吸をするのも忘れて彼の行為に見入る。

壮士が視線を合わせたまま大きく口を開けた。彼は、まるで熟《う》れた果実を頬張るように花房に齧《かじ》りつき、溢《あふ》れ出た蜜を舌で啜《すす》り上げる。

野蛮でありながら、この上なく丁寧に愛撫《あいぶ》され、全身に甘い緊張が走った。

起きようとして立てていた肘が折れ、シーツの上に仰向けに倒れ込む。

声を上げようにも、口から掠れた音が漏れるだけだ。

卑猥《ひわい》な水音とともに、壮士の息遣いが聞こえてくる。

まどかはもう、なすすべもなく口淫に酔いしれ、強すぎる快楽に堪《こら》えきれず両方の踵《かかと》でシーツを蹴った。

意図せず上に逃げる格好になったまどかを、壮士が腰を掴んで引き戻す。そうして彼は、蜜窟の中に尖らせた舌を捻《ね》じ込んできた。短くも硬く熱いそれは、すぐに抽送《ちゅうそう》をはじめる。

(ものすごく、気持ちいい——)

まどかが目蓋《まぶた》を閉じようとした時、壮士の指が花芽を捏《こ》ねた。

「あっ……！　あ、ああああっ……！」

ビクリと背中が跳ね、一瞬意識が遠のく。

しばらくの間、朦朧《もうろう》として横たわっていると、壮士がまどかの右足を掌《てのひら》ですくい上げた。そのまま足の甲に唇を寄せて、そこにキスをしてくる。

「あっ……！」

思いがけない場所にキスをされて、まどかの意識が浮上する。弾《はじ》かれたように上体を起こし、壮士に戸惑いの視線を向けた。

「そ……壮士……」

「ここ、少し赤くなってる。昨日、パーキングエリアで躓《つまず》いた時にぶつけたんじゃないか?」

示された箇所を見ると、なるほどつま先が心持ち赤くなっている。

「ほんとだ……。でも、ぜんぜん痛くないから平気——ひぁっ……！」

まどかと視線を合わせながら、壮士がつま先をそっと口に含んだ。とっさに足を引こうとしたけれど、踵《かかと》を掴まれていて、どうする事もできない。

足の指に力を入れるが、それより早く彼の舌が指の間に入り込んできた。くすぐったいのとは違う、どこか背徳的な快楽がまどかの全身に広がる。

すぐに腰が砕け、まどかはふたたびベッドの上に仰向けに倒れた。

彼は一本ずつ足の指を口に含み、つま先を舐《な》め回してくる。

まどかの身体で、彼の舌が触れていない場所など、どこにもないみたいだ。

彼の舌が蠢《うごめ》くたびに全身の肌がふつふつと粟立《あわだ》ち、今にも叫び声を上げそうになる。

つま先を軽く噛まれた途端、まどかはシーツを掴んで背中を仰《の》け反《ぞ》らせた。

「そ……うし……」

下腹に力が入り、秘裂がヒクヒクと震えた。

見ると、彼はまどかのつま先を愛撫《あいぶ》しながら、脚の間をじっと見つめている。

「……やぁんっ……」

脚を閉じようにも、左脚は壮士の手でしっかりと押さえ込まれている。恥ずかしさに居たたまれなくなり、まどかは目を閉じて顔を背《そむ》けた。

しかし、視界が閉ざされた事で、余計に感度が高くなり、彼の舌の動きに意識が集中する。

今まで知らなかった快楽の源《みなもと》を開発され、まどかはどうする事もできず、身体から一切の力を抜いた。そして、壮士に誘導されるまま、大きく脚を広げ秘裂が蠢《うごめ》くさまを彼に見せつける。

すべての指に舌を絡め、壮士はようやく満足したのか、まどかの右足を解放した。

彼は、呆けたようになっているまどかを腕の中に包み込んだ。

唇が重なり、まどかはうっすらと目を開けて壮士を見た。途端に恥ずかしさが戻ってきて、頬がひりひりと火照《ほて》ってくる。

「ごめん。ちょっと意地悪だったか？」

そう訊《たず》ねられたけれど、どう返事していいのかわからないまま唇をきつく結んだ。

だって、決して嫌じゃなかった。

それどころか、彼に攻め立てられる悦《よろこ》びを十二分に味わってしまった。

壮士に甘く翻弄《ほんろう》されるたびに、いつだって身も心も濡れてしまう。

当然、壮士もこちらがそう思っている事を知っているからこその行為だろう。

我ながら、なんてはしたない――そう思って恥じらいながらも愉悦《ゆえつ》に溺《おぼ》れているのだって、きっともうバレているはずだ。

「怒った？」

瞳を覗き込まれ、即座に首を横に振る。彼は、さっきまでとは打って変わった優しい顔をして微笑んでいる。

「じゃあ、挿《い》れていい？」

直球で訊《たず》ねられ、まごついて口ごもった。

（ほら、また返事に困るような質問をする——）

どうしてこうも、自分はベッドでの立場が弱いのだろう？

そもそも、壮士には弱点を知られすぎている。それさえなければ、これほどの窮地《きゅうち》に立たされる事なんかないのに……

知らぬ間に膨れっ面《つら》をしていたまどかの唇の先を、壮士が摘まんできた。

「むぐっ……！」

同時に、もう片方の手で脚を抱え上げられ、屹立《きつりつ》の先を蜜窟の縁にあてがわれる。

「『ダメ』って言わないところをみると、挿《い》れていいって事だな？　うん？」

「ん、あっ……！　ああっ……壮士っ……ああ……ゃああ……んっ」

すでに十分すぎるほどほぐされたそこは、彼のものを咥《くわ》え込んで悦《よろこ》びにヒクヒクと痙攣《けいれん》する。

彼はすぐに抽送《ちゅうそう》をはじめながら、子宮に続く入り口を執拗《しつよう》に切っ先で刺激してきた。

自然と下腹に力が入り、とぎれとぎれに嬌声《きょうせい》を上げる。

「ああ、まどか……。悪いけどそんなに締め付けないでもらえるかな？」

壮士が、緩く唇を合わせながらそんな注文をつけてきた。

ただ注文をつけてくる割には、腰の動きを止めるつもりはまったくない様子だ。

「……そ……そんな事言われても——あ、あああんっ！」

もともと、まどかの身体を細部まで知り尽くしている壮士だ。

まどかは、ほんの少しの愛撫《あいぶ》で白旗を上げてしまった。

しかし、もうそんな事はどうでもいい。

今までも十分に気持ちいいと思っていたけど、壮士と恋人同士になった今、得られる快楽が確実にランクアップしている。

「まどか……すごく色っぽいよ。もっと抱いていいか？　まどかがほしくてたまらない」

「壮士……」

まどかは、言いながら何度も繰り返し頷いた。

そして、自《みずか》ら腕を頭上に移動させ、降参のポーズを取る。

すかさず、壮士がまどかの重ね合わせた手首に掌《てのひら》を添わせた。

彼の手に手首を戒《いまし》められた格好になり、自然と頬が火照《ほて》り目が潤《うる》んでくる。

「ああ、そうだ。これを渡すのを忘れてた」

壮士が、まどかの目の前に小さく光るものを掲《かか》げた。

「あ、クマの……」

「そう、クマのリングだ」

彼は、そう言いながらリングをまどかの右手の薬指にはめた。

「このまま、手は動かさないようにな」

壮士に言われ、まどかは素直に頷き、ほんの少し顎《あご》を上げた。

すぐに唇を重ねられ、舌で口の中をまさぐられる。

まどかは、言われたとおり手首を重ね合わせたまま大きく息を弾《はず》ませた。

「普段は、意地っ張りのはねっかえりなのに、セックスの時はこんなにも従順だ……そんなところが、すごくそそられるよ」

まどかの表情が完全に緩んだのを見た壮士が、満足そうに目を細めた。

「壮士だって、普段はすごく優しくて紳士的なのに、こういう時は意地悪じゃない」

「気に入らない？」

「ううん、それがすごくいいの――」

壮士が、ゆっくりと奥まで入ってくる。

その感触だけで、まどかは心身ともに満たされて甘い声を漏らした。

「いつ聞いてもいい声だな。エッチすぎてムラムラする」

彼は、わざと稚拙《ちせつ》な言い方をして、まどかの両方の耳を掌《てのひら》で覆《おお》った。

途端に外の世界から遮断され、聞こえてくるのは自分の身体から発する音だけになる。

「あっ……あ……」

腰を動かされるたびに自分の甘えたような声が聞こえる。

まどかは唇を噛んで声を我慢し、自分達の交わる音に耳を澄ませた。

唇を吸う音や、舌が絡み合う水音。

微かに聞こえる心音の向こうに、壮士が膣内をかき混ぜる音が聞こえてくる気がした。

彼は屹立《きつりつ》をギリギリまで引き抜いては、ゆっくりと最奥《さいおう》に突き戻してくる。

抽送《ちゅうそう》は緩慢でいて、とても深い。

中が敏感になっているせいか、ほんの少し動かれただけで甘いため息が零れる。

決して激しくはないのに、なぜかものすごく感じる。

ほんの少しの刺激でも、まどかの奥で淫猥《いんわい》な情動になった。

屹立《きつりつ》の先が最奥《さいおう》を繰り返し突き上げてくる。

まどかはもっと深くまで迎え入れるべく、大きく脚を開いて両方のふくらはぎを壮士の腰の上で重ねた。

「そ……うしっ……。んっ……あっ……ああんっ……」

まどかの唇から、これまでに出した事のないほど甘えた声が漏れる。

耳を塞がれたままでいるから、聞こえてくるのは自分の声と、どんどん速くなる心臓の音だけ。

蜜窟の中の熱塊が、一段と硬さを増す。

内側から圧迫され、まどかは目蓋《まぶた》を震わせて喘《あえ》いだ。

「壮士っ……」

壮士を呼ぶ自分の声が、頭の中で反響する。

下腹から込み上げてくる快楽が、全身に広がっていく。

まどかは我慢できず、頭上で重ね合わせていた手首をほどいた。そして、壮士の肩に腕を巻きつける。

壮士が円を描くように腰を動かし、まどかの中を掻き回してきた。

ビクビクと全身を震わせて、まどかは嬌声《きょうせい》を上げる。

身体が小刻みに震え、皮膚が総毛立つ。

あと少し突かれたら、果ててしまう――

まどかがそう感じた時、耳を塞いでいた壮士の手が頬に移った。

「……まどか、愛してる」

そう呟くなり、壮士がいっそう激しく腰を動かしながら唇を塞いできた。

頭の中で何かがパンッと弾《はじ》け、目の前が真っ白になる。

身体の奥で壮士の脈動を感じながら、まどかは自分も「愛してる」と呟くのだった。

年末年始の休暇明けは、目が回るほどの忙しさだった。

当然、定時には帰れないし、自宅に仕事を持ち帰る事も多い。

しかし、そんな中でもまどかは壮士と連絡を取り合い、ようやく週半ばの今日、彼のマンションに立ち寄って自宅デートをしている。

「まどか、まだ終わらないのか？」

風呂上がりの壮士が、ソファに座っているまどかの背後から、ひょっこりと顔を覗かせる。

「ちょうど今終わるところ。……よし、終わった」

入力したデータを保存すると、まどかはノートパソコンを閉じて壮士を振り返った。

「お疲れさま。風呂、今なら、ちょうどいい湯加減だぞ」

「じゃあ、入ろうかな。……っと、メイク落とし買ってくるの忘れた！」

まどかは、シートタイプのメイク落としを使い切っていた事を思い出す。

「ほら、これだろ？　今日の帰り、ドラッグストアに寄ったついでに買っておいたよ」

壮士が持っていたメイク落としのケースを振る。

「ありがとう。助かる～」

まどかはケースを受け取ろうと手を伸ばした。しかし、なぜか彼はそれを持ったまま、まどかの隣に腰を下ろす。

「俺がやってやるよ」

「やってやるって、何を？」

「メイク落とし。ほら、ここに頭置いて」

壮士が自分の膝をポンと叩き、まどかに寝転ぶよう促してくる。

「えっ⁉　い、いいよ。自分でやる」

すっぴんは晒《さら》せても、メイクを落とす過程までとなると、さすがに恥ずかしい。まどかが笑顔で断ってもう一度手を伸ばすと、壮士がその上を行く笑顔を浮かべながら再度自分の膝を叩いてくる。

「遠慮するな。大丈夫、ゴシゴシ擦ったりしないから」

壮士が言い、ケースを持つ手を何気なくまどかから遠ざけた。どうやら、彼に引くつもりはないみたいだ。

「そう？　じゃあ……」

まどかはノートパソコンをテーブルの上に置き、おずおずと彼の膝の上に頭をのせた。

「なんか、照れる……。膝枕とか、子供の頃にお母さんにしてもらって以来かも」

壮士が微笑みながら、ケースからメイク落としのシートを取り出した。彼の指が、まどかの額《ひたい》にかかった髪の毛をそっと払いのける。

「目、閉じて」

言われるままに目を閉じると、ほのかに温かいシートがまどかの目元を覆《おお》った。

「あれ？　あったかい……」

「バスルームで温めておいたんだ。気持ちいいだろ」

目元にシートを置いてしばらくなじませると、壮士が丁寧に目蓋《まぶた》のアイメイクを落としていく。それが終わると、目を開けるよう言われ、下目蓋《まぶた》のアイラインをシートの角で拭われた。

続いて頬から額《ひたい》、顎《あご》のファンデーションをソフトタッチでオフされる。

「壮士、メイク落とすのうますぎ。どこで習ったの？」

「化粧品メーカーのサイトや、動画で。前から一度やってみたいと思ってたんだ……。まどかのすっぴんは何度も見た事あるけど、こうして徐々にメイクを落としていくのも新鮮だな。なんだか、洋服を一枚一枚脱がしていくみたいで、ちょっと興奮する」

壮士がにんまりと笑った。

「ついでに洋服も脱がしてやろうか？」

上からじっと見つめられながらそう言われ、思わず胸元まで赤くなった。

「そっ……そういう事言わないの！　ほら、お湯が温《ぬる》くなっちゃうでしょ！」

「ははっ、ごめん。ちゃんとやるよ」

壮士がふたたびメイク落としに取り掛かる。そして、小鼻の周りや眉を丁寧に拭って、一枚のシートを完璧に使い切った。

「はい、終わった」

「ありがとう」

まどかが上体を起こすと、壮士が背中を押して手助けしてくれた。

「じゃあ、私、お風呂に――」

前を向いたまどかに、横から壮士が顔を近づけてきた。

「ちょっと待った。ほっぺたに睫毛《まつげ》がついてる」

左手で肩を引き寄せられ、壮士と向かい合わせになる。指先で頬を軽く摘まれたと思ったら、そのまま唇にキスをされた。

「ん？　ん、んーっ！」

驚いて唇を離そうとすると、もう一方の手で首のうしろをマッサージされる。

その気持ちよさに、抵抗する気をなくしてしまう。つい、うっとりと目を閉じていると、ふいにキスが終わった。

「そういえば、その後『白兎製パン』の件はどうなってる？」

「え？　ああ……うん。食材の輸入については『中條ロジスティックス』に業務委託できるようプランニング中。受注契約の拡大も、頃合いを見て宮田社長に切り出してみるつもり」

「中條ロジスティックス」というのは、自社系列の物流会社だ。

まどかが担当していた新商品の材料受注契約は、すでに完了している。しかし、宮田社長に依頼され、まどかは今後も新商品の開発に関わっていく事になっていた。

「そうか、頑張れ。俺にできる事があったら、遠慮なく言ってこいよ」

「ありがとう。……って、どうして脱いでるの？」

話しながら、壮士が着ていたスウェットを脱いで上半身裸になった。

「風呂に入るんだろ？　俺が洗ってやるよ」

「は？　ちょっ……あんっ……壮士っ……」

壮士の手が、まどかのブラウスの胸元に伸びた。そして、素早くボタンを外し鎖骨の上にキスをしてくる。

「洗ってやるって、壮士はもうお風呂に入ったんじゃないの？」

背中に回った彼の左手が、素早くブラジャーのホックを外した。まどかが戸惑っている間に、右手でスラックスのジッパーを下ろされ、ショーツとストッキングごと脱がされてしまう。

「だからなんだ？」

彼は事もなげにそう言うと、立ち上がりざまに穿いていたものを脱いだ。そして、まどかの太腿に手をかけ、向かい合わせの姿勢のまま抱き上げてきた。

抗議する前に唇をキスで塞がれ、口の中に舌を差し込まれる。ここまで攻められたら、もう抵抗する気などきれいさっぱり消え失せてしまう。

まどかは、あまりの手際の良さに舌を巻きつつ、観念して壮士の首に腕を回す。そして、彼に抱かれたままバスルームに向かうのだった。


一月も下旬に差し掛かった月曜日。

食料事業本部は、朝一で部内の一角にあるスペースで部内会議を開いていた。

まどかは資料をめくりながら、胸を躍らせる。

「――と、まあこんな感じだ。今回の『美カフェプロジェクト』は『ラザービー』も力を入れているというし、心して取り掛かってくれ」

猪田がそう言って、全員の顔を見渡した。

「ラザービー」は、創業七十二年の国内の大手化粧品会社だ。

化粧品業界においては国内第二位だが、ここ数年はフィットネスクラブの経営やサプリメント商品の開発にも乗り出している優良企業だ。

「では、桜井主任、担当者として頑張ってくれ。今回も期待してるぞ」

「わかりました。全力を尽くします」

会議が終わり、部内メンバーが各自の席に戻っていく。

最後に立ち上がったまどかも意気揚々と自席に戻り、改めて資料を見る。

ビビッドピンクの表紙には「飽《あ》くなき美を探求する『美カフェ』」という文字が躍り、その横には顔立ちのはっきりした美人の画像が載せられている。

（「飽《あ》くなき美を探求する『美カフェ』」か……。面白い！　ぜったいに成功させてみせる！）

まどかは気合を入れつつ、デスクの隅に置いたスタンド式ミラーに視線を向ける。

それは、今年の仕事はじめに置いたものだ。

清潔できちんとして見えていたら、それでいい――

以前のまどかは、仕事にかまけて自身の外見にほとんど関心を持ってこなかった。

周りからそうだと思われているイメージで勝手に自分をカテゴライズし、モノトーンのパンツスタイルが定番の、女性らしさの欠片《かけら》もない仕事人間でいる事を選んだ。

同時に、本来の可愛いもの好きな自分を全否定してきた。

けれど、それではいけないのだ。

まどかは、意図的に表情を和《やわ》らげて口角を上げた。自社にいる時はもちろん、仕事で外に行く時は柔らかな表情を心掛ける。

そう思えるようになったのは、ありのままの自分を壮士に受け入れてもらった事で、考え方が柔軟になったおかげだ。

壮士に自分がどう見えているか気になりはじめて、自然と彼以外の人の目も気になりだした。

まどかが今回のプロジェクトのメンバーになりたいと思ったのも、そんな経緯があったからだ。そして、幸いにもその申し出を受け入れてもらえた。

人間、変われば変わるものだ。

以前のまどかなら、まったく興味のなかった美容関連の仕事に、今は興味津々《きょうみしんしん》になっている。

まどかは、鏡の中の自分に向かって小さく頷いた。

そして、こんなふうに自分を変えてくれた壮士に心から感謝するのだった。

◇　◇　◇

一月も残すところあと七日。

壮士は中東二カ国への出張を終え、ついさっき機上の人になった。

搭乗したのは午前八時三十五分。成田着は同日の午後十時四十五分の予定だ。

商談はおおむねうまくいったし、多少の調整は帰国してからじっくり取り組めばいい。

いつもよりスケジュールがタイトだったせいか、さすがに疲れた。

壮士は、椅子の背もたれにゆったりと身体を預け、目を閉じる。

普段、個人的な理由により海外出張といえば「東条エアウェイ」を使う壮士だ。しかし、今回はあいにく直行便が取れなかった。

（たまには他の航空会社の飛行機に乗るのもいいな）

そんな事を思いながら、壮士は大きく深呼吸をする。

東条隼人――「東条エアウェイ」のパイロットで、まどか達姉妹の幼馴染《おさななじみ》。

彼女の正式なパートナーになれた今、ただの幼馴染《おさななじみ》を気にする必要はないと思う。

しかし、少なくとも彼は、自分の知らないまどかを知っている、実にうらやましい男なのだ。

（お土産《みやげ》を持っていきがてら、念のためもうちょっとリサーチしてみるか）

バッグには、まどかのために買ったものの他に、桜井家用のお土産《みやげ》も入っている。

（……まどか……会いたいな。いっそ、一緒に住んでしまいたいくらいだ）

年末に、晴れてまどかと恋人同士になれた。

恋人になって以来、以前にも増してまどかへの思いが募《つの》っている。

周囲からは、人当たりがよく、誰にでも合わせられると思われている壮士だが、もとは結構な人嫌いだ。社会人として、感情をうまくコントロールするようにしてはいるが、心を開いて付き合える相手はほんのわずかしかいない。

それもこれも「中條物産」の御曹司として生まれ、物心ついた頃から媚《こ》びへつらわれたり、逆に理由もなく敵視されたり、中傷されてきたりしたせいだ。

しかし、まどかと会ってともに過ごすうちに、だいぶ人嫌いが改善されてきた。

まどかは、人に対して常に正直で真正面から向き合う。

相手がどんな人間であろうと、変わらない態度で接し、信頼を得ていくのだ。

我ながらかなり面倒くさい性格をしていると思うが、彼女だけはそれをわかってくれている。

これほど自分をさらけ出せた相手は、異性ではまどかだけだ。

彼女は壮士にとって、心から愛する恋人であり、同時に誰よりも信頼できる親友でもある。

姉御肌ではあるが、実は結構な甘えん坊。

魅惑の女神。

ちょっと抜けているところがこの上なく可愛らしい天使。

まどかを称える言葉なら、いくらでも紡ぎ出せる。

何より、彼女はただ可愛いだけではない。

仕事においては抜群のセンスを見せてくれる敏腕商社ウーマン。彼女の頭の中は常にアイデアの宝庫だ。一緒にいるだけで大いに刺激になるし、時に自分だけではおよそ到達できなかった領域にまで押し上げてくれる。

どちらかといえばせっかちで思い立ったらすぐ動くタイプのまどかに対して、壮士は入念に下調べをした上でじっくりと行動に移すタイプだ。

正反対に見えて、二人の意見がうまく組み合わさって功を奏する事が少なくない。

「白兎製パン」に関するプロジェクトでもそうだった。

私生活はもとより、仕事面においても彼女だけは、手放せない。

自分にとって、まどかは大切なビジネスパートナーであり、ともに人生を歩みたいと思う唯一の女性なのだ。ようやく恋人同士になれた今、壮士はまどかとの関係をさらに深いものにすべく、次の一手を模索中だ。

ほどなくして、朝食が運ばれてきた。

チョイスしたのは日本料理だ。見ると、前菜四品に鶏《とり》の照り焼きと白米。味噌汁と香の物にフルーツがついている。

どれもちょうどいい味付けで、それぞれの料理が丁寧に調理されている事がわかった。特に、小鉢に入った鰻《うなぎ》の焼き物は、もう一度食べたいと思わせるほどの品だ。

(まどかにも食べさせてやりたいな。今度、家のキッチンで再現してみるか)

箸《はし》を進めながら、壮士はまどかとの自宅デートを計画する。

彼女とは、週末を一緒に過ごす約束をしていた。

ここのところ、忙しい合間を縫《ぬ》うようにして、恋人らしい甘い時間を過ごしている。

一緒に過ごせば過ごすほど愛おしさが増し、離れがたくなる。

あともう少しだけ恋人の時間を満喫した暁《あかつき》には、まどかにプロポーズする——

そんな未来を頭に描きながら、壮士は口元にゆったりとした笑みを浮かべるのだった。

◇　◇　◇

日曜日、まどかは壮士のマンションで久々にゆっくりとした時間を過ごしている。

もちろん平日に仕事を終えてからも自宅デートを楽しんでいるが、その場合、次の日の事を考えるとなかなか夜更かしもできない。

今週末は約束していた事もあり、昨日の午後に外で待ち合わせをして、映画とディナーを楽しんだ。そのまま彼のマンションに泊まり、ついさっき起きて洗面と着替えを済ませたところだ。

そして今、まどかは自分史上、最高に緊張している。

それというのも、昨夜寝る前に朝食を一緒に作る約束をしていたから。

何せ、まどかが料理目的でキッチンに立つのは、およそ五年ぶりなのだ。

記憶の中に残る、フライパンからもうもうと立ち上《のぼ》る白い煙と、焦げて固まった謎の物体——

一人暮らしをはじめてすぐに刻まれた黒歴史は、今もまどかの心に影を落としている。

「朝食の定番といったら、やっぱりオムレツとベーコンかな。あとは、トーストとフレッシュジュースとサラダ。まずは、オムレツ用に卵を四個割って混ぜるところからやろうか」

壮士に言われて、まどかは神妙な面持《おもも》ちで頷く。

冷蔵庫から卵を取り出し、壮士が用意してくれたボウルに向かう。

レッツ・クッキング――

しかし気分は、大勝負を前にした戦国武将だ。

「えっと……。卵を割る時は、角じゃなくて平面に打ち付けたほうがいいんだよね？」

「ああ、そのほうが、卵の殻が入りにくい。だけど、力を入れすぎると中身が出ちゃうから、気をつけろよ」

「そうなの！　私、つい力が入って、卵を叩き割っちゃうの……」

まどかは、卵を右手に持ったまま打ち付けるのを躊躇《ちゅうちょ》してしまう。すると、壮士がまどかの背後からぴったりと身体を寄り添わせてきた。

「じゃあ、卵を割るところから一緒にやろうか」

そう言うと、彼はまどかの右手を自分の右手で包み込んだ。そのまま、まどかの頭に顎《あご》をのせてくる。そんな壮士を、まどかは上目遣いで見上げた。

彼は、こちらを見下ろしながら、なぜかニヤニヤと笑っている。

「どうしたの？　やけにニヤついてない」

「だって、こんなふうにイチャつきながら料理ができるなんて、すごくワクワクするだろ？　まどかは？」

壮士の能天気な様子を見て、まどかの緊張が少しだけほぐれた。

「私は、緊張でドキドキしてる。卵を割るくらいで、って自分でも思うけど」

「俺が以前、レストランでバイトしてる時に習ったのは、卵同士をぶつけるやり方だ。これだと、片方にしかヒビが入らないし、成功率も高いと思うよ」

「そういえば、前に母もそんな事を言ってたかも。でも、卵同士をぶつけるとか、なんだか怖い気がして」

「大丈夫。ほら、一緒にやってみよう」

左手に添えられた壮士の手に導かれて、まどかは両方の手に卵を持って身構える。

「いくぞ。せーの――」

卵の殻が割れる音がして、右手に持ったほうの側面にヒビが入った。

「よし。じゃあ、ヒビの入ったほうの卵を割るぞ……パカッと……そうそう、そんな感じ」

綺麗に卵が割れ、中身がボウルに落ちた。殻も入っておらず、黄身も割れていない。

「できた！」

つい、はしゃいだ声を出してしまい、まどかはちょっと恥じ入りながら壮士の顔を見上げた。

　すると、彼はにっこりと笑いながら唇に短いキスをしてきた。

「よくできました。じゃあ、あと三個。卵を割ってくれるか？　時間も卵もたっぷりあるから、あわてずに、ゆっくりでいいよ」

　壮士が、ことさらのんびりとした口調でそう言った。

　まどかは頷き、もう一度両方の手に卵を持った。壮士は、少しだけまどかから身体を離し、背後から見守ってくれている。

　一度目の力加減を思い出しつつ、左右の卵同士をぶつけた。今度は左手に持った卵にヒビが入り、慎重に殻を割ってボウルに中身を落とす。

「ふぅ……あと、二個」

　小さく呟き、同じ過程を繰り返す。その中に牛乳を大匙で四杯入れ、塩コショウを少々加える。

「次は、泡立て器で卵を混ぜようか。手早く、黄身と白身をよく混ぜるように……」

　ふたたび手を添えられ、カシャカシャと軽快に卵を混ぜる。最後にその卵液をザルで漉《こ》して、カラザを取った。

「あとは、スピード勝負だ。って言っても、そう気負わず気楽に、な」

　壮士に教えられながら、フライパンにバターを入れ、中火にかけて溶かす。途中、焦げそうになる前に壮士がフライパンを火から離してくれた。卵液を入れたら、言われたとおり速攻で掻き混ぜる。手を添えてもらいながら、フライパンを傾けて形を整えて――

「で、できたっ⁉」

「うん、できた。ほら、なかなかうまくできたじゃないか」

出来上がったオムレツは、若干形が崩れていた。だけど、表面は滑《なめ》らかだし、焦げてもいない。

「……できた……オムレツ……。はじめて、まともなものを作れた……ふぅ～……」

まどかが一人感慨に耽《ふけ》っている間に、壮士がベーコンを切ってパンをトースターに入れた。

オムレツを作った時と同じように手を添えてもらいながら、フライパンでベーコンを焼く。

焼き上がったものをオムレツの皿に載せ、トーストとジュースとサラダをプラスして、朝食が出来上がった。時計を見ると、ものの十五分ですべての作業が終わっている。

皿をダイニングテーブルに運び、椅子に座った。すると、壮士がまどかの背後にやって来て、肩に手を置く。

「だいぶ肩に力が入ってたな。ほら、まだちょっと緊張が残ってる」

壮士が、まどかの肩を軽くマッサージする。

まどかは、ほっと息を吐いて目を閉じ、頭をうしろに倒した。

「うぅ……気持ちいい。確かに、すっごく肩に力入ってた。プレゼンの時よりも緊張した～」

ゆっくりと目を開けると、目前に壮士の顔が迫ってきた。顔の位置が上下逆のまま唇が合わさり、どちらからともなくクスッと笑い声を漏らす。

「さて、と。食べようか」

壮士が席に着き、二人向かい合わせになって、いただきますを言う。

まどかは、恐る恐るオムレツにフォークを入れ、中を確認した。

「わ！　とろとろだ！　外も、ふわっふわ！」

「上出来だな。……うん、うまいよ」

一口サイズに切り分けて口に入れると、壮士が言うとおり、美味《おい》しくできている。

まどかは、一口食べては感嘆のため息を漏らし、あっという間にオムレツとベーコンを食べ終えてしまった。見ると、壮士も同じようにぺろりと平らげている。

「コーヒーを淹れてくるから、ゆっくり食べて待ってて」

壮士が立ち上がり、キッチンに向かう。

まどかは食べ終えたオムレツの皿を見つめて、一人感慨に浸《ひた》った。

（まともに料理できた……。はじめて、美味《おい》しいものを作れた……）

それは、まどかにとって歴史的快挙と言ってもいい事だった。もちろん、壮士に見守られ手を添えてもらっていなければ、ここまでうまくいっていなかっただろう。だけど、ひとつの成功例のおかげで、過去の黒歴史が、塗り替えられた気分だ。

おそらく、これから先もまだまだ、まどかと料理との戦いは続く。

けれど、ずっと心にこびりついていた黒焦げのような恐怖心は薄れたし、料理に対して今までと違った前向きな気持ちを持てるようになっている。

（壮士に美味《おい》しいものを作ってあげられるようになりたいし。時間を見つけて、ちょっとずつ自主練していこうかな）

そんな事を思いながら朝食を食べていると、壮士がキッチンからコーヒーを載せたトレイを持って戻ってきた。

「お待たせ――って、今度はまどかがニヤニヤしてるな」

指摘され、まどかは自分の顔に手をやる。

「そ、そう？　私、ニヤニヤしてる？」

「してる。ものすごく可愛い顔でニヤニヤしてる」

トレイをテーブルの上に置いた壮士が、通りすがりにまどかの顎《あご》を指で上向かせ、啄《ついば》むようなキスをしてきた。

　照れて頬を上気させながらも、まどかの口元はずっと笑ったままだ。

「ありがとう、壮士。まさか自分が、こんなふうに料理を作れる日がくるとは思ってもみなかった。これからもまた、一緒に料理を作ってくれる？」

「もちろん。まどかが喜んでくれて俺も嬉しい。それに、二人でする料理って、思ってた以上に楽しかった」

　壮士が微笑み、まどかも頷いてさらに表情を緩めた。

「私、自分の料理下手《べた》の原因が、ちょっとわかった気がする。さっき壮士は、私にあわてずに、ゆっくりでいいって言ってくれたでしょう？　私、なんとなく料理は手早くってイメージがあって、やたらと急いで作ろうとしてたみたい」

　手早く作ろうにも、技術が伴っていなければ、うまくできるはずもない。ましてや、料理本を見ていても、焦るあまり斜め読みではじめてしまうのだから、失敗して当然だ。

「今思えば、なんでそんなに焦ったり急いだりしてたんだろうって。うちは母も妹達も料理上手だし、手早くするのが当たり前って思い込んでたのかも」

「なるほど。人には得手不得手《えてふえて》があるし、同じレシピでも、それぞれに手順やスピードが違って当然だからな」

「それに私、溶いた卵を漉《こ》すとかフライパンを温めるとか、レシピ本に書いてあっても勝手に省《はぶ》いたり、やり方を変えたりしてたかも。ほんと、せっかちすぎて、いろいろ無謀だったなって思う」

「今回のオムレツは、レシピと手順を忠実に再現したからね。だけど、慣れてきたら、省《はぶ》けるものは省《はぶ》いていいし、自分なりにアレンジするのもやり方のひとつだ。まどかは、これからもっと料理がうまくなるよ。何しろ、まどかには俺という優しくて料理上手の、蜂蜜みたいに甘い恋人がついてるんだからな」

壮士が得意げに片方の眉を吊り上げる。

「それ、自分で言っちゃうんだ。……だけど、本当にそうだね。壮士は優しくて料理上手の、蜂蜜みたいに甘い恋人だもの」

言いながら、また頬が熱くなった。そんなまどかを見て、壮士が愉快そうに声を上げて笑う。

「そういえば、私、今度また新しいプロジェクトに参加する事になったの。『ラザービー』の『美カフェプロジェクト』の事、もう聞いてるよね？」

「ああ、この間の部内会議で上から報告があったよ。それをまどかが担当するのか？」

「そう。自分からプロジェクトメンバーとして参加したいって立候補したの」

まどかが言うと、壮士が意外そうな表情を浮かべた。

「へえ……どうしてまた、立候補しようと思ったんだ？」

壮士に訊《たず》ねられ、まどかは自分の中で起きた変化について語りはじめる。

「これまでは、仕事ばっかりで美容にはぜんぜん興味なかったけど、もっと視野を広げてチャレンジしてみたいなって。……こんなふうに考えられるようになったのは、壮士のおかげ。壮士と恋人同士になれて、今まで以上に前向きになった感じなの」

明るい表情で話すまどかを見て、壮士が嬉しそうな表情を浮かべた。

「そうか。俺も、まどかときちんと恋人同士になって、仕事に対する意欲が格段に上がったよ」

「壮士も？」

壮士が頷き、まどかのほうに大きく身を乗り出した。

「今回のプロジェクトも、今後のチャレンジも、俺はいつだってまどかを応援するよ」

「ありがとう。やるからには、ぜったいに成功させてみせるね」

まどかはそう言って、プロジェクトへの意気込みと決意を新たにする。そして、壮士と同じように彼のほうに身を乗り出し、テーブル越しにキスを交わすのだった。


二月に入り「ラザービー」の新規プロジェクトが正式に動きはじめた。それと同時に、部内外にプロジェクトメンバーが発表され、ちょっとした騒ぎになった。

桜井まどかが化粧品メーカーのプロジェクトに興味を持った！

普段メイクや美容にまったく興味を示さなかったまどかがメンバーに入っている事に、

周りは少なからず驚いたようだった。

まどかにしてみたら、まったくもって不本意な反応をされた訳だが、プロジェクトに対する熱意は部内のみならず、関係部署の社員達にも徐々に伝わっている様子だ。

「ねえねえ、まどか！　例の『美カフェプロジェクト』のメンバーになったなら、濱田《はまだ》梨々花《りりか》ちゃんにも会えるって事よね？」

その日、まどかは社員食堂で同期の柿田翔子とともに、隣合わせでランチを食べていた。座っているのは、東京湾が見えるお気に入りのカウンター席。

ここのところ忙しくしていたから、この席に座るのも翔子とランチをするのも久しぶりだ。

「うん、たぶんね。一応、彼女が『美カフェ』全般をプロデュースする事になってるから」

つい先日知ったのだが、事前にもらっていたプロジェクト資料の表紙に載っていた女性は、濱田梨々花という大学生モデルだった。彼女は「ラザービー」社長、濱田克也《かつや》の愛娘《まなむすめ》にして、一部では超がつくほど有名なインフルエンサーでもあるらしい。

「うちの妹、梨々花ちゃんの大ファンなのよね。その影響で、私もなんとなく、彼女のSNSとかフォローしてるんだけど――」

翔子がスマートフォンの画面を見せて、梨々花がアップしたという自撮り写真を見せてくれた。

「まどかったら、ぜんぜん緊張感ないんだから！　梨々花ちゃん、最近テレビでよく見かけるよね。美人だしお嬢様なのに、意外と庶民的で天然ボケなところがウケてるらしいよ」

「そうなんだ」

翔子が言うには、梨々花は脇役ではあるがドラマへの出演も決まっているらしい。

国内大手化粧品メーカーの社長令嬢にして、愛されキャラの美人モデル。

天は二物を与えずとは言うけれど、実際はそうでない場合が結構あったりする。

ぽってりとして肉厚の唇に、長いまつ毛に縁どられた目元。誰が見ても納得の美人だし、はつらつとした明るさも感じられる。

まどかが食べるのも忘れて梨々花の画像に見入っていると、翔子が肘で腕を突《つつ》いてきた。

「そういえば、うちの社長と『ラザービー』の社長って大学の同期なんだってね。瀬戸くんが言ってたけど、結構家族ぐるみの付き合いがあるみたいよ。って事はさ、中條と梨々花ちゃんも親しかったりして？」

「えっ、そうなの？」

「そうだよ。知らなかったの？　てっきり、中條から聞いてると思ってたのに。まどかって、仕事はバリバリこなすのに、そういうところ、なんか抜けてるよね～」

はじめて知る話に、まどかは驚きを隠せない。

恋人になって以来、忙しいながらも以前にも増して頻繁《ひんぱん》に会い、お互いへの想いを確かめ合っている二人だ。

いろいろと話す機会もあるし、先日外で夕食をともにした時も「ラザービー」やプロジェクトの話題が出たりしていたのだが……。

（そんな事、一言も聞いてない……）

「まどか、いいの？　中條の事『戦友』だとか言ってのんびり構えてると、梨々花ちゃんに横からさらわれるかもよ～？」

「え……な、何言ってんだか～」

まどかは、あからさまに顔を引き攣《つ》らせた。

「あ～らら……何よ、そのあわてぶり。声、ひっくり返っちゃってるじゃないの」

「そっ……そんな事ないし。それより、翔子ったらいつの間に瀬戸くんと仲良くなったのよ！　っていうか、瀬戸くんがどうしてそんな話まで知ってるの？」

「え？　そ、それは……」

一気に形勢を逆転させて、まどかは話を翔子の恋バナに移行させた。そうしながらも、今聞いた話が気になって仕方がない。

何せ、壮士は会社一のモテ男なのだ。彼と恋人になってともに過ごすうちに、すっかりその事を忘れてしまっていた。芸能界のみならずモデル業界にも疎《うと》いまどかだから、梨々花の事はプロジェクトの話を聞くまで知らなかった。

あんなに美人で可愛らしい人と家族ぐるみの付き合いをしているなんて……

どうして「ラザービー」の話をした時に、そうだと教えてくれなかったのだろう？

（もしかして、あまり知られたくなかったのかな）

まどかは、ふとそんなふうに考えて不安になる。

ランチを終え、まどかは翔子と別れて自席に戻った。いつもなら、上《うわ》の空で食べたりしないまどかだが、今日ばかりはランチのカキフライを堪能しきれなかった。

（あんなの、気にする事ないよね。気持ちを切り替えて仕事仕事……）

午後のスケジュールをバリバリとこなしながら、まどかはふとデスクの隅にある鏡を見る。

そういえば、ランチのあとで口紅を塗り直していなかった。

いくら今日は外出の予定がないとはいえ、フライを食べた口を紙ナプキンで拭っただけで終わらせるとは……

（ほんと、女子力なさすぎ……）

まどかは小さくため息を吐きながら、梨々花の顔を思い出す。

そして、自分との差に今さらながらがっかりしつつ、席を立って化粧室に向かうのだった。

それから二日後の木曜日。

今日は午後一時から「美カフェプロジェクト」の第一回ミーティングがある日だ。

まどかは午前中、備品の補充をするために総務を訪れていた。

対応してくれた翔子と備品の数を確認していると、たまたまうしろを通りすがった壮士に声をかけられる。

「まどか、お疲れ。こんなところで何してるんだ？」

「お、お疲れさま。何って、備品の補充に……」

「そうか。俺は中野《なかの》部長に用事があって――柿田、中野部長は？」

壮士が総務部の中を見回し、翔子に話しかける。

「中野部長は……あれ？　さっきまで席にいたんだけど……。トイレかな？　すぐに帰ってくると思うんだけどな」

そう言いながら、翔子がまどかの腕をトン、と肘で突いた。

まどかが翔子を見ると、彼女はにんまりと笑いながら、意味ありげに目を細くしてくる。

「ちょっと私、そこら辺を捜してくるね。中條、少しここで待っててくれる？」

「わかった。悪いな」

「どういたしまして～。まどか、あんたもちょっとここで待っててね」

そう言い残すと、翔子はなぜか足取り軽く総務部の外に出ていった。

まどかは翔子のうしろ姿を見送りながら、やや困ったような表情を浮かべる。

恋人になって以来、壮士は会社でもまどかの事を「桜井」ではなく「まどか」と呼ぶようになった。むろん、時と場合を考えた上での事だけれど、周囲はその変化を敏感に察知して密かにざわついている様子だ。

「そういえば、今日は『美カフェプロジェクト』のミーティングがある日だろ。まどかの事だから、準備は万端のはずだよな？　その割に、顔がこわばってないか？　もしかして、緊張してる？」

「うん……。今頃になって、美容関係のプロジェクトの担当なんて、ちゃんと私にやり遂《と》げられるのかどうか心配になっちゃって」

「だと思った。今回のプロジェクトは、業界的にも注目度が高いからプレッシャーを感じるのも無理ないよ。ほら、これをやるよ。ミーティング前に食べてリフレッシュするといい」

壮士がまどかに、小さなミントタブレット入りのケースを手渡してきた。

「ありがとう。いただく」

まどかはケースを受け取って、胸ポケットに入れた。

以前から優しくて気配り上手だった壮士だが、恋人になって以来、それがグレードアップしているように感じる。

「明後日《あさって》の土曜日、うちに泊まりに来ないか？」

何気なく周囲を見渡しながら、壮士が小声で話しかけてくる。

「土曜日って、確か前から友達と約束があったんじゃなかった？」

記憶が正しければ、その日壮士のイギリス留学時代の友人が来日するはずだ。

「それが急に向こうの仕事の都合でキャンセルになってね。だから、週末はまるまる空《あ》いてるんだ。まどかさえよければ、二日間ずっと一緒にいられる」

「ほんとに？」

壮士に頷かれて、まどかは俄然元気が出てきた。先週末はお互いに用事があって会えなかったし、ここ数日仕事が忙しくて彼のマンションにも行けずじまいだったのだ。

「週末、ご褒美《ほうび》を用意しといてやるから、ミーティング頑張れよ」

「ご褒美《ほうび》……」

まどかは、つい表情が崩れそうになって、急いで唇を引き締めた。

「やあ、中條課長、席を外してて悪かったね」

二人が約束を交わし終えた時、向こうから総務部長の中野が壮士に声をかけながら近づいてくる。

壮士が中野とともに彼の席へ歩いていく途中、チラリとうしろを振り返った。

そして、はっきりとまどかに向けたものとわかる、にこやかな微笑みを浮かべる。

まどかも口角を上げて、それに応《こた》えた。

その直後、隣の部署である経理部から視線を感じた。顔を動かさずにそちらのほうを見ると、案の定「親衛隊」のメンバーが二人、まどかを見て何かしら話している。

（やっぱり）

言うまでもなく、ざわつく周囲の中でも特に騒然となっている様子なのは「親衛隊」のメンバー達だ。

先日、食堂で翔子とランチを食べている時も、たまたま彼女達に出くわして、あからさまに睨《にら》まれた。そして、すれ違いざまにわざと聞こえるようにこう言われた。

『あれとじゃ、ぜったいに釣り合わないわよ』

『何かの間違いに決まってるし』

周囲がざわつきはじめた当初から、それまで以上に「親衛隊」から敵視されるだろう事は覚悟していた。

救いなのは、壮士が以前にも増してまどかに優しく接してくれる事だ。

「お待たせ～。ごめん、途中でビルメンテのおばちゃんに捕まっちゃって」

戻ってきた翔子が、備品が入った段ボール箱をまどかのそばにあるラックの上に置いた。

「二箱あるから、運ぶの手伝ってあげる。さ、行こう」

翔子に促され、まどかは総務部を離れてエレベーターホールに向かった。

歩きながら、翔子がまどかに身を寄せて囁《ささや》く。

「ちょっと、まどか～。あんた達、すっごくいい感じだね～」

「そ、そうかな？」

以前からまどかと壮士の仲について一家言《いっかげん》を持っていた翔子だ。年始から薄々二人の変化に気づいていたらしく、昨日とうとうランチタイムに詰問されてしまった。そして、二人が恋人同士になった事を打ち明けたのだ。

「うん。なんかこう、ベストパートナーって感じ。二人とも仕事できるし、背も高くてビジュアル的にもいいよ。それにほら、最近のまどかって、前よりも綺麗になったじゃない？　さすが、恋をする女は違うわ～」

「ありがとう。さっき、経理部の『親衛隊』に冷た～い視線を投げつけられたばかりだから、そう言ってもらえて嬉しい」

まどかが少々おどけたようにそう言うと、翔子が呆れたような表情を浮かべる。

「まだ悪あがきしてるんだ、あの子達。あれだけ中條が、まどかに甘々な視線を投げかけてるのに？」

「あ、甘々って……」

「だって、そうでしょ。この間社食で会った時も、中條ったらあま〜いスイーツに、さらに蜂蜜をドバーっとかけたような、激甘な目でまどかの事を見てたじゃない」

彼はまどかとの関係をはっきりとは言わないものの、恋人である事を隠すつもりはさらさらない様子だ。むしろ、見せつけてやろうという彼の態度に、まどかのほうが焦るほどだった。

もしかしたら、まどかのために「親衛隊」を牽制《けんせい》する意図もあるのかもしれないが……

段ボール箱を運び終え、まどかは翔子に礼を言って自席に戻った。

「親衛隊」の冷たい視線に若干凹《へこ》んだまどかだったが、壮士や翔子のおかげでしっかりと前を向いていられる。

それに、壮士からの励《はげ》ましは、「同志」だった頃から変わらず、まどかを奮起させ「美カフェプロジェクト」に取り組む意欲をさらに高めてくれた。

ランチタイムを挟み、手持ちの仕事を片づける。時計を見ると、ちょうどミーティング開始十五分前だった。

プロジェクトメンバーは、ぜんぶで六名。

そのうち、自社の社員が四名。あとの二名は「ラザービー」の社員だと聞いている。

まどかは必要な準備をし、二十一階にあるミーティングルームに向かった。「ラザービー」の社員はさておき、自社のプロジェクトメンバーの中では、まどかが一番下っ端だ。

明るい陽光が入るミーティングルームは、入り口の壁が全面ガラス張りになっている。

一番乗りで部屋に着いたまどかは、持参したネームプレートを置き、資料を各席の前に配置していく。

(これでよし、と)

個別に設定できる空調のスイッチはオンにしたし、飲み物の準備もできている。あとは、メンバーの到着を待つのみだ。

「あら、桜井さん。準備してくれてたのね」

声をかけられて振り返ると、紺色のスーツワンピースを着た松尾《まつお》が部屋に入ってくるところだった。

「あ、松尾課長、お疲れ様です。今回も、よろしくお願いします」

まどかが会釈《えしゃく》すると、松尾が指で丸を作る。

「こちらこそ、よろしくね」

自社のプロジェクトメンバーは全員が女性。リーダーの経営企画部・松尾課長を筆頭に、広報部の高田《たかだ》主任、マーケティング事業部の佐々木《ささき》主任と続く。まどかと松尾は、以前、別のプロジェクトで一緒だった事があり、割と親しい間柄だ。

彼女は現在三十八歳。二十代で海外勤務を経験し、帰国して二度の産休を経て一年前に課長になった。「中條物産」において女性社員のロールモデル的な存在である松尾は、ゆくゆくは役員になると目《もく》されているほど優秀なキャリアウーマンだ。

松尾に続き、高田と佐々木もミーティングルームに入ってきた。まどかはそれぞれと挨拶《あいさつ》を交わし、自席に着く。

三人ともタイプは違うけれど、美容に関するプロジェクトのメンバーらしく、きちんとメイクをして各々の個性に合った洋服を身に着けている。

開始時刻から遅れる事五分。

「ラザービー」側のメンバーが一人だけ到着した。

「いやぁ、遅れて申し訳ありません！」

やって来た男性は「ラザービー株式会社　事業開発部課長　川村啓二《かわむらけいじ》」と書かれた名刺をくれた。

見たところ三十代後半といった川村は、腰が低く顔に笑顔が張り付いているといった印象だ。彼との挨拶《あいさつ》がひととおり終わった頃、ガラス戸の向こうにひらひらとした花柄のワンピース姿の女性が通りすぎる。

「おっと、梨々花ちゃん、ここだよ、ここ！」

突然声を張り上げた川村が、女性に向かって大きく手を振る。

（えっ？　梨々花ちゃんって――）

まどかは入り口に向き直り、やって来た女性を見た。

「ラザービー」側のメンバーは二人と聞いていたが、名前を聞いていたのは川村だけで、あと一人の名前は聞かされていなかった。

まさかその一人が、濱田梨々花だったとは――

「美カフェ」がオープンする直前に、人気インフルエンサーの梨々花がプロデュースするという事を前面に押し出して大々的にマスコミに発表する予定だ。しかし、何かと忙しい彼女が実際にどこまで関わってくるか未知数だと聞いていたし、まさかメンバーとしてミーティングに参加するとは思ってもみなかった。

梨々花は部屋に入るなり膨れっ面《つら》をする。

「川村さん、歩くの速いんだもの。私、エレベーターに乗る前に迷子になっちゃって……」

そこですぐに、にっこりと微笑んで「中條物産」側の四人に視線を向けた。

「あっ、皆さん、はじめまして。プロデューサーの濱田梨々花で～す」

実際に見る梨々花は、びっくりするほど小顔だ。彼女はまどか達が首から下げているネームプレートを確認しながら、個別に挨拶《あいさつ》をして握手を求めてきた。

「えっと、あなたが桜井さんね。はじめまして、どうぞよろしく」

梨々花が右手を差し出し、まどかがそれを握る。

間近で見る彼女は、まるで陶製の人形のようにきめ細《こま》かな美しい肌をしていた。

「はじめまして。食料事業本部の桜井です。こちらこそ、どうぞよろしくお願いいたします」

言い終わる直前、まどかの手が強く握りしめられた。

(痛っ……!)

まどかはとっさに声が出そうになるのを抑えつつ、目の前の梨々花を見た。

この細い手のどこにそんな力が、と思うほど強く握りしめられ戸惑う。

彼女はというと、満面の笑みを湛《たた》えながら、何食わぬ顔でまどかをじっと見つめている。

それからすぐに手が離れ、それぞれが席に着いた。松尾達他の社員の反応を窺ってみるに、強く手を握られたのはまどかだけだったようだ。

それとも、まどか同様、皆痛みを我慢していたのだろうか……

いずれにしても、華奢《きゃしゃ》な身体に似合わず結構な力だ。

司会進行役の松尾が「中條物産」チームメンバーを代表して、プロジェクトへの意気込みを述べる。それが終わると、川村がおもむろに立ち上がり持参した資料をまどか達に配った。

「今お配りしたのは、わが社の新規事業についての最終的な基本方針です。説明を兼ねて、私から詳細をお話しさせていただきます――」

川村が自社における「美カフェ」の位置づけや、発足《ほっそく》のきっかけについて話しはじめる。それが終わると、川村は自社の社長である濱田克也が、今回のプロジェクトに並々ならぬ期待を寄せていると言って締めくくった。

「ラザービー」社長の濱田は、前社長であり会社創始者である濱田五郎《ごろう》の娘婿にして、当初化粧品のみだった事業を拡大させ、今の形を造り上げた立役者だ。

猪田に聞いた情報によると、克也は翔子の言っていたとおり、自社の社長である中條勇と同じ大学の経済学部に通った同期生だという。

詳しい経緯はわからないが、今回の新規プロジェクトは濱田克也が直々《じきじき》に勇に持ち込んだ話であるらしい。なんの前触れもなしにいきなりプロジェクトが決まったのは、そういった事情があっての事だったのだろう。

「じゃあ、私からもちょっと〜」

ふいに立ち上がった梨々花が、川村に代わってホワイトボードの前に立つ。

そして、自身の美容に対する熱意をジェスチャーつきで力説した。彼女が話す内容は、ひらひらとした外見や口調に不釣り合いなくらい、しっかりとしている。

『美人だしお嬢様なのに、意外と庶民的で天然ボケなところがウケてるらしいよ』

翔子はそんなふうに言っていたが、ビジネスにおいてはテレビとは違う力量を発揮しそうだ。

そうであれば、さっきの痛いくらいの握手は、プロジェクトに対する梨々花の意欲の表れだったのかもしれない。

「――それと、考えたんだけど、お店の名前『美カフェ』じゃあ、あまりにも短絡的でつまらないじゃない？」

梨々花が言い、その場にいる全員が頷く。

「で、せっかく私がイメージモデルになるんだし、お店の名前を『梨々花フェ』にしたらどうかって思うの」

「ああ、そりゃいい考えだね。さすが梨々花ちゃん、フォロワー数三百万人超えのインフルエンサーだけあるね」

川村が感じ入ったように声を漏らすと、梨々花が華やかな微笑みを浮かべた。

彼女は、新規事業のメインターゲットとして考えている年代の女性達から、絶大な支持を得ている。それを踏まえると、確かに梨々花の名前をもじった店名は、「美カフェ」とするよりも効果的な集客が期待できるだろう。

「皆さんは、どう思われますか？」

川村に意見を聞かれ、まどかは思ったままの感想を述べる。

「『梨々花フェ』、私はいいと思います。そうなると、店の内装やメニューにも梨々花さんのカラーに染めやすいし――イタッ！」

話している途中で、突然左脚のすねを蹴飛ばされた。

部屋にいる全員が、声に驚いてまどかのほうを振り返る。

「あっ、ごっめんなさぁい！　私ったら、ついいつものクセで足をぶらぶらさせちゃって」

まどかの正面に座っている梨々花が、立ち上がるなり両手で自分の口元を押さえた。

彼女は、大きく目を見開いて今にも泣き出しそうな表情を浮かべている。

「ほんと、ごめんなさいね？」

梨々花が言い、目をパチパチと瞬《またた》かせながらまどかを見た。

「平気？」

隣に座る佐々木に声をかけられ、まどかはにっこりと笑みを浮かべた。

「ぜんぜん平気ですよ」

「ああ、よかったぁ！」

まどかが梨々花のほうを見ると、彼女は大袈裟《おおげさ》に安堵のため息を吐いている。

まどかは改めて椅子に座り直し、梨々花と見つめ合う格好になった。

それにしても、ものすごく美人だ。

肌はふっくらとして白く、目はぱっちりとしていてやや切れ長。幼さとセクシーさを兼ね備えた美貌は、女性の目から見ても思わず見とれてしまうほどの吸引力がある。

梨々花が微笑むと、周りがパッと明るくなるような錯覚を覚える。それに、身に着けているものも、ありきたりな感じがするものなどひとつも見当たらない。

（すごい……。思っていた以上に素敵な人だなぁ）

梨々花なら何を着ても綺麗に着こなしてしまいそうだし、インフルエンサーとして絶大な人気を集めているのも十分に納得できる。

ミーティングはその後何事もなく進行し、予定していた一時間後に終了した。

「桜井さん、本当にごめんなさいね。あざになったりしないといいんだけど」

梨々花が部屋をあとにする時、再度すねを蹴ってしまった事を謝られた。

「いえ、ぜんぜん大丈夫ですので、気になさらないでください」

まどかはそう言うと「ラザービー」の二人を見送るためにエレベーターホールまでともに歩く。

ボタンを押し、エレベーターが来るのを待つ。

「本日は、どうもありがとうございました。今後もどうぞよろしくお願いいたします」

まどかが丁寧にお辞儀をして顔を上げると、川村もまた丁寧に頭を下げてきた。

「こちらこそ、ありがとうございます。力を合わせてプロジェクトを成功させましょう」

エレベーターが到着し、まどかは二人のためにドアを押さえながら脇に控えた。

梨々花が誰もいないエレベーターの中に乗り込み、川村もそれに続く。

まどかはドアから手を離し、もう一度頭を下げて二人を見送ろうと姿勢を正した。

すると、ドアが閉まる寸前に梨々花が突然ドアの間に手を入れて、閉まるのを阻止した。

「ちょっと、梨々花ちゃん！　危ないって」

あわてる川村をよそに、梨々花が一歩前に出てまどかに近づいてきた。そして、まどかの顔をまじまじと見つめ、うっすらとした微笑みを浮かべる。

「今日の桜井さんのメイク、ちょっと色合いが微妙かな？　今の時期だと、もう春をイメージしたメイクを意識しなきゃ。それに、服装も地味すぎるっていうか……。『梨々花フェ』に携わるからには、もっと美に対する意識を高くしてくれないと困るかも」

梨々花はそれだけ言うと、小さく笑い声を漏らした。そして、くるりと踵《きびす》を返してエレベーターの中に戻っていく。

目を剥《む》いたまま立っていた川村が、あわてて操作盤に手を伸ばした。

ドアが閉まり、今度こそ二人が去っていった。

一人エレベーターホールに残されたまどかは、棒立ちになったままその場に立ち尽くす。

（……ダメ出し、喰らっちゃった……）

大きく深呼吸をすると、まどかはミーティングルームの後片づけをすべく廊下を歩き出した。

年始以来、まどかは自分なりに外見について気を遣うようにしていた。「ラザービー」のプロジェクトメンバーに決まった事で、気持ちも新たにメイクやおしゃれといった分野で女性としての自分を高めようと努力してきたが……

しかし、梨々花から見たら、まるでダメだったみたいだ。

まどかは唇を噛んで眉間に皺《しわ》を寄せる。ミーティングルームの後片づけをして給湯室に向かった。

(はぁ……さすがにちょっと凹《へこ》む。だけど、凹《へこ》んでる暇はないよね……。次までに「梨々花フェ」メンバーにふさわしくならないと！)

まどかは洗い物をしながら、そう自分を叱咤《しった》して気持ちを奮起させる。

それにしても、なんとなく梨々花の態度が自分に対してだけ違うような感じがするのだが、気のせいだろうか？

(もしかして、翔子が言ったみたいに、壮士の事が絡んでいたりして……。まさか、ね？)

考え出すと、頭の中をいろいろな憶測が飛び交いだす。

壮士と自分は、確かに愛し合っている。

交わす言葉の端々に彼の愛情を感じるし、一緒にいると心から満たされた。

けれど、将来的にはどうだろう？

ふと、そんな疑問が浮かんできて、まどかは急に小さな不安に囚《とら》われる。

それなりに付き合いの長い二人だが、恋人同士になったのは最近だし、将来についてはまだ話し合った事もない。

もちろん、まどかとしては壮士とこの先の人生も歩んでいきたいと思っているが、果たして彼はどうだろう？

壮士は「中條物産」の御曹司だ。

結婚となると、本人の気持ちだけで決められるものではないのではないか……

まどかの頭の中に、壮士に寄り添う梨々花の姿が思い浮かぶ。

（もう、何をグジグジ考えてるのよ！）

洗い物を終えると、まどかは軽く頭《かぶり》を振《ふ》って雑念を振り払った。

いくら考えたところで明確な答えなど出るはずもないし、何より今は仕事中だ。

まどかは給湯室を出て、大きく背伸びをする。そして、顎《あご》をぐっと上げて颯爽《さっそう》と廊下を歩き出すのだった。


ミーティングがあった次の日の金曜日、まどかは外出先から戻り、広々とした一階のフロアをエレベーターホールに向かって歩いていた。

ふと思い立って、自動販売機コーナーに立ち寄るべく方向転換をする。

あと少しで辿《たど》り着く、というところで、自動販売機コーナーの奥にある談話スペースから甲高い女性の声が聞こえてきた。

「壮士～、せっかく会いに来たのに、もうちょっとくらい一緒にいてよ」

そう言っているのは梨々花であり、彼女の前に立っているのは壮士で間違いない。

まどかは、とっさに大ぶりの観葉植物が置かれた一角に身を隠した。そして、ダメだと思いながらも聞こえてくる話し声に耳をそばだてる。

「お前、もう帰れって。俺は忙しいんだ。それに、いきなり用事もないのに会社に来たりするな」

「用事は、ちゃあんとありますぅ！　ほら、こうして壮士と会う事が私の用事。ね、明日の土曜日、私とデートしてよ。それで、パパの別荘に行ってお泊まりしよう？　ね？」

梨々花の甘えるような声が、まどかの耳にはっきりと届く。二人がどんな様子で話しているのか気になるけれど、顔を出すとここにいるのがバレてしまいかねない。

「断る。じゃあ、もう行くからな。今度用もなく来たら、問答無用で追い返すぞ」

壮士はそう言うと、靴音を鳴らしてまどかのいるほうに近づいてくる。

まどかは、身を縮めるようにして観葉植物の陰に隠れた。残された梨々花は、ブツブツと文句を言いながら入り口に向かって歩いていった。

（びっくりした～！）

二人の姿が完全に見えなくなった頃を見計らい、まどかは隠れていた場所から出て自動販売機コーナーへ行った。

（……梨々花さん、わざわざ壮士に会いに来たんだ……）

財布からカードを取り出しながら、まどかは複雑な表情を浮かべる。

一瞬見ただけだったけれど、二人が並んでいる姿はまさにお似合いのカップルという言葉がぴったりだった。

想像した以上に似つかわしい二人を見て、まどかは心が激しく揺れ動くのを感じる。

（梨々花さん、やっぱり壮士の事が好きなのかな……。それに、お泊まりって……）

二人は昔から知り合いという事だから、家族を交えて泊まりがけの旅行をする機会があったのかもしれない……

けれど、二人とも大人である今——しかも、デートでお泊まりをしようと言う梨々花の言葉は、まどかにとって聞き捨てならないものだった。

自動販売機で缶コーヒーを買ったまどかは、エレベーターに乗り込んだ。

目の前の文字盤をぼんやりと見つめながら、さっき見たばかりの光景を頭に思い浮かべる。

梨々花の甘えた猫なで声に対して、壮士はいかにも迷惑そうな声で対応していた。だが、それがかえって二人の距離の近さを表しているような気がする。

（でも、壮士は誘いを断ってたし、週末は私とデートする予定だし）

そう考えて、心を落ち着かせようとするものの、気持ちはどんどん沈んでいく。

エレベーターのドアが開いたのでフロアに出ようとすると、目の前に澄香が立っていた。

彼女は、まどかを見るなり怪訝《けげん》な表情を浮かべる。

「どうかした？」

まどかは、エレベーターの外に出ようと一歩前に出た。すると、正面の壁に自社のロゴマークが掲《かか》げられているのが見えた。

「あっ……ここ、二十二階？」

それがあるのは、社長室と役員室、秘書室があるフロアのみだ。まどかは、自分が降りる階を間違えたのに気づき、はたと足を止めた。

「ごめん、降りない。私、ボタンを押し間違えたみたい」

「でしょうね」

澄香が言い、まどかの装《よそお》いを見て片方の眉を吊り上げる。なるほど、外出先から戻ったばかりの今の格好は、この階を訪れるのにふさわしいとはいえなかった。

「ていうか、そもそもボタンを押してなかったんじゃないですか？　このエレベーター、一階からノンストップでここまで来ましたから」

言われてみれば、そうだったような気もする。

バツの悪そうな顔で黙っているまどかに、澄香は小さく肩をすくめながらエレベーターの中に入ってきた。そして、すばやく操作盤に手を伸ばし、自分の部署がある階と、まどかの部署のある十七階のボタンを押してくれた。

「ありがとう」

「どういたしまして。……そういえば、ちょっと耳にしたんですけど、中條課長と濱田梨々花さんが結婚するって話、本当ですか？」

澄香はそう言いながらまどかに向き直り、こちらの反応を窺うような視線を投げかけてきた。その口元には、うす笑いが浮かんでいる。

「え――」

寝耳に水の話を聞かされ、まどかは動揺を隠せない。

表情をこわばらせるまどかを見た澄香は、大袈裟《おおげさ》に驚いて口元を掌《てのひら》で隠した。

「え、知らなかったんですか？　ふーん……。まあ、とにかくそういう事になりそうですよ。悔しいけど、あの人がライバルなら勝てっこありませんよね。じゃ、お先に失礼しま～す」

目的の階に到着してドアが開くと、澄香はさっさとエレベーターを降りていった。

一人残されたまどかは、呆然となったまま十七階に降り立ち、ロッカー室に向かう。

これまでも、壮士に関する噂話はいくつも出てきては消えていった。今回のも、きっとただの憶測に過ぎないはず。

けれど、もし本当だとしたら？

（そんなの嘘よ……。ぜったいに、あり得ない）

この話を、壮士は知っているのだろうか？

それとも知っていて、あえて知らん顔をしているのか……

（壮士、結局梨々花さんの事について何も話してくれないままだし……）

まどかの頭の中に、ふたたびさっき見た壮士と梨々花の姿が思い浮かぶ。

壮士を信じる気持ちに変わりはないけれど、梨々花の言動を考えるとどうしたって不安が募《つの》る。

（明日会ったら、壮士に梨々花さんとの事を聞いてみよう……）

きっと、それではっきりする。

まどかは、無理矢理自分を納得させて、ロッカー室を出た。

ただの憶測に気持ちを乱されてどうする——そう思いながらも、その日一日、まどかは落ち着かない気分で過ごす事になるのだった。


そうして迎えた土曜日。

まどかは壮士と出かけるべく準備をしていた。

しかし、頭の中は今日話す事でいっぱいだ。

壮士とは、仕事で会えない日もこまめに連絡を取り合っている。

当然、これまでも「ラザービー」とのプロジェクトや「梨々花フェ」のミーティングについて話していたが、梨々花個人についての話はしておらず、まどかもあえて聞いたりしなかった。

まだ、何をどう聞けばいいのか悩み中だが、とにかく壮士には今の自分の気持ちを伝え、疑問に思っている事を訊《たず》ねようと決める。

まどかは鏡張りになっているクローゼットのドアの前に立った。そして、鏡に映る自分を見つめながら、ぐるりと一回転してみる。

「洋服はこれでいいかな？　メイク、もう少し色を濃くしたほうがいいんじゃあ――」

迷いに迷って選んだ今日の服装は、ゆったりとした白いタートルネックのセーターと、マスタードイエローのフレアスカート。その上にグレージュのコートを重ねる。

いずれも、つい最近仕事帰りに通りすがった店で買ったもので、最終的に決めたのは自分とはいえ、もとはショップオーナーに勧められた品だ。

梨々花にメイクとファッションを全否定されてから、まどかは今まで以上に自分の外見を変える方法を考えていた。しかし、そんなセルフプロデュースにもそろそろ限界を感じている。

気持ちだけが先走ってしまい、中身が伴わずに空回《からまわ》りしている気がして仕方がない。

あれこれと悩みつつ身支度を整え、約束の時刻である午後二時まであと五分。ほどなくして、壮士からマンションの下に到着したとメッセージが届いた。

家を出る前に、まどかは改めて全身を確認する。

結局、何もかも中途半端な仕上がりになったような気がしてならない。

だが、もう悩んでいる時間はなかった。

まどかは自分で自分の背中を押すようにして、玄関の外に出る。

廊下の手すり越しに下を見ると、壮士がすぐにまどかを見つけ小さく手を振ってきた。

そんな壮士を見て、まどかは胸が甘く疼《うず》くのを感じる。廊下を歩き、エレベーターで下に向かいながら、胸の真ん中を掌《てのひら》で押さえた。

（私、壮士が好き……。今さらだけど、本当に大好き。壮士だけは、ぜったいに誰にも渡したくない）

マンションを出て車に近づくと、壮士がまどかに向かってにっこりと笑いかけてきた。

「時間ぴったりだな」

「壮士こそ」

「当たり前だろう」

まどかの頭の中に、ここ数日間にあった出来事が一気に思い浮かんできた。

助手席に乗り込み、シートベルトを締める。車が走り出し、見慣れた街並みが通り過ぎていくのをぼんやり眺めた。

「まどか、本当に今日はどこにも出かけなくていいのか？」

壮士に話しかけられ、まどかはハッとして彼のほうを向いた。

「え？」

「今日はどこにも出かけなくていいのかって聞いたんだ」

壮士が、正面を向いたまま同じ質問を繰り返す。

「うん。今日はこれから天気が崩れるみたいだし、ここのところ壮士も忙しかったでしょ？」

「それは、まどかも同じだろう？　まあ、出かけるのは明日でもいいしな。……それにしても、なんだかやけに大人しいな。もしかして、具合でも悪いんじゃないか？」

運転を続けながら、壮士が気づかわしそうな表情を浮かべた。

「そんな事ないよ……。ただ、ちょっと気になる事があるだけで。壮士の家に着いたら話すから、聞いてくれる？」

「もちろん」

まどかが訊《たず》ねると、壮士は即答してくれた。

幸い道は混んでおらず、三十分もかからずに壮士のマンションに到着する。駐車場で車を降り、なんとなく黙ったままエレベーターに乗った。

二人でどこかを歩く時、壮士はたいてい自分から手を繋いでくれる。いつも自然に手を取ってまどかを導いたり、人混みの中で迷子にならないように気を配ってくれたり。そして今も、車を降りるなりしっかりと手を握ってきた。

彼はいつだって優しくて、まっすぐに想いを伝えてくれる。

壮士の掌《てのひら》の温もりが、まどかの身体にじんわりと広がっていく。その感覚を味わっているうちに、まどかは一人でくよくよと悩んでいた事を反省する。

したい事、してほしい事は正直に言い合う事――それは、かつて二人が「同志」として付き合っていた時の、ルールのひとつだった。

(「同志」関係は解消したけど、なんでも正直に言い合うっていうのは大事だよね)

歩きながら、まどかは今の気持ちを込めて壮士の手をギュッと握り返した。

すると壮士が、まどかを見て微笑みを浮かべる。その顔に、さらに気持ちがほぐれて、自然に微笑み返していた。

玄関のドアを開けると、いつものとおり白薔薇《ばら》の香りがまどかを迎えてくれる。

まどかは壮士と手を繋いだままリビングに入り、彼の動きに従って部屋の真ん中で立ち止まった。

「とりあえず、コーヒーでも飲む？　それとも、ワインがいいか――」

言葉の途中で、まどかは壮士の肩に手をかけてつま先立った。そして、彼の唇をキスで封じながら、首に腕を回す。唇を離すと、壮士が意表を突かれたような顔でまどかを見た。

　数センチの距離で見つめ合い、すぐにまた唇を重ねる。

　しばらくキスを続けたあと、まどかは壮士の首に回した腕に力を込め、思い切って口を開いた。

「――壮士……壮士と濱田梨々花さんって、どんな関係？　家族ぐるみの付き合いがあるって聞いたけど、どれくらい親しいの？」

　一気にそこまで言うと、まどかは壮士をまっすぐに見つめた。たった今、彼とキスをした唇を噛みしめながら、じっと返事を待つ。

　壮士が驚きの表情を浮かべて、まどかの背中に掌《てのひら》を添えた。そして、まどかと視線を合わせつつ、ゆっくりと口を開く。

「俺と梨々花は、父親同士が大学の同期で親友だった関係で、生まれた時からの付き合いになる。言ってみれば、妹みたいな存在かな。この先も何もなければ、そんな関係が続くと思う」

「『この先も何もなければ』って、どういう意味？　私、昨日……壮士が談話スペースで梨々花さんと一緒にいるのを見かけたの。梨々花さんは、壮士の事が好きなんじゃないの？　それに、壮士と梨々花さんが結婚するって話も聞いて――」

「ちょっ……ちょっと待ってくれ！　俺が梨々花と結婚？　そんな事がある訳ないだろ

う？　でたらめもいいところだ！」

壮士から、きっぱりと梨々花との結婚の話を否定されて、まどかは大きく安堵の息を吐いた。

緊張が解けて、身体から一気に力が抜ける。そのまま床にへたり込みそうになるのを、壮士がとっさに腕に抱え込んだ。

「『この先も何もなければ』って言ったのは、最近になって妙に梨々花が俺に付きまとってくるようになったからだ。昨日いきなり会社に来たのもそうだ。昔からわがままなところはあったけど、あまり好き勝手するようなら、少し距離を置こうかと思ってる」

壮士が、神妙な面持《おもも》ちでまどかを見る。

「よかった……」

まどかが呟くと、壮士がそっと身体を抱き寄せてきた。

「ごめん。……俺が悪かった。事前にちゃんと話しておけば、まどかをこれほど悩ませる事はなかったのに」

まどかは小さく深呼吸をしながら、壮士の胸にもたれかかった。彼はまどかの髪に頬ずりをしながら、掌《てのひら》で背中を緩くさすってくる。顔を上げ、何度かキスをしたあと、壮士が真面目な顔でまどかをじっと見つめてきた。

「きちんと、ぜんぶ話すよ」

二人してソファに移動して、並んで腰を下ろす。壮士が、膝に置いたまどかの手を取り、おもむろに話しはじめる。

「実は去年の年末頃、父親同士が勝手に俺と梨々花を結婚させようと企《たくら》んでね。もちろん俺はその気なんかまったくないから、その場ですぐに断った。当然、この話はそれで終わりになったものと思っていたんだが……」

「父親同士が？」

話しながら、壮士が少し考え込むようなしぐさをする。

「憶測だが、さっきの結婚話の出所は、うちの父だと思う。『ラザービー』の濱田社長ともたまに社長室で電話してたりするから、俺と梨々花の話をしてるのを誰かが耳にしたのかもしれない」

壮士曰《いわ》く、社長はよく部屋のドアを開けたまま電話をしているらしい。

「そっか……。そういえば、あの時――」

まどかは、澄香から壮士と梨々花の結婚について聞かされた時の事を話した。

「なるほど……。彼女、秘書課に同期がいるみたいで、よく二十二階をうろついているからな」

噂好きの澄香だ。社長室から興味深い話が聞こえてくれば、興味津々《きょうみしんしん》で聞き耳を立てるだろう。

「でも、そう思われるのも仕方ないかも。だって、梨々花さんって女の私から見てもすごく綺麗だし、おしゃれで女子力も高くて……」

つい弱音を零すまどかに、壮士がピクリと眉を動かし、納得がいかないといった表情を浮かべた。

「梨々花が周りにどう見えようが、俺は、まどかがいいんだ。俺にとって、綺麗な女性といえばまどかだし、おしゃれも女子力も今のままで十分だと思うけどな」

基本的にフェミニストである壮士は、いつだって、まどかのちょっとした変化に気がついて褒《ほ》めてくれていた。恋人になってからは、それがさらにパワーアップしている。

まどかは照れながらも、思わず反論してしまう。

「そ……そんなふうに言ってくれて嬉しいけど、それってものすごくひいき目だと思う」

そう言いながら、壮士に褒《ほ》められて、自然と顔がほころんでくる。

「ひいき目でもなんでも、俺にとってのベストはまどかである事にかわりはないよ。それに、美しさの基準は、別に外見に限った事じゃないだろ？　なんでも前向きに取り組む姿勢や、新しい事に挑戦する勇気が、まどかを綺麗にしてる。少なくとも俺は、美しさは内面から滲《にじ》み出るものだと思ってるよ」

「……壮士……」

外見だけでなく、普段の行動や内面まできちんと評価して褒《ほ》めてくれる。彼は、まどかを女性としてだけではなく、一人の人間として想ってくれているのだ。

微笑みかけてくる壮士を見るうちに、嬉しくて胸がいっぱいになる。気づけば、まどかは彼に抱きついて繰り返しキスをしていた。

はずみで壮士がソファの背もたれに倒れ掛かり、まどかは彼に覆《おお》いかぶさるようにしてキスを続ける。まるで、壮士への想いが身体中から溢《あふ》れ出てくるみたいだ。

まどかはキスの合間に小さく「好き」と呟き、またすぐに唇を合わせては彼の身体に身をすり寄せた。

すると、壮士がふいに相好《そうごう》を崩し、小さな笑い声を上げた。

「……壮士？」

まどかは唇を離して、壮士を見た。彼は、まどかの顔を見つめながら、嬉しそうに目を細めている。

「たまには、こういうのもいいな、と思って。……詰め寄られたり、やきもちを焼かれたり、抱きついてキスをされたり。なんだか、すごくまどかに愛されてるって感じがして、嬉しくなったっていうか――」

壮士の手がまどかの後頭部に伸びてきて、引き寄せられると同時に唇が重なる。

「ちょっと自惚《うぬぼ》れすぎかな？」

唇を触れさせたまま囁《ささや》くように訊《たず》ねられ、まどかは小さく首を横に振った。

「自惚《うぬぼ》れじゃない。壮士……愛してる。私、すごく不安だったの。もし、壮士を失ったらって……。そんなの、ぜったいにイヤ……。壮士を誰にも渡したくないっ……」

「まどか――」

壮士が、ゆっくりと身を起こしながら、まどかをきつく抱きしめてきた。

「俺は、ずっと、まどかのそばにいるよ。誓ってどこにも行かないし、ぜったいに離れない。誰がなんと言おうと、俺が愛してるのはまどかだけだ」

壮士の唇が、まどかのこめかみに触れる。彼の指がまどかの顎《あご》をすくい、そっと唇を合わせてきた。

「まどか、愛してるよ。この先、どんな事があろうと、この気持ちは変わらない。だから、安心して俺の事を愛してくれていいぞ。もしまた不安になるような事があったら、すぐに言ってくれ。どこにいてもすぐにすっ飛んできて、まどかが『もうやめて』って言うくらい『愛してる』って言うから」

言い終わるなり、壮士がまどかの顔中にキスをしてくる。唇が触れるたびに、まどかの胸に安堵と壮士への愛おしさが積み重なっていく。

「ありがとう、壮士。……私、自分に自信が持てるようになりたい。そのためにも、もう一度頑張ってみる」

自分に自信が持てれば、きっと壮士の恋人としても胸を張れる気がする。

だった。

「そうか。頑張れ、応援してる」

壮士が言い、まどかの唇に長いキスを落としてきた。

まどかは、満ち足りた気分に浸《ひた》りながら、壮士の背中にしっかりと腕を巻きつけるのだった。

「ねえ、翔子。私のメイクって微妙かな？　服装も地味すぎると思う？　やっぱり、女子としてダメなのかな？」

週明けの水曜日、まどかは翔子とともに社員食堂でランチを取っていた。

「へ？　何よ、突然」

突然の質問に、翔子が箸《はし》を持つ手を止めて顔を上げる。

「実は、いろいろと考える事があってね。『梨々花フェプロジェクト』のメンバーとして、どうなのかなって思って……」

まどかは壮士に対して、もう一度頑張ると宣言した。そこで、ファッション誌やネットから情報を得つつ、綺麗になるためにはどうすればいいかを熟考した。

しかし、今ひとつ明確な答えが得られなかったため、翔子の意見を聞く事にしたのだ。

「うーん、ダメとは思わないけど。なんていうのかな……『梨々花フェプロジェクト』のメンバーとして考えるなら、ちょっと面白みがないというか、色がなさすぎるというか……」

翔子の困ったような顔を見れば、言わずもがなだ。

「……要は『梨々花フェ』にふさわしくないって事ね」

「ま、まあまあ、そう結論を急がなくても。私は好きだよ、まどからしくて。だけど、もし自分でダメだと思うなら、思い切ったイメチェンでもしてみたら？」

「思い切ったイメチェン？」

「そうそう！　まどかがおしゃれやメイクを頑張ってるのはわかるけど、イマイチ物足りないのは確かなんだよね。それに、このへんで頑張っておかないと、中條を梨々花ちゃんに取られちゃうかもだよ」

「ま、またそんな事を――」

先にランチを終えた翔子がテーブルを離れ、しばらくしてまどかも席を立った。エレベーターホールに向かうと、結構な数の人が待っている。

まどかはそのうしろを通り過ぎ、非常階段のドアに向かった。ドアを開け、踊り場に出る。

ゆっくりと階段を下りながら、物思いに耽《ふけ》る。

（翔子ったら、さらっと痛いところを突いてきたなぁ）

翔子が頻繁《ひんぱん》に出してくる壮士ネタは、冗談半分だとわかっている。だから、こちらもふざけ半分で返事をして終わらせるのが常だ。

しかし、こと梨々花に関しては、あっさりスルーできなかった。

壮士から彼女との事をきっぱりと否定されて安心したとはいえ、梨々花の存在が脅威である事に変わりはない。

少なくとも梨々花は間違いなく壮士に好意を持っているし、結婚にも乗り気なのではないだろうか。

（そうでなきゃ、談話スペースであんなふうに壮士に迫ったりしないよね。あの時の梨々花さん、女子力フルパワーだったし）

まどかは、はじめて彼女に会った時の事を頭の中に思い浮かべる。

思えば、梨々花は最初から、まどかに対してだけ、どこかおかしかった。握手をすれば痛いほど強く握られたし、結構な勢いですねを蹴飛ばされた。

あの時はまさかと思ったが、もしかすると梨々花は壮士とまどかの関係を知っているのでは――

そう考えれば、彼女の一連の行動も理解できなくはない。

『「梨々花フェ」に携わるからには、もっと美に対する意識を高くしてくれないと困るかも』

あの時、梨々花はそう言って笑ったが、目つきはびっくりするほど冷たかった。

しかし、彼女の意図がどうであれ、まるっきり間違った事を言われた訳ではない。

（曲がりなりにも「ラザービー」の新規プロジェクトに参加するんだもの……。むしろ、あれくらい言われても当然だよね）

このプロジェクトを成功させるために、まどかは今できる事を精一杯やるだけだ。

それにはまず、「美」に対する自分の意識をもっと大きく変える。そして、「梨々花フェ」メンバーとして恥ずかしくないよう外見のイメージチェンジをするのだ。

しかし、自力でどうにかするのは、これ以上はもう無理だろう。ここは潔く自分の限界を認めて、人の力を借りるべきだ。

（まずは、早紀に相談してみよう）

早紀ならメイクやおしゃれはお手のものだし、他人に聞きにくい事も遠慮なく質問できる。

しかし、直接会って相談するとなると早くても週末になってしまう。

（どうしようかな……）

今はとにかく時間が惜しい。

まどかは対策について頭を悩ませながら、二十一階の踊り場に差し掛かった。その時、ふいに非常階段のドアが開いて松尾が現れた。

今日の彼女は、胸元がVネックになっている花柄のワンピースを着ている。そのフェミニンでありながらスタイリッシュないでたちを見て、まどかはとっさに松尾を呼び止めていた。

「松尾課長！　お疲れさまです。あの……今日、会社が終わったあと、よければお時間をいただけませんか？　ちょっとご相談したい事があって――」

突然の申し出に、松尾がキョトンとした顔でまどかを見る。その顔を見て、まどかは勢いに任せて頼み事をしてしまった事を後悔した。

「……急にすみません、お忙しいですよね？　お子さん、まだ小学生でしたっけ。ほんと、すみません！　いきなり勝手な事を言ってしまって――」

まどかは深々と頭を下げて、松尾に謝罪した。しかし、思いがけず、松尾がまどかの肩をポンと叩き、にっこりと微笑んだ。

「いいわよ。ちょうど今日は定時に上がって、一時間ばかり街をぶらついて帰ろうと思ってたのよ」

聞けば、松尾は家事育児を彼女の夫と完全に分担しているらしい。たまたま今日は夫が有休をとっており、夕食までは彼女の自由時間なのだとか。

「い、いいんですか？　せっかくの自由時間なのに――」

「もちろん。だって、桜井主任、ものすごく切羽詰《せっぱつ》まった顔しているんだもの。それに、私だってたまには女の子とデートしたいしね。じゃ、仕事が終わったら一階の談話スペースで待ち合わせね」

「はい、お願いします！」

まどかは、上階に向かう松尾を見送り、足取りも軽く階段を駆け下りる。

そして、自席に着くなり、やるべき仕事を順序よくこなしていく。

松尾との約束のおかげか、予定していた量を上回る仕事を終わらせて終業時刻を迎えた。

一階に下りると、松尾が先に来て待ってくれていた。

「お疲れさまです！　すみません、お待たせしてしまって」

「お疲れさま。ところで、先にどんな相談か、軽く聞かせてもらっていい？」

まどかは頷き、手短に事情を説明した。話に耳を傾けている松尾が、まどかを見つめながら繰り返し頷く。

「わかったわ。大船に乗ったつもりで任せといて。じゃ、さっそく行きましょうか」

「はい、お願いします！」

松尾がワンピースの裾《すそ》を翻《ひるがえ》し、エレガントに歩き出す。まどかは気合を入れつつ、彼女のあとに従って大股で歩き出すのだった。

次の日の朝。まどかは自社ビルのエレベーターに乗り込むなり、正面を見ずに壁と向かい合わせになった。

入る時、十七階のボタンが押されているのは確認済みだ。あとは、極力顔を上げず、じっとしている。まどかは、視線の先にあるシックな栗色のハイヒールをひたすら見つめた。

（十七階に到着したら、素早く降りる……！）

電子音が鳴ると同時に、そっと到着階を確認する。そしてエレベーターが十七階に到着した。まどかは降りていく背中を見守り、最後の一人としてそのあとに続く。

そのまま、極力気配を消して——そう思っていたのに、ふいにうしろを振り返った同じ部署の同僚にあっさり見つけられてしまう。

「あれ？　桜井さん……え！　めずらしいっ！」

その声を聞きつけて先を行くもう一人が振り返る。

「ん？　おおお、桜井さん、どうしたの？　すごいイメチェンだね～！」

歩きながら話すから、何事かと振り返る人がどんどん増えていく。

「ちょっとその……まあ……」

いつもモノトーンのパンツスーツ姿のまどかだが、今日は薄いライラック色のニットワンピースを着てきた。全体的に柔らかな雰囲気のそれは、袖《そで》がふっくらと膨らんでおり、ウエストに緩く切り替えのリボンが巻かれている。

まどかは愛想笑いを浮かべながらも、若干前屈《まえかが》みになって足早にフロアを通り抜けた。

途中、ロッカー室に立ち寄り、手に持っていたコートをしまう。

今朝は用意に手間取ってしまい、いつもより出勤時刻が遅い。

そのせいで、すでに多くの社員が席に着いた中を歩く羽目になってしまった。

自席まであと少し。

さらにスピードアップして、ようやく食料事業本部に着いたところで、ちょうど前を横切ろうとしていたらしい猪田にぶつかりそうになってしまった。

「おぉっと〜！　って、あれ？　桜井くんか？」

猪田が、素《す》っ頓狂《とんきょう》な声を上げる。まどかより若干身長が低い彼は、大袈裟《おおげさ》に驚いて目をパチクリさせた。

「ぶ、部長、おはようございます！」

会釈《えしゃく》して顔を上げると、もうあとは逃げ場がない。

まどかは覚悟を決めてまっすぐに立って、ぐっと顎《あご》を上げた。

「あー、おは……ようっ!?　ちょっ……おおお」

「おはよう……わぁ、桜井さん、すごく似合ってる〜！」

居合わせた同部署の社員達が、いっせいにまどかを見て声をかけてくる。

「いい！　すごくいい！　ねぇ、どうしちゃったの？　っていうか、桜井ちゃん、素敵〜！」

小躍りして喜んでいるのは、最近ちょっと顔が丸くなってきた羽田だ。

「ありがとうございます。せっかく『ラザービー』のプロジェクトに参加させていただくので、意識を変えてみようかと。まだちょっと慣れないんですけど……」

「いやぁ、見違えたよ。プロジェクトに対する意気込みが感じられるね。桜井くん、今回も期待してるよ」

猪田が笑顔で拳《こぶし》をグッと握った。

「はい、頑張ります」

猪田に促され、各自が順次席に着いた。

まどかも席に着き、パソコンを立ち上げながらデスクの隅に伏せてあった鏡を立てる。

(これが、今の私にできる精一杯。だけど、周りの反応は悪くないみたいでよかった！

松尾課長に、改めてお礼しにいかなくちゃ！)

昨日、まどかは松尾に自分の外見についての悩みを洗いざらい打ち明けた。その上で、今回のプロジェクトに向けての意気込みを語った。

美容は、まどかにとってまったくと言っていいほど、馴染《なじ》みのない分野だ。しかし、決して生半可な気持ちでプロジェクトへの参加を希望した訳ではないし、ファッションやメイクを含め自分の至らないところを改善したいと思っている。

どうにかして、イメージチェンジしたい――。しかし、自分だけではもう何をどう変えればいいのかわからず、完全に迷走してしまっている事を正直に話した。

それを聞いた松尾は、まどかを「信用のおけるイメチェンのスペシャリスト」のもとに連れて行ってくれた。

そこは、松尾の男友達がオーナーをしているという繁華街《はんかがい》のど真ん中にあるヘアサロンで、顧客にはモデルや芸能人が多数いるらしい。

オーナーは大柄な美人で、まどかが来店するなり広々としたフィッティングルームに通された。

『素材は抜群にいいわよ。スタイルもいいし、久しぶりに腕が鳴るわ～！』

人懐《なつ》っこくて明るい彼は、ちょうどまどかと同学年だという。

すぐに意気投合した二人を見て、松尾はまどかを彼に託して帰っていった。

まどかは思いつく限りの質問をオーナーに投げかけた。彼はそれに丁寧に答えつつ、まどかに必要なノウハウを事細《こま》かに教えてくれる。

オーナーの教えは簡潔でわかりやすく、まどかはまさに目から鱗《うろこ》が落ちるような気持ちだった。

ひととおりのレクチャーが終わると、まどかは一度すっぴんに戻り、彼の指導のもと自分でメイクをしてみた。さらに、オーナーの知り合いの店に連れて行ってもらい、自分に似合うと思う洋服をチョイスし、それに合わせて着回しのきくものをいくつか購入した。

そして、一夜明けた今日。

まどかは昨日教えられたメイクをし、買い求めた洋服を着て出勤してきたのだ。

基本いつもパンツスタイルだったから、落ち着かないし足元がスースーする。だが同時に、不思議と気持ちが華やぐのを感じていた。

まどかのイメージチェンジに対する皆の評価は高く、かなり好意的だ。

その事に心底ほっとして、まどかは心の中でガッツポーズをする。

自然と気持ちが前向きになり、仕事がサクサクと進んだ。

どうやらイメージチェンジは自分の自信にも繋がったようで、通りすがりに聞こえてくる「親衛隊」の陰口も笑顔でスルーできた。

午後になり、外出先から戻る途中、壮士からスマートフォンにメッセージが届いた。

見ると、仕事帰りに少しだけ会えないか、とある。

(今日は、出先から直接出張に向かうって言ってたよね。急に、どうしたんだろう?)

会いたいと言ってくれるのは嬉しいけれど、何かあったのかと心配になる。

なんとなく落ち着かない気持ちを抑えながら、まどかは会社に戻るなり急いで仕事を終わらせた。

終業時刻を迎えるとともに、手早く帰り支度を済ませて席を立つ。

周りと挨拶《あいさつ》を交わしながら、ロッカー室に寄ってエレベーターホールへ向かう。

まどかは努めて平常心を保つよう心掛けながら、自社ビルを出てバッグからスマートフォンを取り出した。

電話がかかってきたふうを装《よそお》い、駅とは反対方向に歩き出す。

さりげなく周りを見ると、知っている顔は見当たらない。

（よし！）

待ち合わせをしたのは、会社の最寄り駅からひと駅先にあるビジネスホテルだ。

まどかは、歩く足を速めながら、大通りを窺った。空車のタクシーを停めて乗り込み、待ち合わせのビジネスホテルを目指す。

『もう着いてるよ。部屋で待ってる』

途中、壮士からのメッセージが届き、気持ちが逸《はや》った。タクシーを降りて、建物の三階にあるフロントを経由して待ち合わせている部屋に急いだ。

さほど走ったりしていないのに、なぜか息が切れているし動悸《どうき》がする。一体何があったのかと思う気持ちが、まどかを不安にさせ、心をざわつかせていた。

エレベーターで目的の階に行き、足早に廊下を歩く。

部屋のドアの前まで来ると、まどかは立ち止まって深呼吸をした。焦る気持ちを抑えてドアをノックする。

直後ドアが開き､迎え出た壮士に腕を取られ､あっという間に部屋の中に引き込まれた。すぐに顎《あご》を掴まれ、閉じた唇をこじ開けるようにキスをされる。

途端に瞳が潤《うる》み、身体中の血が沸き立った。

背中を壁に押し付けられ、両脚の間に片膝を割り込まれる。スラックスを穿いた彼の太腿が、ショーツの上を掠めた。

もうそれだけで膝が折れそうになり、まどかは息を荒くして喘《あえ》いだ。

「ちょっ、壮士っ……」

「まどか、その格好、どうしたんだ？　朝、エレベーターホールで見かけて、驚いたよ。その場で声をかけたかったのに、距離が遠くて他のやつに先を越された」

「み……見てたんだ――あんっ……」

首筋に舌を這《は》わされ、軽く噛みつかれる。被虐的な欲望を刺激され、まどかは目を潤《うる》ませて掠れた声を上げる。

「見てた。他の男がまどかの周りに群がって、褒《ほ》めちぎってるところも。……正直、ものすごくイラついた。……俺のまどかに近づいて、俺より先にまどかを褒《ほ》めているのが我慢ならなかった――」

彼は、そう言うなりワンピースの裾《すそ》をたくし上げ、ストッキングごとショーツを引き下ろした。

不安が解消され、まどかは大きく息を吐いて心の緊張を解く。

ホッとしたところを、いつになく荒々しく求められ、まどかは胸の高鳴りを抑えきれなくなる。

「壮士——んっ……ん……」

唇に奪うようなキスをされ、息もできない。壮士の唇が、耳のうしろに移った。そこを強く吸われ、思わず身をよじって甘い声を上げる。

「まどかは俺のものだ……。俺だけの、まどかだ……！」

壮士の声には明らかな怒気が感じられる。彼は、まどかの首筋に舌を這《は》わせ、まるで自分を刻み込むように、あちこちに唇を押し当ててくる。

(壮士……もしかして、やきもちを焼いてるの？)

そう思った途端、愛おしさが込み上げてきて、いてもたってもいられなくなった。

まどかはハイヒールを脱いでつま先立ちになり、壮士の手の動きに合わせて脚を上げ、ショーツを脱ぎ捨てる。そうしている間にも全身が熱く火照《ほて》り、心の抑制が利かなくなっていた。

ベルトを外す金属音を聞きながら、壮士の唇に噛みつく。

「壮士っ……」

唇を合わせながら壮士の目を見つめた。

いつも優しい彼の瞳に、ギラギラとした欲望の炎が宿っている。

「今日は……優しくする余裕、ないかも――」

そう言うなり、壮士が貪《むさぼ》るようなキスを返してきた。まるで獰猛《どうもう》な野獣に食べられるようなキスをされ、まどかは息も絶え絶えになって、身体中を戦慄《わなな》かせる。

避妊具の袋が床に落ち、壮士の腕に脚を抱え込まれた。

口の中に舌を差し込まれると同時に、硬く熱い彼のものが蜜窟の中に深々と挿入される。

「んっ……ん……ぁあああっ！」

身体中に衝撃が走り、中が一瞬にしてとろけた。

まるで頭から光の塊《かたまり》をぶつけられたような感覚に陥《おちい》り、まどかは目蓋《まぶた》を震わせ脚を壮士の腰に巻きつける。

屹立《きつりつ》が根元まで入り、まどかの中でさらに硬さを増し反《そ》り返った。最奥《さいおう》を暴いた切っ先が内壁を掻き、力強く抽送《ちゅうそう》を繰り返しつつ蜜窟の入り口で留まる。

「あっ……！　あ……あ……そ……うし……」

激しく攻め立てられ、熱く濡れたそこが彼の切っ先をきつく締め上げる。壮士が呻《うめ》き声を上げ、繰り返し内奥《ないおう》を突き上げた。

「ひっ……」

頭の中でバチンと音を立てて火花が散り、一瞬身体が宙に浮いたようになる。

気がつけば、まどかは壮士の腰に両脚を巻き付け、彼の肩にぶら下がるようにして身体を揺すぶられていた。

「そ……」

名前を呼ぼうとする唇をキスで塞がれ、なおも激しく攻め立てられた。彼の腰の動きに酔いしれ、まどかは身も心も淫欲に溺《おぼ》れる。

まどかは壮士の肩を爪で緩く引っ掻き、わずかに顎《あご》を横にずらして唇を離した。ワイシャツの肩に、レッドベージュの口紅が薄くついている。

まどかはそこを掌《てのひら》で軽く押した。そして、自分がしてほしい事を伝えようと唇を開く。

「もっとして……うしろからも――」

壮士がまどかの右手首を握り、顔の横に掲《かか》げた。手首をペロリと舐《な》められ、蜜窟の中がギュッと窄《すぼ》まる。

「こんな可愛い格好をして、エッチなおねだりをするなんて、いけない子だな。うん？」

彼は眉間に皺《しわ》を寄せ、目を細めながらまどかを見た。

「まどかは、綺麗で、可愛くて、セクシーで、すごくいやらしいね。そうやって、俺以外の男の視線を集めるつもりか？」

壮士が、ゆっくりと腰を引いた。中をじわじわと擦られ、まどかは、たまらずに嬌声《きょうせい》てしまう。

「そのうち、通りすがりの男に一目惚れされたりするんじゃないのか？」

切っ先が、まどかの蜜窟の入り口にかかった。あともう少し腰を引けば、完全に抜けてしまう。

まどかは無意識に首を横に振り、切なそうな顔で唇を噛みしめた
「それとも、もうとっくに誰かを落としたりしてるのか？　……たとえば、幼馴染《おさななじみ》とか。まどかの実家の隣に、いたよな？　同じ年で、驚くほどイケメンだっていう――」

言いながら、壮士が屹立《きつりつ》の先で蜜窟の入り口を捏《こ》ね回す。

途端にそこが、ものほしそうにひくついて新しい蜜を垂らしはじめる。

「……は……隼人――」

「……下の名前で呼ぶとか、彼とはずいぶん仲がいいようだな？　それに、俺に抱かれながら他の男の名前を口にするとか、一体どういうつもりだ？　もしかして、幼馴染《おさななじみ》の域を超えてるんじゃないか？」

「そ……ん な事――」

壮士に強い目で見つめられて、まどかは、必死になって首を横に振った。

わずかに腰を引かれ、蜜窟の入り口が、まるで屹立《きつりつ》を引き留めるかのように収縮する。

心なしか、切っ先が質量を増したような気がした。そんなわずかな刺激に反応して、身

体の芯に熱い戦慄《せんりつ》が駆け抜ける。

「壮士……、いやぁ……」

「何が、いや？　抜いてほしくないのか？」

意地の悪い声で囁《ささや》かれ、心が熱く震えた。自然と瞳が潤《うる》んできて、唇が拗《す》ねたように尖ってくる。

「そんな顔をして……ますますいけない子だ。これは、お仕置きをしなきゃいけないレベルかもな」

屹立《きつりつ》がまどかの中から抜き去られると同時に、唇にさっきとは打って変わった優しいキスをされる。まどかは、身を乗り出すようにしてキスに応《こた》えた。背中を強く抱き寄せられ、小さく喘《あえ》ぎ声を漏らす。切っ先が蜜窟の入り口をトントンと叩く。そのたびに淫《みだ》らな水音が聞こえる。

まどかは、その音を聞きながら、ぶるりと身を震わせた。

「……挿《い》れてほしい？」

囁《ささや》かれ、何度も頷いて壮士の唇にキスを返す。

「じゃあ、そう言ってごらん。『壮士、挿《い》れて』って」

そう言ってくる彼の声が、蜜のようにまどかの耳に染み入ってくる。服の上から乳房を掴まれ、乳先を強く摘ままれた。

「じゃなきゃ、これで終わりにするよ」

甘やかにそう言われ、まどかは掠れた声で壮士に懇願する。

「壮士、挿《い》れて……お願い……」

言い終わるなり、屹立《きつりつ》がもう一度まどかの中に入ってきた。一気に最奥《さいおう》まで貫かれて、身も心も悦《よろこ》びでいっぱいになる。

「そうだ、うしろから挿《い》れてほしいんだったな――」

壮士がわずかに腰を落とし、まどかの片方の脚を高く掲《かか》げた。そのまま身体を横に倒され、ぐるりと身体をうしろ向きにされた。

蜜に濡れた襞《ひだ》をよじられ、まどかは声を上げて全身を震わせる。

壮士の指が、まどかの双臀に食い込む。リズミカルに腰を振られ、まどかは拳《こぶし》を握りしめて啼《な》き声を上げた。

「あああっ！　あ……あっ……」

全身がビクビクと震え、倒れまいと必死になって壁にすがりつく。壮士がうなじにキスをしながら、胸元をまさぐってくる。

「まどか、すごく可愛い……。どうして、そんなに可愛いんだ？」

まだわずかな時間しか経っていないのに、もう二度も達してしまっている。

それなのに、まだぜんぜん足りない。

もっと壮士がほしい――。そう思うなり、内奥《ないおう》が熱く疼《うず》いた。けれど、このままだと腰が砕け床に倒れ込んでしまいそうだ。

すがりついていた壁のすぐ横にクローゼットの取っ手がある。

まどかはそれを強く握り、上体を支えたまま腰をうしろに突き出した。そして、そのまま前屈《まえかが》みになって顔を上に向ける。

壮士の手が、まどかのワンピースの裾《すそ》を腰の上までたくし上げた。

彼は前で結んであるリボンをほどくと、裾《すそ》から忍び込ませた左手でブラジャーのホックを外し乳房を解放する。

「あんっ……」

右の乳先を指でキュッと摘ままれ、思わず甘えた声が漏れる。無意識に腰が動き、自分から抽送《ちゅうそう》をねだるような動きをしてしまった。

乳房全体を、壮士の大きな掌《てのひら》に包み込まれる。指の間に乳先を挟むと、彼はやわやわと乳房を揉みはじめた。

その上で緩く腰を振られて、まどかはあまりの気持ちよさに泣きそうになりながら壮士のほうを振り返った。すると、すぐに唇が合わさり甘いキスをされる。

視界がぼやけ、瞬《まばた》きをしても前がはっきりと見えない。

壮士の指が、まどかの頬をそっとこすり上げた。どうやら、愉悦《ゆえつ》のあまり涙が零れていたみたいだ。

「泣くほど気持ちいい？　それとも、立ったまま挿《い》れられるのが好きなのか？　俺のまどかはとんだドエロだな」

耳元で囁《ささや》かれ、まどかはいっそう中を潤《うるお》わせながら喘《あえ》いだ。答えようにも、鼓動が速すぎて声を出す余裕がない。

けれど、答えたいという淫猥《いんわい》な衝動に駆られ、まどかは小さく嬌声《きょうせい》を上げながら頷く。

「気持ちい……壮士っ……も……もっと……ああああんっ！」

ふいに強く腰を振られて、まどかは上体を仰《の》け反《ぞ》らせてきつく目を閉じた。取っ手を持つ手がわなわなと震え、呼吸が途切れ途切れになる。

「まどか……好きだ……本当に可愛い。……ぜったいに誰にも渡さない……。まどかは、俺だけのものだ……そうだろう？」

背後からそう問われ、まどかは何度も頷きながら大きく喘《あえ》いだ。

壮士の手がまどかの双臀を捏《こ》ねるように撫で回してくる。時折、緩く爪を立てられ、そのたびに甘えたような声が漏れた。

「あっ……あ……」

まどかは、夢心地になりながら、壮士の名前を呼んだ。すると、すぐに壮士の手が伸びてきて、まどかの上体をうしろから抱きしめた。

彼の左手で腰を支えられ、右手で乳房の先をいたぶられる。そのまま腰を数回振られたかと思ったら、勢いよく中から屹立《きつりつ》を引き抜かれた。

「あっ……やだっ……」

まどかはとっさに不満げな声を漏らし、身体を左にひねった。

「嫌なのか？　もう二回もイッたのに、まだ足りないとか……。まどかは、可愛いけど本当にわがままでいけない子だな――」

ふたたび身体が反転し、正面から腕の中に抱き寄せられる。

頬を両方の掌《てのひら》で包み込まれ、唇に長いキスをされた。

セックスをしながら身も心も壮士に組み敷かれ、いたずらな子猫を諭《さと》すように甘やかされ、叱《しか》られる。

まどかは、これ以上ないと言っていいほど期待に胸を膨らませ、壮士を見つめながら息を弾《はず》ませた。

「もっと、お仕置きしてやろうか？」

訊《たず》ねられ、即座に首を縦に振った。壮士が腰を落とし、ふたたびまどかの中に入ってくる。

蜜口が屹立《きつりつ》を締め付け、隘路《あいろ》が蜜を湛《たた》えながらねぶるように蠢《うごめ》く。

「ああ……まどか……」

壮士が眉間に深い皺《しわ》を刻みながら、もう一度唇にキスをしてくる。

まどかの中が激しく震えながら窄《すぼ》まった時、壮士の屹立《きつりつ》が繰り返し脈打って爆《は》ぜた。屹立《きつりつ》の先が、最奥《さいおう》の膨らみに放精の振動を伝え、二人は同時に深い悦楽《えつらく》の海に沈み込んだ。

壁にもたれかかったままセックスの余韻に浸《ひた》り、何度もキスをして舌を絡め合う。甘い倦怠感《けんたいかん》に囚《とら》われ、指先すら動かす事ができない。すると、壮士がまどかを抱き上げてベッドまで連れて行ってくれた。ゆっくりとベッドの上に倒れ込み、また唇を合わせる。

キスの音がやけにはっきり聞こえて、まどかは今さらながらに羞恥心《しゅうちしん》を感じた。これほどまでに淫《みだ》らに求め合った事は、今までになかったような気がする。まどかの表情の変化に気づいたのか、壮士が口元をほころばせながら瞳を覗き込んできた。

「ごめん。ちょっといじめすぎたな……。まどかが可愛くて、つい、抑えが利かなかった」

「大丈夫。……でも、すごく気持ちよくて……ちょっと驚いたっていうか……」

まどかが視線を下に向けると、壮士が額《ひたい》にキスをしてきた。

「俺も。だけど、いきなりどうしたんだ？　今日は服装もメイクもかなりフェミニンじゃないか？」

壮士が、改めてまどかをまじまじと見つめてきた。彼の目には賞賛の色が浮かんでいる。

「この間言ったとおり、メイクとおしゃれを頑張ってみたの。せっかく『ラザービー』

のプロジェクトに関わらせてもらってるし……それに、壮士の恋人として恥ずかしくないように……胸を張れる自分でいたいと思ったから」

「まどか……」

壮士の手が、まどかの髪をそっと撫でた。その心地よさに、まどかはうっとりと目を細める。

「相変わらず真面目だな。でも……まどかのそういうところ、本当にいいと思うし、大好きだよ。……だけど、これ以上いい女になると、横恋慕するやつが出てきそうで、本気で心配になる」

壮士が眉根を寄せて、渋い顔をする。

「壮士ったら……。もしかして、それで急に呼び出したの？」

「そうだ。何か文句あるか？　まどかが他の男にちやほやされてるのを見て、どうしても会わずにはいられなかったんだ」

やや不貞腐《ふてくさ》れたような顔をする壮士を見て、まどかは胸が熱くなった。

「そんな心配しなくて大丈夫。私には壮士しかいないもの。他の人なんか、視界の端っこにすら入る余地ないし」

「うん……いい子だ」

壮士が、ようやく安心したような表情を浮かべた。

髪をくしゃりと掻き回され、またキスをされる。

まどかは嬉しそうに表情を崩し、壮士の肩に回す腕に力を込めるのだった。


翌週の月曜日、まどかは「梨々花フェプロジェクト」の第二回ミーティングに出席するために二十四階に向かった。

「ラザービー」がオープン予定のカフェの名前は正式に「梨々花フェ」と名付けられ、自社のプロジェクトメンバーは各自割り当てられた業務に取り組んでいた。

まどかは「梨々花フェ」で使う予定の食材選びを担当しており、日々各地の農業生産者に連絡を取り、必要に応じて直接会いに行ったりしている。

ミーティングの場所は前回と同じ部屋を使う予定だったが、梨々花の希望で急遽二十四階の社員食堂に変更になった。

フロアのちょうど真ん中に位置するティアドロップ型のテーブルにつき、メンバーの到着を待つ。

時刻は、三時五分前。すでにランチタイムは終わっており、フロアのあちこちでいくつかのグループが同じようにミーティングを開いている。

順次集まってきた自社のメンバー達が、まどかの変貌ぶりに目を見張ってそれぞれに驚きの声を上げる。

「桜井主任、噂には聞いてたけど、見事なイメチェンね」

「ほんと、ずいぶん変わったわね～。とてもいい感じだわ」

高田と佐々木が言い、松尾がその横で満足そうな微笑みを浮かべている。

まどかが恐縮しつつ礼を言っていると、梨々花を伴った川村がテーブルに近づいてきた。

「おぉ……ちょっ……と、桜井主任、一体どうしたんですか？　すごく素敵ですね」

近くに来るなり声を張り上げると、川村が目を丸くしながらまどかを見る。

「ありがとうございます。せっかく『梨々花フェ』に関わらせていただくので、少しイメチェンしてみました」

まどかが控えめに微笑むと、川村が大きく頷いた。

「女性らしくて、とても素敵ですよ。ねえ、梨々花ちゃん？」

川村が、隣にいる梨々花を振り返る。今日の彼女は、ぴったりとした水色のニットワンピースに身を包んでいる。

「ええ、ほんとに。前回お会いした時とは大違いだわ。素敵です、桜井主任」

梨々花が、まどかを見てにこやかに微笑む。そして、小さく拍手をしながら、ふいに真顔になって真っ先に席に着いた。

「じゃ、さっそく『梨々花フェ』についてお話ししましょ。川村さん、資料を配って」

メンバー全員が席に着き、それぞれに渡された資料に目を通す。紙面には、パステル調で描かれた「梨々花フェ」のデザイン画が載せられていた。その他にも、コンセプトやターゲット層はもちろん、メニューについても詳しく書かれている。

カフェメニューには「ラザービー」が新しく開発したコラーゲンやグルテンフリー商品などを多数使用し「身体の内側から、優しく、美しく」というコンセプトのもと、カフェを訪れた人の美を健康的にサポートするとあった。

「これって、もしかして梨々花さんが描かれたんですか？　前に、こんな感じのイラストをSNSに載せていらっしゃいましたよね？」

高田が言うと、梨々花が嬉しそうに頷く。

「そうなんですよ〜。梨々花ちゃんは、いろいろな才能を持っていてね。『梨々花フェ』を手はじめに、今後はもっといろいろな分野に活躍の場を広げようと思っているんです。梨々花ちゃんの可能性は無限大って事です」

「もう、川村さんったら、私の事褒《ほ》めすぎ〜！」

ミーティングは終始和やかな雰囲気に包まれ、梨々花も機嫌よく各メンバーが出す意見に耳を傾けている。

「『梨々花フェ』で流れるBGMにも気を配りたいですね」

まどかが言うと、周りが同意して頷く。

「やっぱり、癒《いや》し系のクラシック音楽とか？」

「小川のせせらぎとか、鳥の声とか」

それぞれが意見を出し合い、しばらくの間それぞれで話が盛り上がった。

「『美』に特化したカフェなんだし、何かもっと特別な感じがするものじゃなきゃ、面白くないわ」

梨々花が言い、川村が相槌《あいづち》を打つ。

「そうですね。もっと特別な何か……。カフェって、一人でいらっしゃるお客さまも多いですし、むしろヘッドフォンで個々にお好みのＢＧＭを提供するっていうのはどうでしょう」

「あ。それ、いいかも。私、カフェによく一人で行くんだけど、店のＢＧＭとか周りの話し声とか、遮断したい時があるし」

佐々木が言い、川村が大きく頷く。

「でも、それって自前で用意した音楽で事足りるんじゃない？」

「そこは『梨々花フェ』です。いつも聞いているものとは一味違う、心がときめくような音を提供できれば……なんて」

松尾の問いかけに、まどかが答える。

「うん……なるほどね。それって、ちょっと突き詰めて考えてみたほうがいいかも」

集まった意見をいくつかに絞った頃、ミーティング終了の時刻がきた。

高田と佐々木が席を立ち、松尾は今後のスケジュール調整のために川村と梨々花を伴って隣のテーブルに移動する。

一人そこに残ったまどかは、書記として今日の会議録の作成に取り掛かった。

文字を入力しながら、まどかは「梨々花フェ」に期待を膨らませる。

(今回のプロジェクトに参加させてもらってよかった！　美しさを探求するって、なんだか楽しい)

期待感に心を躍らせつつ、まどかは今一度渡された資料に目を通した。

「ちょっと、いい？」

声をかけられて顔を上げると、梨々花だけ隣のテーブルから戻ってきている。

「はい、なんでしょうか」

まどかはにこやかに応じ、梨々花に向き直った。梨々花が無言でまどかに近づき、隣の席に腰を下ろす。

「桜井さんって、壮士と同期なんですって？」

さっきよりも声高に話す梨々花が、わざわざ「壮士」の名前だけもうワントーン上げて発話する。

「はっ……ええ、そうです」

まどかは頷きながら返事をする。梨々花が軽く頷いて、にこやかな微笑みを浮かべた。

「壮士のお父さまとうちの父って、昔からの大親友なの。だから私、小さい頃から壮士と特別に仲よくさせてもらってたし、今だってそう。壮士がイギリスに留学してる時、私もそれに合わせて留学したのよ。壮士は当時寮に入ってたけど、よく抜け出して私と泊まりがけのデートをしてくれたわ。もちろん、お互いの両親公認の上でよ。だって、私と壮士、将来結婚する間柄なんですもの」

きっぱりとそう言い切ると、彼女はゆっくりと辺りを見回した。

周りに座っている者は、おそらく全員が梨々花の話を聞いたはずだ。

「だけど、壮士ったら今はまださほど結婚に乗り気じゃないみたい。なぜって、私がまだ学生だからよ。まあ、あと数年したら、きっと壮士もその気になるでしょ。私達、家柄や性格も合ってるし、お互いにとって一番いい相手だもの。私、壮士のためならなんだってするわ。彼がやめろって言うなら、今の仕事ぜ～んぶ失っても平気よ」

これは、明らかに梨々花による壮士との結婚宣言であり、まどかへの宣戦布告だ。

梨々花が得意げな顔で、まどかを見る。

少し前のまどかなら、彼女の話を聞いて大いに動揺しただろう。けれど、まどかはもう壮士から梨々花との話を聞かされている。

彼は梨々花との結婚など、ある訳がないと言っていた。

まどかは、もう梨々花の話に惑わされたりしない。壮士を信じているし、先日あれほど熱く愛し合ったばかりだ。

「そうですか」

まどかは努めて冷静に返事をした。それが気に入らなかったのか、梨々花が口をへの字に曲げて不機嫌そうな表情を浮かべる。

「私と壮士って、よくちょっとした喧嘩をしたりするのよ。ほら、喧嘩するほど仲がいいってやつ？　だけど、結局は仲直りして、前よりももっとわかり合えるって感じなの。なんだかんだ言って、お互いが一番だし、もし他に目移りしたとしても、一時的なものでしかないわ」

やけに自信たっぷりな梨々花の口調を怪訝《けげん》に思う。

こちらを睨《にら》みつけてくる彼女の目には、はっきりと憎悪の感情が現れていた。

いつの間にか、聞こえていた他の社員達の声が途絶えている。おそらく、皆梨々花の話に聞き耳を立てているのだろう。

「だから、あなたがどんなに頑張ったって、壮士は私のものなの。私と壮士には、一緒にいた長い歴史があるし、お互いの親も公認の仲だし。それに私達が結婚するのは、双方の家のためでもあるのよ」

そう言い切ると、梨々花は満足そうに微笑んで、肩にかかる髪の毛を指先で払った。

（だから、何？）

まどかは、心の中で梨々花に対して言葉を投げかける。

（あなたが何を言おうと、私は壮士を信じる……。あなたが言う事なんか、ぜったいに信じないから――）

まどかは一言も発さないまま、梨々花をじっと見つめた。その沈黙をどう受け取ったのか、梨々花が小さくため息を吐く。

「……ねえ、もうお遊びは終わりにして。身分違いの片想いだったと思って、サッサと壮士から身を引いてよ」

梨々花の声のトーンが低くなり、周りには聞こえないほど小さくなる。それと同時に、彼女の顔から笑みが消え、ぞっとするほどの無表情になった。

「さもないと『チェリーブロッサム』とかいうカフェが、潰れちゃうかもしれないわよ」

それまで冷静だったまどかの顔に、サッと動揺が走る。

梨々花はそんなまどかの顔を覗き込み、白い歯を見せて笑った。

「じゃあ、私はこれで」

立ち上がった梨々花に合わせて、まどかも席を立つ。

ふと視線を感じたほうに顔を向けると、いつの間にか少し離れたテーブルに澄香が同じ部署の社員数名とともに座っていた。

「お見送りは結構よ。私、これから社長室に寄るから」

梨々花が言い、通りすがりにいる社員達に視線を投げかけながら、悠然と社員食堂から出ていく。その自信は、一体どこから来るのだろう？

まどかは彼女のうしろ姿が見えなくなるまで、その場に立ち尽くすのだった。


梨々花から壮士との結婚宣言をされた次の日、まどかは朝から取引先に出向き、お昼前に会社に帰ってきた。

ロッカー室に入り、部屋の一番奥の列に向かう。

仕事に取り組んでいる時はどうにか抑え込んでいるが、あれ以来まどかの心の中には暴風雨が吹き荒れている。壮士との仲に不安はないが、梨々花の自信たっぷりな言動に、どうにも気持ちがざわついてしまう。

五日前に中東へ出張に行った壮士が戻るのは、明後日《あさって》の木曜日の夜の予定だ。

(壮士に相談したいけど、出張中にやり取りするような内容じゃないし……)

「桜井」と書いてある縦長の扉を開け、コートを脱ぐ。すぐに自席に戻ろうとして、ふと足を止めた。

こんな時こそ、身だしなみをきちんとして背筋を伸ばさなければ――

まどかがバッグから化粧ポーチを取り出した時、入り口のドアが開いて賑《にぎ》やかな話し声が聞こえてきた。

「ねえ、聞いた？　中條課長と梨々花ちゃんの話」

「澄香が言ってたやつでしょ？　聞いたわよ～。まあ、お似合いだよね。家柄的にもヴィジュアル的にも」

「だよね～。でもさ、だったら桜井主任はなんだったの？　なんかほら、二人が付き合ってるって話になってたじゃない」

「なってたね！　桜井主任が最近綺麗になったのも、そのせいだって言われてたし」

「まあ、要は単なる噂にすぎなかったって事じゃない？　澄香が言うには、桜井主任が勝手にのぼせ上がってただけって感じらしいけど」

複数の声のいくつかに聞き覚えがある。おそらく「親衛隊」の誰かだろう。

まどかは、やって来た全員が立ち去ってからロッカーの扉を閉め、自席に戻った。

気のせいか、廊下ですれ違った数人の社員が、意味ありげにこちらを見ていたような気がする。

(たった一日で、昨日の梨々花さんの結婚宣言が社内に広まったって訳か……)

それはもうどうしようもない。

自分は壮士を信じているし、明後日《あさって》になれば彼も帰国する。

それまでは、余計な話には耳を貸さず、仕事に集中していればいい。

自席でデスクワークをこなしていると、ほどなくしてランチタイムになった。

まどかは周りに一言声をかけてから社員食堂に行き、赤いタワーが見える窓に近い二人掛けのボックス席を確保する。

日替わりのランチセットに箸《はし》を伸ばそうとした瞬間、空《あ》いていた背後の席に誰かが座る気配がした。

「――で、うちの御曹司と梨々花ちゃんが結婚するってホントなの？」

（またその話か――）

まどかは、さすがにうんざりして思わず耳を塞ぎそうになった。

「本当よ。だって、社長が電話で『ラザービー』の濱田社長と話してるの、この耳でしっかり聞いたもの」

一際声高に聞こえてきたのは、間違いなく澄香の声だ。

「なんで澄香が社長の電話を聞く訳？」

「たまたまよ～。私、そろそろ秘書室に異動したいのよね。だから、ちょっと顔を売っておこうと思って～」

「ふーん。で、社長は具体的になんて言ってたの？　もう日取りとか決まってる感じ？」

「そこまではわからないけど、社長同士がノリノリなんだもの。きっと、ゴールインもそう遠くないんじゃない？　あ～あ、中條課長……狙ってたのになぁ。計画では、中條課長が役員になった時に、私が彼の秘書になって――って感じだったのに～！」

「そこまで考えるとか、澄香って強心臓～！　でも、中條課長って、桜井主任と付き合ってたんじゃなかったの？」

やっぱり、ここでも自分の名前が出た――

せっかくのランチも、これではちっとも楽しめない。しかし、今移動すると、まどかがいるとわかってしまう。

別にコソコソするつもりは毛頭ないが、今はまだ、彼女達と渡り合えるほど心に余裕がなかった。

「桜井主任？　それはあり得ないって。きっと、勝手に中條課長と付き合ってる気になって、自分で噂を流したんじゃない？　もともと中條課長とは同期だし、それをいい事に、やたらとまとわりついて、みっともないったらないわ。だけど、さすがにもう目が覚めるでしょ。それに関してはザマアミロって感じ――」

澄香がそこまで言った時、突然ドンという音とともに背後の席と一体になっているベンチシートに振動が伝わってきた。驚いてうしろを振り向くと、そこには丼《どんぶり》を載せたトレイを持った松尾が鬼の形相《ぎょうそう》で立っている。

「失礼。気分が悪くなるような会話が聞こえたものだから、よろけて足がぶつかったわ。あなた、確かライフスタイル本部の工藤さんよね。思い込みでくだらない噂話をするなんて、自分の品性を落とすだけよ。それにあなた、用事もないのにやたらと二十二階をウロウロしてるって、あちこちで噂になってるわよ」

松尾はそう言うと、何事もなかったかのように歩を進め、まどかの横で立ち止まった。

「桜井主任、ここ、空《あ》いてる？」

「は、はい。どうぞ！」

「ありがとう。それにしても、性別に限らず、陰口を叩く人間って、どうしてああもみっともない顔になるのかしら？」

松尾がそう話す間に、背後の席からバタバタと人が離れていく音が聞こえてきた。

「あら、逃げちゃったわ」

まどかがうしろを振り返ると、澄香が小走りに去っていくのが見えた。

「ありがとうございます」

まどかは居住まいを正し、彼女に向かって頭を下げた。

「いろいろと聞いてるわよ。中條課長みたいな相手と付き合うと、何かと外野がうるさくて大変だと思うけど、あまり気にしないようにね。それより、ずいぶんいい感じになったわね」

まどかの今日の服装は、ボルドー色のカットソーに薄いグレーのスカート。パンプスはカットソーに合わせているが、社内をあちこち動き回る今は黒のスニーカーを履いている。

「これも松尾課長とヘアサロンのオーナーさんに、アドバイスをいただいたおかげです」

「そんなの気にしなくていいわよ。自分の魅せ方を理解すれば、誰だっていい女になれるの。これからは、もっといろいろなファッションを楽しんだらいいわ」

「はい、そうします」

まどかは努めて明るい声でそう言った。松尾が微笑んで頷く。しかし、すぐに心配そうな表情を浮かべた。

「昨日の、梨々花さんとのやり取りを見てたけど……。このまま、プロジェクトメンバーとしてやっていける？　もし、きついなら正直に言ってくれていいのよ」

松尾に問われ、まどかはあわてて首を横に振った。

「いえ、あちら側から外されない限りは、このまま頑張りたいと思います。私、今回のプロジェクトにはすごく興味を持っているし、やり遂《と》げたいという気持ちは変わりません。逆に、私がいる事で松尾課長達にご迷惑をおかけするんじゃないかって、心配があるんですが……」

「桜井主任の気持ちは、よくわかったわ。このままメンバーとして頑張ってちょうだい。これからもっと忙しくなるだろうし、やりづらくなる暇なんかないだろうから、そこは心配しなくてもいいわよ」

「ありがとうございます。頑張ります！」

そうだ。仕事は山積みだし、余計な事に気を取られている暇なんかなかった。

とにかく、今を乗り切ろう――

まどかは口元に微笑みを浮かべて、仕事への決意を新たにするのだった。

◇　◇　◇

中東からの出張から帰ってから三日後、壮士は週末を実家で過ごしていた。

一人暮らしをはじめて以来、そう頻繁《ひんぱん》に実家を訪れる事はない。忙しさもあって、両親に呼ばれてもなかなか応じられないでいた。

だが、今回ばかりは事情が違う。

自分から父親に連絡を取り、話し合いの機会を設《もう》けてもらった。

（ちくしょう……。どうしてこんな事に――）

今回の出張中も、まどかとは連絡を取り合っていた。しかし、彼女からの返事は、いつになく短文で歯切れが悪かった。

何かあったのかと訊《たず》ねても、はっきりとした答えを得られないまま、すれ違いで今度はまどかが地方出張に出かけてしまった。

その間にわかった事は、社内に広がる自分と梨々花が結婚するというまことしやかな噂の存在。

そして、その噂を広めたのが梨々花本人である事だった。

どうやら、プロジェクトミーティングのあと、まどかに対して自分達は双方の親公認の仲だとかなんだとか言ったらしい。

（くそっ……。まどかはどんな気持ちでそれを聞いたんだ……）

壮士は奥歯を噛みしめながら、まどかの顔を思い浮かべる。

いくら仕事とはいえ、そんな時にそばにいてやれなかった自分に腹が立つ。それにも増して許せないのは、勝手に結婚の話を進めようとしている父親と濱田父娘だ。

時刻を確認すると、壮士は自室を出てリビングに向かった。

壮士が今日、実家に帰ってきたのは、父の前で濱田父娘と話をするためだ。

午後二時になり、約束どおり濱田父娘がやって来た。

壮士は、一足先にリビングに入りソファの横に立つ。そして、出迎えに行った勇と一緒に現れた濱田父娘を、厳しい表情で迎えた。

四人がテーブルを挟んでソファに座り、顔を見合わせる。

真っ先に口を開いたのは、濱田克也だ。

「壮士くん、久しぶりだね。中東に出張に行っていたようだが、あちらはどうだったかな？」

「それは今日、お呼びした事と関係ありません。克也おじさん、梨々花も――なぜ、社内に俺と梨々花が結婚するという噂が流れているんですか？　この件に関しては、以前はっきりとお断りしたはずですが」

いきなり本題に入った壮士に戸惑いを見せた克也が、そばにいる勇にチラリと視線を走らせる。

「壮士、何もそう急いで話をしなくても――」

「今日はその話をするために、お二人をお呼びしたんです。世間話をするためじゃありません」

「そりゃあそうだが……」

壮士がぴしゃりと言うと、勇がもごもごと言葉を濁《にご》す。

「梨々花、うちの会社で、ありもしない事をさも事実のように語ったそうだね。しかも、人の多い社員食堂で。……一体どういうつもりだ？」

壮士に睨《にら》まれた梨々花が、唇を尖らせて膨れっ面《つら》をする。

「ありもしない事じゃないもの！　私と壮士が、一緒になるのが一番いいのよ！　だって、私は壮士が大好きだし、壮士だって私の事すごく可愛がってくれたじゃない！」

「それは、大昔の話だろう？」

「大昔でも、事実は事実でしょ！　ねえ、私と結婚しよう？　私、もっと可愛くなるから。言ってくれたら、どんなふうにでもイメチェンするし。なんでもするから……だから、私を選んで？　あんな野暮《やぼ》ったい案山子《かかし》みたいな人より、私のほうが壮士に似合うわ。ね？　そうで――」

「誰が俺に似合うかは、俺が自分で決める。少なくとも、それは梨々花じゃない」

壮士に断言され、梨々花は目を大きく見開いて唇を震わせる。

「……何よ……。あんな人のどこがいいの？　私のほうがぜったい可愛いのに……。私のほうが綺麗だし、私のほうが……」

「梨々花。君は素晴らしい才能をいろいろ持っているし、タレントやインフルエンサーとしても活躍してる。それはとても立派だし、すごい事だと思う。だけど、すべてが自分の思い通りにいく訳じゃない。誰もが梨々花を一番に想う訳じゃないんだ」

壮士の言葉をどう受け取ったのか、梨々花がふいにくしゃりと顔を歪《ゆが》めた。彼女は無言で立ち上がると、そのままリビングを出て玄関に駆けていく。

「梨々花っ――」

克也がソファから腰を浮かせた。彼はため息を吐いて、勇と顔を見合わせる。

彼等曰《いわ》く、壮士の気持ちは重々承知していた。けれど、梨々花に「ぜったい振り向かせてみせる」と断言され、期待を込めて動向を見守っていたらしい。

「壮士くん……。どうしても、梨々花ではダメなのか？」

「克也おじさん、ご期待に添えず申し訳ありません。僕にはもう、心に決めた人がいるんです」

「……そうか……。いろいろと迷惑をかけてすまなかったね」

克也が、がっくりと肩を落とし、もう一度大きなため息を吐いた。彼は壮士達に暇乞《いとまご》いをし、梨々花を追ってリビングを出ていった。

彼を玄関まで見送った壮士は、うしろにいた勇に向き直る。

「父さん、俺は梨々花とは結婚しない。あと、今後は公私にかかわらず、社長室のドアを開けたまま電話をするのはやめてくれ」

壮士は、勇の不注意な言動のせいで、噂に拍車がかかった事を手短に伝えた。

「うむ……それは悪かった。……しかし、壮士。お前、いつの間にそんな相手ができたんだ？　それならそうと、早く紹介してくれたらよかったじゃないか」

「ごめん。今度、きちんと紹介するよ」

壮士が真剣な表情を浮かべながらそう約束すると、勇も納得したようにゆっくりと頷くのだった。

◇　◇　◇

土日を入れた五日間の出張を終え、まどかはたった今東京駅に辿《たど》り着いた。

「梨々花フェ」で提供するメニューには、どれも良質で身体に優しいオーガニック野菜をふんだんに使う。

それなりに値《ね》は張るが「身体の内側から、優しく、美しく」のコンセプトを踏まえ、そこは妥協なしでいく事に決めた。

昨今では、さまざまなシーンで自然の素材を使った商品が多くの人に受け入れられ、売り上げを伸ばしている。

実家が経営する「チェリーブロッサム」では、昔から極力オーガニックを中心とした安全な食材を使っているが、まどかは今までさほどそれを意識した事がなかった。

しかし、今回「梨々花フェ」の仕事に携わり、改めて「食」を通した「美」について考えさせられたように思う。

思い返せば、母親が作ってくれる料理はどれも美味《おい》しいだけでなく優しい滋味《じみ》に溢《あふ》れていた。

味覚だけではなく、身体が美味《おい》しいと感じなければ、本当の健康は得られない。

そして、身体だけではなく心の健康も伴ってこそ、トータル的に真の「美」がもたらされるのではないだろうか。

「ふぅ、疲れた……」

思わずそう声を漏らし、キャリーバッグを引きながら改札に向かって歩き出す。

商談は思った以上にうまくいったし、会社への報告書もすでに提出済みだ。

空《あ》いた時間に新しい企画書も書き上げたし、この出張はとても充実していた。

時刻は午後八時五分前。

新幹線で夕食を食べそびれ、もう空腹は限界に近づいている。

（何か食べて帰ろうかな？　それとも、とりあえずコンビニでおにぎりでも買っちゃおうかな。それとも……）

あれこれと考えながら改札を出て、辺りを見回してみた。

（あ、あった！）

まどかは人が行き交う駅の構内を横切り、キヨスクの前で立ち止まった。

そして、おもむろに冷蔵庫の扉を開いて中から缶ビールを取り出すと、店員に渡して会計を済ませる。

「お嬢さん、年いくつ？　未成年はアルコール禁止だよ」

突然頭上から野太い声が聞こえてきて、差し出されたビールの缶を横取りされた。

「ちょっ……何するんですか！　って――壮士！」

「くくっ……おかえり、まどか。改札を出るなり缶ビール買うとか、まるでおっさんだな」

壮士が、そう言いながらまどかの目の前に缶ビールを掲《かか》げた。

「もうっ……びっくりするじゃない！　それに、おっさんって何よ！　悪かったわね、おっさんで！」　壮士ったら、ほんと意地が悪い――」

「でも、会いたかっただろ？　俺なんか、まどかに会いたくて会いたくて、たまらなかったけどな」

まどかが呆気に取られている間に、壮士が右手でキャリーバッグの取っ手を持ち、左手を差し出してきた。

「えっ？」

「手。繋ぐから、ほら。他に荷物は、ないか？」

「あ、うん。ありがとう」

まどかは言われるままに右手を出し、壮士と手を繋いだ。

壮士は人混みの中をうまく歩くコツを心得ているらしい。あっという間にフロアの端に辿《たど》り着き、駐車場まで一度も立ち止まる事がなかった。

キャリーバッグをトランクに積んでもらい、助手席に座る。すぐに運転席に乗り込んだ壮士が、反応する間もなく速攻でキスをしてきた。

「もっと人目につかないところに停めようと思ったのに、空《あ》いてなかったんだよな。だから、残念だけど今はこれで我慢だ」

壮士の指が、まどかの唇を撫でる。

まどかは彼の指に口づけて、にっこりと笑った。

「迎えに来るなんて言ってなかったのに」

「帰りの新幹線の到着時間を教えてくれただろう？」

「明日も仕事なのに、わざわざありがとう」

「どういたしまして。言っただろう？　会いたくてたまらなかったって」

「私だって、会いたかった気持ちは負けてないし」

シートベルトを締めたあと、すぐに車が発進する。

「とりあえず、お疲れさま。ビール、飲んでいいよ」

いくらなんでも遠慮しようとしたのに、壮士に勧められて缶ビールを開けた。

「ありがとう。じゃあ、悪いけどいただきます」

「遠慮なくどうぞ。おおかた、晩御飯も食べそびれた口だろう？　顔に書いてあるぞ」

「え、嘘っ」

思わず本気にして指で自分の頬を触る。

「ふっ……まどかは可愛いな。大好きだよ。愛してる。今すぐにでもベッドに押し倒して、まどかが寝落ちするまで挿《い》れまくりたいくらいだ」

「ぶふっ！　ちょっ……そ、壮士……」

飲み込もうとしたビールが気管に入り、まどかは激しく咳き込んでしまう。

「ごめん、直接的すぎたな。大丈夫か？」

壮士に聞かれ、咳をしながら頷く。

「それ、どっちへの返事だ？　挿《い》れまくるほう？　それとも大丈夫かって聞いたほう？」

ようやく咳がやんで運転席のほうを見ると、壮士が唇の間からチラリと舌先を覗かせている。

その横顔が、とてつもなくエロティックで、図らずも胸の先がチクチクと硬くなるのを感じた。

「ど……どっちも、かな」

小さな声で答えると、壮士が嬉しそうに相好《そうごう》を崩した。さっきまで覗いていた舌先は、もう唇の中に消えてしまっている。

「……キス、したいな。壮士にキスしたい……。さっき、わざと舌を見せたでしょ。まんまと刺激されちゃった……。ほんと、憎たらしいったら……」

壮士の表情がさらに崩れた。彼は、下唇を噛みながらニヤニヤと笑っている。

「さあ、どうだったかな？　あ、後部座席におにぎりがあるぞ。万が一晩御飯を食べ損ねてたらと思って、持ってきておいたやつ」

「ほんと？　嬉しい、ありがとう！」

胸の先のチクチクはどこへやら。

まどかは後部座席を振り返って、ちょこんと置いてある紙袋を取り上げた。中を見ると、保存容器に入った三角のおにぎりが三つ並んでいる。

「これ、壮士が握ってくれたの？」

「ああ。今日はもともと駅まで迎えに行くつもりだったから、定時で帰って炊き立てのご飯を握ってきた」

壮士の話を聞いている途中で、まどかの腹の虫がぐぅ、と鳴った。

「うわぁ、聞いてるだけで美味《おい》しそう。中身、なんだろう。さっそくいただくね。えーと、どれから食べようかな」

「ちゃんとおしぼりで手を拭いてからな」

まどかは言われたとおり添えられた紙おしぼりで丁寧に手を拭き、並んでいるうちの右端のおにぎりを取り上げる。

大口を開けてかぶりつくと、中身は明太子だった。

「うぅん、おいひ……」

たまらずに声を上げ、あっという間にひとつ目のおにぎりを平らげる。ビールを飲みながら、二つ目のおにぎりに手を伸ばす。パクリと齧《かじ》ると、中身はツナマヨネーズだ。

「ツナマヨ……ああ、もう。壮士ったら、わかってるなぁ……」

「だろ？　さて、三つめの具はなんでしょう？」

「梅干し！」

「正解！　おにぎりといえば、梅干しは欠かせないよな」

そんなふうに話しながら車を走らせ続け、壮士のマンションに到着する。駐車場から部屋に移動し、かぐわしい薔薇《ばら》の香りに迎えられた。

「疲れただろう？　イチャイチャするのはあとにして、まずはゆっくり風呂に入るか？」

「ありがとう。そうしてもいい？」

「もちろん。……と、その前に、ちょっと話したい事があるんだけど、いいか？」

「わかった……私も、壮士に聞きたい事があるの」

壮士に連れられ、まどかは彼とともにソファに腰かける。

「どっちから話す？　たぶん、俺から話したほうがいいと思うんだけど」

「じゃあ、壮士からどうぞ」

壮士の顔を見るまでは、会ったらすぐに聞こうと思っていた。けれど、彼の優しさや温もりに触れた今、その気持ちはだいぶ落ち着いてきている。

「俺が出張でいなかった間に、梨々花がいろいろとしたみたいだな。事情はぜんぶ聞いたよ。本当に、ごめん……。こんな事はもう二度と起こらないって約束する」

壮士が、今までにないほど真剣な面持《おもも》ちで、そう言った。そして彼は、まどかが出張中に濱田父娘と話し合い、改めて梨々花と結婚する意思がない事をはっきり伝えたと話してくれた。それと同時に、社内ではまことしやかに流れていた噂についても、きちんと否定して収束させたようだ。

「そう……よかった。でも、梨々花さん、納得してくれた？」

「納得したかどうかは、正直わからない。だけど、俺にはもう、心に決めた人がいるって伝えてある。父には、今度きちんとその人を紹介するって言っておいたよ。だから、まどか……」

壮士がまどかの手を取り、強く握ってきた。

「は、はい……？」

「俺と結婚してくれ。君を愛してる……。俺が結婚したいのは、まどかだけだ」

「壮士……」

嬉しさのあまり、まどかは言葉もなく壮士を見つめた。

「まどか？　返事は？」

「す……するっ……。壮士と、結婚します……。ありがとう、壮士……！　私も愛してる……！」

まどかは壮士に抱きついて、彼の胸に頬を擦りつけた。自然と涙が込み上げてきて、彼のシャツを濡らしていく。

その時、ソファの上に置いたバッグの中から、着信音が聞こえてきた。個別に設定しているメロディで、かけてきた相手が誰かわかる。

「……早紀だ」

「早紀ちゃん？　ものすごいタイミングでかけてきたな。ついでに結婚の報告をしておくか？」

壮士が笑い、まどかの涙を掌《てのひら》で拭った。

まどかも笑いながらスマートフォンを取り上げ、受電ボタンをタップする。

「もしもし、早紀？」

『お姉ちゃん？　ねえ、大変なの――』

電話の向こうで、早紀が泣きそうな声を出した。

「どうしたの？」

早紀のただならぬ声を聞き、まどかの顔から一瞬で笑顔が消える。

『濱田梨々花――彼女、ＳＮＳで「チェリーブロッサム」についてひどい中傷を――』

早紀が言うには、梨々花のＳＮＳに『チェリーブロッサム』とわかる外観写真が載せられ、明らかに悪意のある嘘のコメントが並べ立てられているらしい。

まどかは一旦電話を切り、すぐに梨々花のSNSにアクセスした。すると、はっきり「チェリーブロッサム」とわかる写真とともに、ひどいコメントが載せられている。

『行っちゃダメな店ナンバーワン。この店、ケーキに髪の毛入ってる』

『オーガニックとか、大嘘。食品添加物だらけ』

『純英国スタイルのティーサロンが聞いて呆れる』

まどかは、以前、梨々花に言われた脅し文句を思い出す。

(まさか本気でこんな事をするなんて……)

沸々と怒りが込み上げてきて、スマートフォンを持つ手がぶるぶると震えた。

「まどか、どうした？」

そばで様子を見ていた壮士が、まどかの肩に触れた。

「梨々花さんが……SNSで『チェリーブロッサム』について、ひどい嘘を書いてる」

まどかは、壮士にスマートフォンの画面を見せた。そして、前回のミーティング後に梨々花に言われた言葉を、そのまま伝える。壮士の顔に怒りの表情が浮かんだ。

「梨々花のやつ……一体なんのつもりだ？」

「どうしよう……壮士。店……このままじゃ……」

動揺するまどかの肩を、壮士がしっかりと抱き寄せる。

「大丈夫だ。今は一刻も早く、その記事を削除させないと――。まどかは、もう一度実家に連絡して、様子を聞いてみてくれるか？」

壮士に言われ、まどかは実家に電話をした。実家には家族が勢ぞろいしていたが、閉店後の事もあり、実際にどれほどの影響が出るのかはまだわからないという。

まどかが家族と電話をしている間に、壮士もあちこちに連絡を入れて被害が広がらないよう対処してくれていた。

電話の向こうで、花の泣き声が聞こえる。

頭の中が混乱し、胸の中にいろいろな感情が渦《うず》巻いていた。電話を終えてスマートフォンを膝の上に置くと、壮士がソファに戻ってくる。

抱き寄せてくる彼の胸にすがりながら、まどかはこれからどうすべきかを、壮士とともに必死に考えるのだった。

その週末。まどかはようやく実家に帰ってきた。

本当なら、すぐにでも帰りたかったけれど、母の恵に止められたのだ。それでも、連絡は密に取り合っており、嘘を書かれた事情やいきさつはすでに家族には話してある。

店に入るなり、まどかは店内を見回した。

見たところいつもの週末と変わらないように思える。

「お母さん、お店、大丈夫だった？　ごめんね、私のせいでこんな事になって――」

まどかはカウンター席に座り、やって来た恵に頭を下げた。

「大丈夫よ。ほら、いつもと同じでしょ？　うちは常連さんが多いし、今のところ、大きな影響はないみたい。記事を見たっていう人もいるけど、あんなの誰も信じないから大丈夫だって励ましてくれてるの」

「そうなんだ……。本当にごめんね」

「お姉ちゃんこそ、大丈夫？」

キッチンから出て来た早紀が、花を連れてまどかの両隣に座った。

「皆、心配かけてごめん。私が、ぜったいにどうにかするから――」

「お姉ちゃん、そんなに謝ってばかりいないで。ここは大丈夫だって。ね？」

妹達に励《はげ》まされ、まどかはぎこちなく微笑みを浮かべた。

それから間もなくして、壮士が今回の件の謝罪と現時点での状況報告にやって来た。

彼は恵達が恐縮するほど深々と頭を下げ、今後は弁護士を間に挟む事も視野に入れて厳しく対処していくと話した。

「ＳＮＳの記事はすでに削除済みですが、拡散されている分については削除が難しいそうです。しかし、加害者に訂正記事を掲載させる事で、ある程度はカバーできると思います」

「梨々花さんっていったわよね。その方、この先も、まどかに何かするつもりかしら……」

恵が心配そうな声を上げる。

「いえ、その点は心配なさらないでください。もし何かあっても、僕がまどかさんを守ります」

壮士がそう断言すると、恵はホッとしたような顔をして微笑んだ。

「壮士さんがそう言ってくれるなら、安心ね」

「ねー、花」

「ねー、早紀お姉ちゃん」

妹達が、意味ありげに顔を見合わせて含み笑いをする。

「な、何よ、二人して。ニヤニヤしちゃって！」

「別に～。あ、お客さまだ～。じゃ、またあとでね」

早紀がカウンターから逃げ出し、花も恵とともにキッチンの奥に引っ込む。しばらくして、キッチンから出てきた花が、二人の前にパンケーキセットを置いてくれた。

「どうぞ召し上がれ。お母さんからの差し入れだって。これ、私がトッピングしたんだよ。可愛いでしょ？」

花が恥ずかしそうにそう言って、またキッチンに入っていく。そのうしろ姿を見送っていた壮士が、まどかを見てにこやかな微笑みを浮かべた。

「まどかの家族は、あったかいな。皆優しくて、思いやりがあって……。まどかがこんなふうに育ったのも納得だよ」

「ふふっ、ありがとう。うちの家族、結束だけは固いの。母もああ見えて、ものすごく度胸が据わってるし、父も、いざという時は頼りになる人だし」

「落ち着いたら、ちゃんと結婚の話をして、承認を得ないとな。……だけど、俺のせいでいろいろと面倒な事になってしまった訳だし、申し訳ない気持ちでいっぱいだよ。今回の事もだけど、まどかには、また迷惑をかける事があるかもしれない。……それでも、俺のそばにいてくれるか？」

　壮士が、いつになく気弱な様子でまどかを見る。

「当たり前でしょ。私はこの先、何があっても壮士のそばにいる」

「俺だって、そうだ。何があっても、まどかのそばにいるよ」

　二人が見つめ合っていると、通りかかった早紀が、いきなりまどかの背中をバンと叩いてきた。

「あーあ、二人が熱々すぎて、パンケーキが冷めちゃいそう」

「さ、早紀っ！」

　早紀が、ぺろりと舌を出してフロアの向こうに逃げ出していく。

　まどかは頬を赤く染めながら、壮士とともにパンケーキを食べはじめるのだった。

梨々花の騒動があったふた月後の日曜日。

まどかは、壮士のマンションのキッチンで彼と朝食を作っている。

壮士が野菜を切っている横で、まどかはオムレツ作りに取り掛かっていた。

「そ、壮士……ちょっとこれ……どうしたらいいの？」

「焦らなくていいよ。ゆっくり……そうだなぁ、まどかが昨夜、俺の上で腰を振ってる時のリズムでかき混ぜてみて」

「……はっ？　あっ……とと……」

壮士のもとで料理を習い出してから、数カ月。

最初は本当に何もできなかったまどかが、どうにかギリギリ食べられるものを作れるようになったのは、壮士が根気よく指導してくれたおかげだ。

壮士曰《いわ》く、まどかの料理下手《べた》の最大の原因は、やはりせっかちである事らしい。

もともと、効率を重視するまどかだが、それをできもしない料理にまで発揮してしまった。

つまり、料理をはじめる段階から、すでにダメだったという事だ。

フライパンが十分に熱くならないうちに食材を入れる。

レシピに目を通すものの、自己裁量で勝手に時短。

味見をする手間を省《はぶ》く。

分量を量る時間を惜しんで目分量で進める、などなど……

一人だと暴走しそうになるまどかを、壮士がその都度ストップをかける。

そして、毎回何がいけないかを丁寧に説明し、文字どおり手取り足取りの状態で料理を作るというのを延々と繰り返してくれた。

そんな事ができるのも、まどかがほぼ壮士のマンションに住みついているから。

その甲斐あって、まどかはようやく壮士から「料理初心者の二歩手前」という称号をもらった。

免許皆伝にはほど遠いし、いまだにメインディッシュを作るのは壮士だ。けれどまどかは、いつか彼に美味《おい》しいものを食べてもらいたいという願いのもと、日々彼にしごかれつつ、確実に成長を続けていた。

真剣にオムレツと戦っていたまどかからフライパンを受け取ると、壮士が崩れた形を整えながら皿に移す。それにグリーンサラダとポトフを添え、朝食は完成だ。

二人はテーブルに向き合って座り、同時にいただきますを言う。

「うん、格段にうまくなったよ、このオムレツ。フライパンの扱いにもだいぶ慣れてきたし、そろそろ次のステップに移ってもいい頃かな」

「ほんとに？　やった！」

つい、子供のようにはしゃいでしまったまどかを、壮士が目を細めてじっと見つめる。

「な……なんで、そんなに見るの？　恥ずかしいじゃない」

「可愛いよなぁ、まどかは――と、思って。美人だし、性格は抜群にいいし、優しいし、仕事はできるし。こんな素晴らしい女性と結婚できる俺は、幸せ者だよな」

「え？　……あ……ちょっ……壮士ったら、何、急に……て、照れるじゃない！」

しどろもどろになりながらも、まどかは嬉しさに頬が緩んでしまう。

およそひと月前、双方の家族に結婚の挨拶《あいさつ》をした。どちらの家族も心から喜んでくれて、二人は晴れて婚約者になった。

それと同時に、会社でも二人の関係を公にした。

着実に壮士との仲を進めていく中、彼といる時間は、まどかにとっていっそうかけがえのない大切な宝物になっている。

梨々花が投下したSNSの中傷記事については、恵の希望もあって弁護士は挟まず、双方の話し合いで解決し、和解していた。対応が速かったせいもあり、ほぼ実害が出る事なく、店は今も繁盛している。

その一方で、梨々花はあのあと体調を崩して入院してしまい、現在も活動を休止している。詳しい事はわからないが、どうやら彼女は誰かの子供を妊娠していたらしい。

梨々花が壮士との結婚を望んだのには、そんな事情が絡んでいたみたいだ。だからこそ、まどかにいろいろと嘘を吐いてでも、壮士を取られまいとしたのだろう。

SNSの影響力を誰より理解していたはずの彼女があんな行動に出たのも、おそらくその事が影響していたのではないかと聞いた。

SNSでは今も彼女を心配し、復帰を望むファンの声が投稿され続けているようだ。

そして「梨々花フェ」は、中心となっていた梨々花がプロジェクトから離脱したため、企画自体が頓挫《とんざ》しそうになった。

しかし、せっかくさまざまなアイデアを出し合い、煮詰めてきたプロジェクトだ。

まどかは、率先して両社の間を行き来し、プロジェクトを継続する道を模索した。その結果、プロジェクトは当初の「美カフェ」という名称に戻した上で、再スタートしたのである。

まどかはプロジェクトの新プロデューサーに任命され、従来の仕事にプラスして一切の妥協をする事なく最後まで仕事をやり遂《と》げた。

そうしてオープンさせた「美カフェ」は、開店当初より「美」や「健康」に関心のある人達の共感を呼び、連日行列が途絶える事のないほどの人気を博している。

オープンから半月経った現在、すでに都内の主要駅三カ所に新店舗を出す事が決まっていた。

朝食を食べ終え、まどかは壮士とともに後片づけをはじめる。彼がシンクで皿を洗い、まどかは隣でそれを受け取って布巾で丁寧に拭く。片づけを終え、二人してリビングに向かい、ソファ前に敷かれたラグの上に座る。すると、壮士が待ちかねたように身体をすり寄せてきた。

「まどか……」

「ん？　何、どうしたの」

「『美カフェプロジェクト』ここまで本当によく頑張ったな。……海外研修が終わったら、課長昇進も待ってるぞ」

壮士の言葉に、息を呑む。実は一昨日《おととい》、まどかは部長から直接海外研修を打診された。けれどそれは、二人の今の幸せを揺るがしかねない事のため言い出せずにいたのだった。

「まだ、わからないよ。それに、海外に半年とか……。ちょっと長いな、なんて……」

「そりゃあ、仕方ないよ。本格的な海外赴任だと最低二年はかかるから、それを思えば短いほうだと思うぞ」

両家の家族で話し合い、結婚式は七月の第一日曜日に決定していた。

式の日取りが決まってからというもの、まどかはすぐにでも、壮士との子供がほしいと考えるようになっていた。

海外研修の話は「美カフェ」の成功がもたらしてくれた、せっかくのチャンスだ。しかし、二人の将来の事を考えると、半年間も離れて暮らすのを躊躇《ちゅうちょ》してしまう。

「松尾課長にも、相談してみたんだけど――」

「そうか。なんて言ってた？」

「すごく喜んでくれて、ぜひ行ってこいって」

「うん、そうだろうな。まどかは、今や松尾課長に続く女性社員の指針になる存在だからね。研修を受けて帰国したあとは、よほどのポカをしない限り昇進する。逆を言えば、それだけまどかが期待されてるって事だ。まどかなら、立派に研修を終えて今後の仕事に活かしていける。俺は、そう確信してるよ」

「……そう言ってくれて、すごく嬉しい。でもね……研修は二カ月後からで、行ったら来年の二月中旬まで帰って来れないんだよ？　それだと、赤ちゃんが――」

「まどか」

壮士が、まどかの肩を抱いて頭の上に頬をのせる。

「それを気にして迷っていたのか？　結婚後すぐに俺達の子供がほしいって言ってくれた事」

まどかが頷くと、彼がまどかを腕の中に抱き寄せた。

まどかは嬉しそうに壮士の胸に顔をすり寄せる。

「仕事は大事だよ。でも、これからの二人の生活も大切にしたいの……」

「相変わらず律儀だな。律儀だし真面目だし、ほんとにもう、好きすぎて困るくらいだ」

唇に優しいキスをされて、まどかはそっと目蓋《まぶた》を閉じる。

正直いって、理由はそれだけではない。結婚後、すぐに別々に暮らす事への不安もあるし、ただ単に寂しく思う気持ちもある。

むろん、研修への期待もあるが、時期的に一番まずいタイミングで話をもらったのではないかと思っていた。

「まどかは寂しがり屋だからなぁ。でも、研修先はS国支社だろ？　だったら、たぶん、研修中に最低二度は俺がそっちに出張に行くだろうな。年末年始には、まどかが帰国するだろ。だから、まるまる半年間離れ離れって訳じゃない」

壮士が、まどかの心の内を見透かしたような事を口にする。

「俺だって寂しいよ。二カ月後だと、結婚式を挙げてひと月ちょっとしかないもんな。だけど、研修は昇進を目指すならいずれ行かなきゃいけないんだし、半年なんてあっという間だ。それに、子供ができてからじゃ、余計行きにくくなると思うぞ。それを考えると、今が研修に行くベストタイミングなんじゃないか？」

壮士に見つめられながら話すうちに、まどかの迷いが少しずつ消えていった。

「そっか……。子供ができたら、余計行きにくくなるよね。……ありがとう、壮士。月曜日に部長に、海外研修に行くって、返事をするね――、ぁんっ……」

壮士が、まどかをラグの上に押し倒した。

「そうと決まれば、離れている間の分もイチャイチャしとかないとな」

「も……壮士ったら――」

言葉では抵抗をするまどかだが、自然と口元がほころんでしまっていた。壮士の身体に手足を絡みつかせ、どちらからともなく唇を合わせる。

そして、彼の心と身体の温かさを全身で感じ取るのだった。


海外研修が決まってからは、まどかや壮士はもちろんの事、双方の家族にとっても大忙しの日々だった。

何せ、結婚式の準備に合わせて、海外研修の用意も進めなければならないのだ。

幸いな事に、結婚の意思を固めてすぐに式場の手配などは済んでいる。式を挙げるのは、かつてまどかの両親が結婚式を挙げた場所――こぢんまりとした歴史ある教会に決めた。

壮士側もそれに同意してくれたし、あとは速やかに準備を進めるだけだったのだが、ここへ来てまさかの海外研修の準備がプラスされ、一気にあわただしくなってしまった。

しかし、そこは仕事のできる二人。日頃から鍛《きた》えているフットワークの軽さと段取り能力を発揮して、役割分担をした上で一気にスケジュールを完成させた。

「お疲れさま～！　今日やるべき事はぜんぶやり終えたよ～！」

書き終えたばかりのメッセージカードを前に、まどかは大きく伸びをする。

「お疲れ。今日はもう、さすがに力尽きたな。それぞれ風呂にも入ったし、あとは寝るだけだ」

六月も終わりに近づき、結婚式まであと一週間に迫った。

今日も朝から式の準備のために忙しく動き回り、午後になってようやく壮士のマンションで一息ついたところだ。

リビングのソファに並んで座りながら、まどかは出来上がったばかりの結婚指輪をテーブルの上に置いた。その横には、愛用のクマの指輪がちょこんと添えられている。

「指輪、間に合ってよかった」

「そうだな。まさか、サービスでクマの指輪にもネームを入れてくれるとは思わなかったけど」

「ほんとに。オーナーに紹介してもらったお店だし、後日お礼を言っとかなきゃ」

指輪を買ったジュエリーショップは、まどかがイメージチェンジの時にお世話になったヘアサロンのオーナーに紹介してもらった。彼は、あれ以降も引き続きまどかのファッションアドバイザーとして協力してくれている。

「ウェディングドレスも大丈夫か？」

「うん、バッチリ」

当日着るウェディングドレスは、母方の叔母が経営するブライダル用のドレスショップで選んだ。

選んだドレスは、多少のサイズ調整は必要だったけれど、まどかも叔母も納得の出来上がりで大いに満足している。

「早く見たいな、まどかのウェディングドレス姿。綺麗だろうなぁ……。試着した時に写真を撮ったんだろう？」

「候補に挙げたの、ぜんぶ試着して写真撮って、きちんとアルバムにしまってあります」

まどかが得意げに胸を張ると、壮士が嬉しそうに顔を輝かせる。

「さすができる女は違うな。見せて」

「ダメ。当日のお楽しみ」

「ケチ」

「ケチで結構ですぅ――、んっ……」

尖らせた唇を、かぷりと食《は》まれ、そのまま腕の中に抱き込まれた。

「まどか、好きだよ。……まどかと出会って、四年になるけど、もっと前から知ってるような気がする。まどかといると、自分の中の一番なくてはならないパーツを見つけたって感じで、すごく安心するし、幸せを感じる」

「私も。どうしてかな……。壮士といると、すごく心地いいの。なんだか、生まれた時からずっと一緒にいたみたいに、そばにいると嬉しい。壮士と一緒に幸せになりたいし、壮士となら、これから先どんな事があっても乗り越えていけると思う。……大好き」

二人同時に唇を求め合い、お互いが着ているものを脱がせていく。

生まれたままの姿になり、しっかりと抱き合ってお互いの温もりを感じ合う。

ごく自然な流れで壮士の腕の中に抱え上げられ、キスをしながらベッドに移動した。

「まどか、愛してるよ」

「私も……愛してる」

もう数えきれないほどそう言い合ってキスをしたのに、何度そうしても飽《あ》きる事がない。

特別変わった事をしなくても、ただ触れ合っているだけで溢《あふ》れるほどの幸せを感じる。

上唇の端を甘噛みされ、チクリと胸の先が火照《ほて》った。下腹が熱くなり、じんわりと蜜が溢《あふ》れ出すのがわかる。

「ふ……」

まどかが小さく喘《あえ》ぐと、壮士の唇が耳朶《じだ》の先に移動した。そこを甘噛みされて、たまらず嬌声《きょうせい》を上げる。壮士が照明を操作し、ベッドルームが蜜色に染まった。

壮士が、まどかをベッドの真ん中に仰向けに横たわらせる。まどかは大きく息を吸い込み、ゆっくりと吐き出した。

壮士はその間に避妊具を自身に着けて、まどかの上にゆっくりと覆《おお》いかぶさってくる。

「ぁ……あ……っ……」

いつもよりゆっくりとした挿入が、まどかの肌に快感というさざ波を起こす。

硬くなった乳先をそっと指先で摘まれ、まどかは切なげに喉を鳴らした。

激しい動きは一切ないのに、蜜窟の中が自分の意思と関係なく蠢《うごめ》く。

穏やかな抽送《ちゅうそう》が、まるで寄せては返す波のようだ。静かで緩やかなセックスに浸《ひた》って、まどかは甘く長いため息を漏らした。

「まどか――」

「ん……ん……」

壮士に名を呼ばれ、まどかは閉じていた目蓋《まぶた》をゆっくりと上げた。

「寝ちゃったのかと思った。起きてる？」

「起きてた。だけど、まどろんでるみたいに気持ちがいい。ずっと、気持ちよくて……。こういうの、すごく好きかも――」

「そうか、よかった。もっとしてほしい？」

訊《たず》ねられて、まどかは素直に首を縦に振った。

「してほしい」

「いいよ。だけど、だ……。前々からずーっと聞きたかった質問があるんだけど、今聞いていいか？」

壮士が言い、やけに思わせぶりな表情を浮かべる。

まどかが返事を躊躇《ちゅうちょ》していると、壮士がふいに腰の動きを止めた。

「ん……、壮士っ……。答えるからっ……お願い……やめないで」

まどかは、両方の眉尻を下げて懇願する。それを見た壮士が、口元に謎めいた笑みを浮かべた。

「じゃあ聞くけど、隼人くんがまどかの許嫁《いいなずけ》って話、この間はじめて聞かされたんだけど、どういう事だ？」

「え……それ……誰から聞いたの？」

まどかは、微かに顔を引き攣《つ》らせて壮士を見た。

「さあね。それは言わない約束だから、内緒。なんで黙ってた？　理由は？　ちゃんと言わないと、抜いてしまうよ」

「あんっ！　いや……壮士っ……」

「じゃあ、正直に言うんだ。それとも、言えない理由でもあるのか？」

「そんな……違っ……。い、許嫁《いいなずけ》って言っても、ただ単に両親がふざけ半分で言ってただけで――ぁあっ……！」

屹立《きつりつ》をゆっくりと奥まで入れられ、まどかは一瞬身体が浮き上がったような感覚に陥《おちい》った。

そのまま達してしまいそうなほど気持ちがいい。

壮士に上から見据えられて、まどかの内奥《ないおう》が激しく痙攣《けいれん》する。

「ふぅん、ふざけ半分に、ね。じゃあ、はじめからそう言ってくれればよかったのに。もしかして、俺を嫉妬《しっと》させて面白がってる？」

「そ……そんな訳……ないっ……」

「本当に？」

「んっ……」

低い声で訊《たず》ねられ、まどかは何度も頷いて唇を尖らせた。

「そうか。じゃあ、お仕置きはこれくらいにして、まどかをたくさん可愛がる事にしようかな」

壮士にそう言われ、まどかは涙目になって身をよじった。

彼とのセックスは、どうしてこんなに感じるのだろう？

ただ、彼のものを咥《くわ》えているだけなのに、さっきから中がうねるように動いては、小さく奥深い愉悦《ゆえつ》を感じる。

「まどか、どうしたんだ？　さっきからすごくエッチな顔してるね。そんなに気持ちい い？　動いてもいないのに？」

「うん……気持ち……い……あっ……！」

話している途中で、内奥《ないおう》が屹立《きつりつ》を嚥下《えんげ》するように震えた。固く目を閉じて次に目を開けると、壮士がにんまりと微笑みながら、身体の上に覆《おお》いかぶさってきた。

乳房に彼の肌が触れ、それだけで全身が熱く総毛立つ。

「挿入されただけで、三度もイったね」

指摘され、まどかは恥じ入って唇を噛んだ。声を抑えても、吐息だけは隠せない。

壮士が、まどかの耳元に唇を寄せて、聞こえるか聞こえないかの声で囁《ささや》いてきた。

「もうそろそろ、ちゃんとイかせてあげようか？」

壮士はそう言って、まどかの腫《は》れた花芽を指の腹でそっと中に押し込んでくる。

「あぁっ！　……あ、ああ……」

上体を起こした壮士に強く深く貫かれながら、片方の乳先を指先で捏《こ》ね回される。

まどかは目を閉じたまま両手を上げ、ベッドのヘッドボードの端を強く握りしめた。

挿入が深くなり、規則正しいリズムで奥を突く彼のものが一段と大きくなってまどかの中を押し広げていく。

「まどか……」

名前を呼ばれ目を開けると、壮士が視線を合わせたまま唇を合わせてくる。

まどかは、両手を彼の背中に移動させた。両脚で壮士の腰を締め付け、彼の腰の動きに呼吸を合わせる。

徐々に大きくなっていく快楽の波が、まどかの全身を包み込む。その直後、蜜窟の中が激しくうねり、身体がベッドから跳ね上がった。絶頂を迎え、最奥《さいおう》が悦《よろこ》びにギュッと窄《すぼ》まる。

直後、屹立《きつりつ》が力強く脈打って、まどかの中をいっぱいにした。

まどかは身も心も壮士によって満たされ、ともに至福の時を迎えられた悦《よろこ》びに浸《ひた》るのだった。

そして、やってきた七月最初の日曜日。

まどかは自《みずか》ら選び出した真っ白なウェディングドレスを着て、大きな姿見の前に立った。

まどかがまとっているのは、肩が大きく開いた総レースのマーメイドドレスだ。エレガントでクラシカルなデザインのそれは、肩幅が広いまどかが着るとキリリとしたシャープさが加わる。結果、すらりと長い手足と相まって、まどかを美しく凛《りん》とした花嫁に見せてくれた。

すっきりとうしろに撫でつけたヘアスタイルと印象的なメイクは、まどかのファッションアドバイザーであるヘアサロンのオーナー渾身《こんしん》の力作だ。

「お姉ちゃん、本当に綺麗だね。最初は見違えちゃったけど、すごくお姉ちゃんらしいよ」

二女の早紀が、ラベンダー色のロングワンピースを着て、まどかの右隣に立つ。早紀の足元には、ドレスと同じレース仕立てのロングヴェールの裾《すそ》が広がっている。

「まどかお姉ちゃん……。ほんと、素敵……。ひっ……ひぃぃぃん……」

まどかの左隣に寄り添う三女の花が、感極まって早々に泣き出す。

花をやんわりと抱き寄せると、まどかは妹の頰を真っ白なハンカチで拭いてやった。

「あらら、花、ちょっと泣くの早すぎ。っていうか、そのハンカチ、花がお姉ちゃんにあげたサムシングニューのハンカチでしょ。ここはもういいから、外に行って隼人くんによしよししてもらいなさい」

早紀が笑いながら花を促した。

弱々しく抗議しながらも、花がミモザ色のショートドレスの裾《すそ》を揺らしながら大人しく部屋の外に出ていく。

「ええっ？　何それぇ……」

そのうしろ姿を見送りながら、まどかは早紀とともにクスクスと笑い声を漏らした。

「早紀、いろいろと頑張ってくれてありがとう。レストランの手配から招待状作りまで、ぜんぶ早紀に丸投げしちゃったもんね」

「平気。私、人脈だけはあるし、その辺はあちこちにバッチリ委託したりしたから。お姉ちゃんだって、主役なのにウェディングプランナー張りに働いてたでしょ。商社勤務のOLの底力、見せてもらったって感じ」

「ふふん、任せといて。……でも、早紀にはほんっと助けられた。結婚式の事だけじゃなくて、前からいろいろと助言してくれたり、背中を押してくれたりしたよね。……早紀、本当にありがとう。早紀みたいな妹がいて、お姉ちゃん、本当に嬉しく思ってる」

まどかが言うと、それまでじっと姉の顔を見つめていた早紀がふいに上を向いた。

「や……やだ、私まで泣きそうになっちゃった！　ダメダメ！　今日はお姉ちゃんの花嫁姿をしっかりと目に焼き付けておくんだから！」

小さく鼻をすすると、早紀がまどかにパールのイヤリングを差し出した。

「これ、お母さんからのサムシングオールド。さっき、預かってきたの」

「ありがとう。付けてくれる？」

「オッケー」

パールのイヤリングは、母親の恵が自身の祖母から受け継いだものだという。

「お母さんは？」

「隣の部屋で、お父さんと一緒にいる」

早紀によると、父の修三は恵がそばにいないと、いてもたってもいられない状態らしい。

「お父さん、もう目が真っ赤なの。おかげで、お母さん、泣くに泣けなくなっちゃったみたいよ」

昨夜、まどかは両親の前で三つ指をついて、これまで育ててくれた事への感謝の言葉を伝えた。

その時はまだ、家族全員が泣かないで持ちこたえたものの、修三はそのあと大いに枕を涙で濡らしたと聞いた。

「はじめて娘を送り出すんだもの。お父さんもお母さんも、私も花も、それぞれに嬉しいやら寂しいやらで大変。そうだ、お姉ちゃん。私があげたサムシングブルー、着けてくれた？」

「もちろん。手作りのガーターベルト、ありがとね」

「なんのこれしき！　私、前から決めてたの。お姉ちゃんと花が結婚する時は、二人にそれぞれブルーのガーターベルトをプレゼントしようって」

昔から洋服が好きでおしゃれな早紀は、姉妹の中で誰よりも裁縫《さいほう》が得意だ。

「じゃあ、早紀の時はお姉ちゃんがガーターベルトを縫《ぬ》ってあげる。ちょっとぐらい出来が悪くても心だけはめいっぱい込めるからね」

「や……ちょっともう、泣かさないで～！」

それからほどなくして、式の準備が整ったと連絡が入る。

まどかは、花の涙に濡れたハンカチを、大事そうに胸元にしまい込む。

それからすぐに、そろそろと顔を出した修三が、まどかの横に立って腕を差し出した。

そして、大きく息を吸って、意を決したように口を開く。

「まどか……ほんっ……ぐ……」

話し出したはいいが、すぐに口を一文字に閉じて涙を堪《こら》えて下を向いてしまう。

修三の前に来た早紀が、まどかの手を取って父親の腕に回した。

「訳すると、たぶん『まどか、本当に綺麗だよ。さあ、お父さんの腕を取って。これがお父さんからのサムシングボロウだ』――かな？」

早紀が顔を覗き込むと、修三がこっくりと頷いて空《あ》いているほうの手で涙を拭った。

特別なものを貸すのではなく、ヴァージンロードを歩く花嫁に腕を貸す――それが父からのサムシングボロウだった。

これで、花嫁が幸せになるおまじないという、サムシングフォーがすべてそろった。

「はい、これ。花婿から」

早紀から手渡された白薔薇《ばら》のブーケを持ち、まどかは嬉しそうに口元をほころばせる。

壮士は、これまでにもたくさんの白薔薇《ばら》をまどかのために用意してくれたが、今日の白薔薇《ばら》は特別に大きくてかぐわしい香りを放っている。

「さあ、行こう」

修三とともに歩き出し、まどかは教会に向かう。

厳《おごそ》かに鳴り響くオルガンの音を聞きながら、まどかはここに来るまでのあわただしかった日々を思い返した。その怒涛《どとう》の日々をともに駆け抜け、今日という日を心から祝ってくれている双方の両親と妹達には、感謝してもしきれない。

教会の扉の前に立ち、修三と顔を見合わせる。

まどかは、扉が開く寸前に父の涙をハンカチで拭い、にっこりと笑った。

ヴァージンロードをゆっくりと歩き、その先で待っていた壮士に向かって、修三が何事か言った。

壮士もまた、修三に何か言い返し、まどかの手が父から花婿の腕に手渡される。

讃美歌《さんびか》と祈りの声が、教会の中に厳《おごそ》かに鳴り響く。

結婚の宣誓と指輪の交換をし、若干照れながら誓いのキスを交わす。

牧師が高らかに二人の結婚が成立した事を宣言する。

参列者のほうを見ると、誰よりも強がっていた早紀が、目から大粒の涙を流しているのが見えた。

ふたたびヴァージンロードを歩く横には、壮士がいる。

まどかはこの上ない幸せを胸に感じながら、彼に導かれ教会の外に向かって歩いていく。

「ねえ、さっきお父さん、壮士になんて言ったの？」

まどかは小声で壮士に訊《たず》ねた。彼は自身の右腕を持つまどかの手に左手を重ねた。

「『娘の手を一生離さないでやってくれ』って。だから『ぜったいに離しません』って返事をしたよ」

「そうなんだ。お父さんったら……」

思わず涙が零れそうになり、まどかはあわててハンカチを出して目頭《めがしら》を押さえた。

外には、まどかの恋を陰ながら見守ってくれていた友達や同僚達が待ってくれている。

壮士とともに列席者に感謝の言葉を述べたあと、華やかなドレスを着た独身女性達がまどかの前に並んだ。

「喧嘩にならないようにな」

壮士が、まどかの耳元で囁《ささや》く。

「任しといて。うしろ向きでも、見事狙ったところに花束を投げてみせるから」

伊達《だて》に中学、高校とバスケットボールに心血を注《そそ》いでいた訳じゃない。

まだ、少し早すぎるかもしれないけど、やはりここは妹に次の幸せを引き継ぎたかった。

まどかはさりげなく早紀の立ち位置を確認して、うしろを向く。

「次の花嫁が、素敵な花婿と結ばれますように！」

まどかはそう言って、高々と花束を空に放り投げる。

大輪の白薔薇《ばら》のブーケは、大きく弧を描き見事早紀の手の中に収まったのだった。

七月の空は高く、どこまでも青く澄んでいる。

まどかが壮士と結婚して四年目の夏が来た。

二人の間には、結婚二年目にして待望の長男が生まれた。そして今、まどかは二人目を妊娠中であり、日曜日の今日はその事を報告するために「チェリーブロッサム」を訪れていた。

時刻は午後二時。

ついさっき妊娠の報告を済ませ、二人は集まった桜井家とお隣の東条家の人達から心からの祝福を受けたところだ。

店内には清々《すがすが》しい陽光が差し込み、テーブルの上には母お手製のスイーツや軽食が所狭しと並んでいる。

午前中のうちに中條家には報告を済ませたし、二歳の長男は用意してもらったベビーベッドでぐっすりと就寝中だ。

「……なるほど。あれは、いい感じだな」

手伝いを済ませた壮士が、窓際の椅子に座るまどかの隣に来て、そっと耳打ちをした。

彼の視線の先では、桜井家の隣人にして三姉妹の幼馴染《おさななじみ》である東条隼人が、花と何かしら話している。

「でしょ？　隼人ったら、真面目すぎて鈍いのよね。いい加減、花の魅力に気づけばいいのに」

「大丈夫だろ。あの感じなら、遅かれ早かれくっつくと思うな。だけど、花ちゃんはまだ十九歳だろ？　早紀ちゃんはどうなんだ？」

「早紀は、絶賛片想い中みたい」

「そうか。その恋、実るといいな」

見ると、早紀は忙しく動き回る合間に、ちょこちょことベビーベッドを覗いてはとろけるような微笑みを浮かべている。

「桜井家の女性は、皆それぞれに個性があって見てて面白いよな」

壮士が言い、まどかが笑いながら鼻の頭に皺《しわ》を寄せる。

「そこは、『皆それぞれに個性があって魅力的だな』でしょ」

「それは言わずもがなだ。特にまどか……今日は特別に綺麗でくらくらするよ」

皆の視線をかいくぐり、壮士がまどかの頬にキスをした。

結婚して、二人目を授かっても壮士から注《そそ》がれる愛情は変わらない。

いや、むしろランクアップしているし、まどかにしても壮士への愛が止まらなくて笑ってしまうほどだ。

「ん？　どうした。ニヤニヤして」

壮士がまどかの頬を軽く指でつねる。

「別になんでも。ただ、幸せだなぁって思っただけ」

「なんだそうか。だったら、俺と同じだ」

壮士からの二度目のキスを頬にもらった時、店のカウンターから早紀のよく通る声が飛んできた。

「そこ、何、平然とイチャイチャしてくれちゃってんの？　壮士さん、お姉ちゃんの分まで働いてくれなきゃ、お待ちかねのピーチパイあげないから」

毎年夏になると食べたくなる恵お手製のピーチパイは、すっかり壮士を魅了して虜《とりこ》にしている。

「そりゃあ、困る！」

真顔で椅子から腰を上げると、壮士が立ち上がりざまにまどかの頬にもう一度キスをする。

「愛してるよ、まどか」

壮士が言い、まどかを愛おしそうに見つめながらにっこりと微笑む。

「私も、負けないくらい愛してる」

まどかはそう言うと、皆が見守る中、壮士の頬にお返しのキスをした。

書き下ろし番外編

蜜愛ファミリー

ベランダのポインセチアが赤く色づき始めた土曜日の朝、まどかは自宅の寝室で目を覚ました。

壁の時計を見ると、もう午前九時を過ぎている。

「え？　もうこんな時間？」

寝室のベッドは、子供が生まれたのを機にクイーンサイズのベッド二台を連結させたファミリー用のものに買い替えてある。

けれど、すでにベッドにいるのは自分一人だけだ。

休日とはいえ、まどかには五歳の息子と二歳の娘がいる。

あわてて飛び起きてリビングに向かうと、子供達が壮士と一緒にクリスマスツリーの飾りつけをしていた。

「おはよう。ごめん、寝坊しちゃった」

まどかが声をかけると、壮士が真っ先に振り返って、にこやかに笑った。

「おはよう。休みの日くらい、ゆっくりしたらいいよ。そのつもりで目覚ましを止めておいたんだから」

中條家の目覚まし時計は、休日でも午前八時にはアラームが鳴る。けれど、今朝は心優しい夫が、残業で前夜遅く帰宅した妻を気遣って、アラームをオフにしてくれたみたいだ。

「ママ、おはよう」

子供達が駆け寄ってきて、母親の足元にまとわりつく。それからすぐに、北斗《ほくと》がまどかを朝食の席に案内してくれた。

「ママ、朝ごはん、どうぞ。これ、僕とパパが作ったんだよ。和香《わか》はフォークを並べてくれたよ」

朝食のプレートには、厚切りのトーストとグリーンサラダ、ポーチドエッグなどが載せられている。

今や外遊びと同じくらい料理にも興味を示している北斗は、父親とともにキッチンに立つのが楽しくて仕方がないみたいだ。

「うわぁ、美味《おい》しそう～。みんな、ありがとう。ママ、すごく幸せ～」

「ママ、抱っこ」

まどかがテーブルに着くと、和香が手を伸ばして抱っこをせがんできた。

兄同様、早くもモデルエージェンシーから専属契約をオファーされている和香は、笑うと両方の頬にえくぼができるのが自慢だ。

愛娘《まなむすめ》を抱き上げて膝の上に乗せると、まどかは片手で器用に朝食を食べ始める。

「うん、美味《おい》しい！　さすが、みんなの愛情が詰まってるね」

あっという間に朝食を平らげると、まどかは和香を連れて部屋の真ん中に敷かれているラグの上に腰を下ろした。

和香が箱の中から飾りつけを取って、北斗に手渡しをする。まどかが手伝おうとして腰を上げると、北斗がそっと肩を押さえてきた。

「ママは疲れてるんだから、今日は休んでていいよ。ねえ、パパ？」

優しい口調と紳士的な態度は、まちがいなく父親譲りだ。

「そうだよ。ママは真の企業戦士だからね。月曜日から金曜日まで、一生懸命戦ってヘロヘロのクタクタなんだよ。だから、たまには何にもしなくていい日を作ってあげないとね」

「ヘロヘロのクタクタって……壮士ったら、大袈裟《おおげさ》なんだから」

「ぜんぜん大袈裟《おおげさ》じゃないぞ。実際、夕べは疲れすぎて半分寝ながら夜食を食べてただろう？」

「そ、そうだっけ？」

「経営側にいる者として、まどかの活躍には感謝してるし期待もしてるんだ。人事部長もいい人材が来てくれたって喜んでる」

入社以来「中條物産」の食料事業本部に所属して国内外を飛び回っていたまどかだが、去年の四月一日付《づけ》で同社の人事部に異動した。

世界中から原材料を買い付けてメーカーに販売するなど、食料事業本部での仕事はエキサイティングでやり甲斐がある。

けれど、結婚して子供を産んだのをきっかけに、まどかは新たに自分がやるべき仕事を見つけた。それは「中條物産」の職場環境の整備だ。

壮士や上司の賛同を得たのち、まどかは仕事と育児を両立させながら自分の跡を継ぐ人材を育て、同時に人事部への異動希望を出し続けた。

念願叶って人事部の課長職に就いたまどかは、早速子育て世代が長く安心して働けるような職場づくりを提案し、同時にメンタルヘルスの重要性を力説した。

「ねえ、パパ。僕〝戦士〟って知ってるよ。戦う人のことでしょ？」

北斗が目をキラキラさせながら、剣を構えるポーズをとる。

それは、北斗が気に入って見ているアクションヒーロードラマの主人公を真似たものだ。

「当たり。ママが頑張って戦ってくれているおかげで、会社にいるたくさんの人が助かってるんだ。特に、北斗や和香みたいな小さな子供を育てているお母さんやお父さん達が、大助かりなんだよ」

「へえ〜。それって、すごくかっこいいね〜！」

「かっこいい〜！」

北斗が声を張り上げて両手を高く上げると、和香もそれを真似て万歳をした。

「うん、ママはかっこいいよ。北斗と和香が通ってる保育所を今ある場所に作ろうって思いついたのはママだし、どうしたらいいのかなって困っている人を助ける方法を考えたのもママだ」

「中條物産」は福利厚生が充実しており、妊娠から子育て期間をカバーする支援制度もきちんと定められている。会社の敷地内ではなかったものの社内保育所もあったし、社員のメンタルケアを担《にな》う産業医も配置されていた。

けれど、まどかが調べたところ利用率は思いのほか低く、せっかくの制度や施設が生かされていない事がわかった。

自分が利用する立場になってはじめてわかる事は多岐にわたり、歴史ある「中條物産」の社員として大いにもどかしさを感じた。

妊娠出産を予定している女性社員を含め、企業にとって優秀な社員は一番の宝だ。

このままでは多くの貴重な人材が退職という道を選ばざるを得なくなってしまう――

会社の未来のためにも、それは何としてでも食い止めなければならない。

そう考えたまどかは、上司の許可を得て制度に関する情報発信を行うと同時に、匿名による社内アンケートを実施して各種ハラスメントの実態を明らかにした。

そして、社長の全面協力のもと、それらを徹底的に排除すべく全社挙げての「ノーハラスメント運動」を展開したのだ。

同時に会社と同じビル内に保育所を移転させる提案をして、実現したのちは、まどか自身がモデルケースになって積極的な広報活動を行った。

それが功を奏してか、各種制度の利用率がアップし保育所の需要も高まって、来期には規模を大幅に拡張する予定になっている。

今後はさらに妊娠に関わる調査を実施し、産後鬱《うつ》に悩む女性社員や育児休暇を取り辛く感じる男性社員などのサポート体制を整えていくつもりだ。

「僕と和香が、ずーっとママとパパのそばにいられるのは、ママが頑張ったからなんだね。すごーい！」

「ママ、すごーい！」

北斗と和香がまどかに抱きつき、それぞれにはしゃいだ声を上げる。

「そんなに褒《ほ》められると、ママ照れちゃうな」

まどかが本気の照れ笑いをすると、クリスマスツリーの上に飾る大きな星の飾りを持った壮士が皆のところに近づいてきた。

「ママは自分の家族だけじゃなくて、会社のみんなが幸せになれる事を心から願っているんだ。ママは、かっこいいだけじゃなくて優しい戦士なんだよ」

壮士がそう言いながら、まどかに星の飾りを手渡してくる。

星を持ったまどかを見た和香が「あっ」と声を上げて、顔をぱあっと輝かせた。

「変身、する？　ママも『カワイイレンジャー』みたいに、変身するの？」

「カワイイレンジャー」とは、和香が好きなアニメ番組で、可愛さを誇るヒロイン達は先端に星がついたスティックで変身をして、悪と戦うのだ。

「えっと……ママは、変身はしないかな」

まどかが言いよどんでいると、壮士が星を持つまどかの手を取って高々と挙げた。

「ママは変身しなくても戦える勇気と力があるからね。それに、このままでも十分可愛いだろう？」

「うん！」

壮士の問いに、和香が元気よく返事をする。

「そうだろう？　こんなにかっこよくて可愛いママはほかにいないぞ。さてと……今年は誰がツリーのてっぺんに星を付ける係になる？」

「ママ！」

子供達が同時にそう答えて、座っているまどかを急《せ》き立ててツリーの前に進んだ。

「ママが付けていいの？　和香も北斗も付けたいって言ってたのに――」

「いいの！　だってママはかっこよくて可愛い戦士だもん。ね、和香？」

「うん！　ママは、かっこよくて可愛いから！」

家族に見守られながら、まどかはツリーのてっぺんに星を付けた。

子供達は大満足でツリーの前ではしゃぎ回り、夫婦はそれを眺めながらソファに並んで腰を下ろした。

「子供って本当に天使だね。私、今すっごく幸せ。壮士と結婚した時もそう思ったし、北斗と和香が生まれた時もそう思った。壮士のおかげで、毎日幸せが更新されるの。壮士は私にとって、世界一かっこいいヒーローよ」

握り合う手に力がこもり、二人は子供達が遊びに夢中になっている隙を見計らって短いキスを交わした。

そのまま見つめ合ったあと、壮士がまどかにさりげなく耳打ちをしてくる。

「そろそろ、本格的に三人目を作らないか？」

夫婦は、かねてから子供は最低三人は欲しいと話し合っていた。

自分達に限って産後クライシスなど無縁だし、互いを求める気持ちは今もまったく衰えていない。

子供が同室に寝ている手前、前より気軽にできなくなっているが、場所を変えたりして定期的に愛し合っている。

ただ、子作りに関しては以前から自然に任せており、特に妊活はしていない。

けれど、夫婦にとっていつがベストなのかを考えると、今が妊活を始めるのにちょうどいいタイミングなのかもしれなかった。

「そうね。そろそろ……何なら、今夜にでも？」

「いいね。じゃあ、今夜子供が寝静まってから、ここで待ち合わせをしようか」

繋いでいた手が離れ、指切りげんまんをする時のように小指が絡み合った。

上手くいけば、来年の冬にはコウノトリが第三子を連れて来てくれるかもしれない。

まどかは、そんな事を思いながら、壮士の肩にゆったりと頭をもたれさせるのだった。

家族ぐるみで仲のいい桜井《さくらい》家と東条《とうじょう》家。桜井家の三女・花《はな》は東条家の一人息子・隼《はや》人《と》に長らく想いを寄せていた。

しかし、彼は姉の許嫁で――。

時は巡り、それぞれ別の相手と結婚した二人の姉に代わりなんと三女の花に隼人の許嫁が繰り下がってきて!?

姉の許嫁であり、絶対に叶わない恋の相手でもあった隼人と、思いがけず想いを通わせることになった花。

そんな彼女に待っていたのは、心も身体も愛され尽くす夢のような日々で――!?

B6判　定価：704円（10%税込）　ISBN：978-4-434-31336-3

手痛い失恋を癒すため、佳乃《よしの》は南の島へ旅行に。そして…そこで出会った名も知らぬ相手と熱く濃密な一夜を経験する。互いに強く惹かれ合うが、行きずりの恋に未来などない…。そう思った佳乃は黙って彼の前から姿を消してしまう。それから五年。佳乃は転職し、とある企業で秘書として働いていた。そんな彼女の前に、新たなCEOとしてあの夜の彼・敦彦《あつひこ》が現れて!?

B6判　定価：704円（10%税込）　ISBN 978-4-434-28510-3

本書は、2020年6月当社より単行本として刊行されたものに、書き下ろしを加えて文庫化したものです。


この作品に対する皆様のご意見・ご感想をお待ちしております。

おハガキ・お手紙は以下の宛先にお送りください。

【宛先】

〒150-6008 東京都渋谷区恵比寿4-20-3 恵比寿ｶﾞｰﾃﾞﾝﾌﾟﾚｲｽﾀﾜｰ 8F
（株）アルファポリス　書籍感想係

メールフォームでのご意見・ご感想は右のＱＲコードから、
あるいは以下のワードで検索をかけてください。

アルファポリス　書籍の感想　検索

ご感想はこちらから

エタニティ文庫

蜜甘《みつあま》フレンズ～桜《さくら》井《い》家《け》長女《ちょうじょ》の恋愛《れんあい》事《じ》情《じょう》～

有允《ゆういん》ひろみ

2023年7月15日初版発行

文庫編集－熊澤菜々子
編集長－倉持真理
発行者－梶本雄介
発行所－株式会社アルファポリス
〒150-6008 東京都渋谷区恵比寿4-20-3 恵比寿ｶﾞｰﾃﾞﾝﾌﾟﾚｲｽﾀﾜｰ8F
TEL 03-6277-1601（営業）　03-6277-1602（編集）
URL https://www.alphapolis.co.jp/
発売元－株式会社星雲社（共同出版社・流通責任出版社）
〒112-0005 東京都文京区水道1-3-30
TEL 03-3868-3275
装丁イラスト－ワカツキ
装丁デザイン－AFTERGLOW
（レーベルフォーマットデザイン－ansyyqdesign）
印刷－中央精版印刷株式会社

価格はカバーに表示されてあります。

落丁乱丁の場合はアルファポリスまでご連絡ください。

送料は小社負担でお取り替えします。


ISBN978-4-434-32286-0 C0193